Nippon所蔵

日本神話

Nippon所藏日本神話

NO.14

整本音檔下載連結：www.fake.com

PART. 1 近在咫尺的日本神話

日文難度★★

PART. 2 神話經典舞台著名景點

日文難度★★★

PART. 3 進入日本神話世界

日文難度★★★★

PART. 4 拜訪八百萬神明

日文難度★★★

PART.

1

近在咫尺的日本神話

說起日本神話，或許讀者們有些生疏吧。然而提起《桃太郎》、《浦島太郎》這類民間故事，大家應該不陌生，只是細想，爲何桃太郎從桃子裡蹦出？浦島太郎爲何會有如此悲劇性的結局？原來它們都受到了『古事記』這部腳本的影響。這本日本最早的文學名著主要講述內容，即爲今日所謂的「日本神話」。

由於當時日本神話的誕生，乃爲宣揚國威與鞏固天皇主權，而這兩個政治目的到了現代已無存在必要。加上許多人認爲日本神話易與軍國主義聯想，因此，日本神話在戰後，被日本政府從初中等教育中捨棄，甚至成爲一項禁忌。直到近期，開始認爲日本神話於文化教育與宗教教育上，有著非常重要的意義。

其實，日本神話早已潛移默化了日本人的心，生活中處處可見它的影子。除了天皇、三種神器信仰、神社祭拜等，就連動漫與電動這類流行文化當中，以日本神話爲題材或人設發想的作品不勝枚舉。因此，日本神話絕不是老古董。即便是年輕族群也默默受影響，甚至深深著迷。

要一窺日本神話的究竟，先不說那麼遠，讓我們來瞧瞧它離我們有多近吧。

壹 日《に》本《ほん》神《しん》話《わ》由《ゆ》来《らい》の「人《ひと》」

001

生活中源於日本神話的「人」

其の一、天皇《てんのう》

揺《ゆ》るがなき神聖《しんせい》な存在《そんざい》

明仁《あきひと》上皇《じょうこう》の生前《せいぜん》退位《たいい》に伴《とも》い、二〇一九年《ねん》五月一日《ごがつついたち》に徳仁皇太子《なるひとこうたいし》が新《しん》天皇《てんのう》に即位《そくい》され、元号《げんごう》が平成《へいせい》から令和《れいわ》に変《か》わった。まだ記憶《きおく》に新《あたら》しいニュースだ。上皇《じょうこう》が退位《たいい》を決断《けつだん》された理由《りゆう》の一《ひと》つは、高齢《こうれい》と体力《たいりょく》の低下《ていか》により国《くに》の「象徴《しょうちょう》」としての責務《せきむ》を果《は》たすのが難《むずか》しくなったからだ。日本国憲法第一条《にほんこくけんぽうだいいちじょう》では「天皇《てんのう》は日本国《にほんこく》の象徴《しょうちょう》であり、日《に》本国民統合《ほんこくみんとうごう》の象徴《しょうちょう》」とされている。天《てん》皇《のう》に国政《こくせい》の実権《じっけん》はないが、「象徴天皇《しょうちょうてんのう》」は日本人《にほんじん》にとって**かけがえのない**[1]精神《せいしん》的《てき》リーダーなのだ。

日本《にほん》の神話《しんわ》を記《しる》した『古事記《こじき》』、『日本書紀《にほんしょき》』では、天皇《てんのう》は「高天原《たかまがはら》から葦原中国《あしはらのなかつくに》（日本《にほん》）に降臨《こうりん》した神《かみ》の正《せい》統《とう》な末裔《まつえい》」とされ、高天原《たかまがはら》を治《おさ》める天《あま》

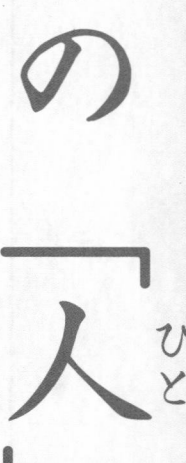

照大御神《てらすおおみかみ》の直系《ちょっけい》の子孫《しそん》であること、代々伝《だいだいつた》わる血統《けっとう》の純粋性《じゅんすいせい》が強調《きょうちょう》されている。歴代《れきだい》の為政者《いせいしゃ》は統治《とうち》の正当性《せいとうせい》を**保《たも》つ**[2]ため、「日本人《にほんじん》の祖先《そせん》は神《かみ》であり、国家《こっか》の頂点《ちょうてん》に立《た》つ天皇《てんのう》は神《かみ》の直系《ちょっけい》の子孫《しそん》」という「万世一系《ばんせいいっけい》」の考《かんが》えを利用《りよう》し、天皇《てんのう》は神聖《しんせい》で侵《おか》してはならないと説《と》いてきた。

謎《なぞ》の「三種《さんしゅ》の神器《じんぎ》」

宮中祭祀《きゅうちゅうさいし》は神道《しんとう》の色彩《しきさい》が強《つよ》い。「剣璽等承継《けんじとうしょうけい》の儀《ぎ》」では、皇位《こうい》を象徴《しょうちょう》するものとして代々《だいだい》受《う》け継《つ》がれてきた「三種《さんしゅ》の神器《じんぎ》」と呼《よ》ばれる八咫鏡《やたのかがみ》、草薙剣《くさなぎのつるぎ》、八尺瓊勾玉《やさかにのまがたま》が新天皇《しんてんのう》に引《ひ》き継《つ》がれる。それぞれ知恵《ちえ》、勇気《ゆうき》、慈悲深《じひぶか》さを象徴《しょうちょう》する。

三種《さんしゅ》の神器《じんぎ》は二千年以上前《にせんねんいじょうまえ》の「天《あま》の岩屋戸《いわやど》」と「八岐大蛇《やまたのおろち》」の神話《しんわ》に登場《とうじょう》する。天岩戸《あまのいわと》に隠《かく》れた天照大御神《あまてらすおおみかみ》を誘《さそ》い出《だ》すため、八百万《やおよろず》の神《かみ》が知恵《ちえ》の神《かみ》、思金神《おもいかねのかみ》の名案《めいあん》により開《ひら》いた祭《まつ》り用《よう》に作《つく》ったのが八咫鏡《やたのかがみ》と八尺瓊勾玉《やさかにのまがたま》だ。踊《おど》りの音楽《おんがく》に**ひかれ**[3]て岩《いわ》の隙間《すきま》から顔《かお》を出《だ》した天照大御神《あまてらすおおみかみ》は八咫鏡《やたのかがみ》に映《うつ》った自分《じぶん》の姿《すがた》に驚《おどろ》き、その隙《すき》に天手力男神《あめのたぢからおのかみ》が引《ひ》っ張《ぱ》り出《だ》した。また、地上《ちじょう》の出雲国《いずものくに》に追放《ついほう》された須佐之男命《すさのおのみこと》が、ある高齢《こうれい》の夫婦《ふうふ》の娘《むすめ》を娶《めと》るために退治《たいじ》した巨大《きょだい》な蛇《へび》、八岐大蛇《やまたのおろち》の尾《お》から出《で》てきたのが天叢雲剣《あめのむらくものつるぎ》で、天照大御神《あまてらすおおみかみ》に献上《けんじょう》された。

その後《ご》、三種《さんしゅ》の神器《じんぎ》は天照大御神《あまてらすおおみかみ》から、葦原中国《あしはらのなかつくに》に降臨《こうりん》した瓊瓊藝命《ににぎのみこと》に授《さず》けられた。瓊瓊藝命《ににぎのみこと》は初代神武天皇《しょだいじんむてんのう》の曽祖父《そうそふ》で、以来《いらい》、三種《さんしゅ》の神器信仰《じんぎしんこう》は今《いま》に至《いた》るまで受《う》け継《つ》がれている。

八尺瓊勾玉《やさかにのまがたま》の本体《ほんたい》は皇居《こうきょ》に保管《ほかん》され、八咫鏡《やたのかがみ》と草薙剣《くさなぎのつるぎ》の本体《ほんたい》はそれぞれ伊勢神宮《いせじんぐう》、熱田神宮《あつたじんぐう》に祀《まつ》られている（分霊《ぶんれい》「形代《かたしろ》」は皇居《こうきょ》に保管《ほかん》されている）。三種《さんしゅ》の神器《じんぎ》は皇位《こうい》の神聖《しんせい》さを象徴《しょうちょう》すると日本国民《にほんこくみん》は深《ふか》く信《しん》じているが、その実物《じつぶつ》は天皇《てんのう》すら見《み》たことがない。**ちなみに**[4]、二十世紀《にじっせいき》にはテレビ、冷蔵庫《れいぞうこ》、洗濯機《せんたくき》が「三種《さんしゅ》の神器《じんぎ》」と呼《よ》ばれた。令和《れいわ》の時代《じだい》にも新《あら》たな三種《さんしゅ》の神器《じんぎ》が誕生《たんじょう》するかもしれない。

不可動搖的神聖存在

明仁上皇生前退位——皇太子德仁於五月一日就任新天皇，元號自「平成」更改爲「令和」——的新聞記憶猶新。其理由之一爲顧慮到自己已屆高齡體力漸衰，恐無法善盡身爲日本「象徵」之天皇的責任。日本國憲法第一條明文「天皇爲日本國之象徵、日本國民統合之象徵」，國政上天皇雖無實權，但「象徵天皇」對日本人而言是無可取代的精神領袖。

『古事記』、『日本書紀』中記載的日本神話，將天皇家系定位爲「自高天原降臨葦原中國（日本國土）之神明的正統後代」，強調代代相傳的天皇血統純正，爲掌管高天原之天照大御神的直系子孫。日本人的祖先爲神明，而國家組織最高頂點之天皇爲神明直系後代——歷代統治者便利用此「萬世一系」的概念，強調天皇地位神聖不可侵犯，以鞏固治權正當性。

神秘的三種神器？

宮中儀式神道色彩濃厚，新天皇於「劍璽等承繼之儀」繼承代代相傳、象徵皇位之「三種神器」——八咫鏡、草薙劍（天叢雲劍）、八咫瓊勾玉，分別代表天皇的智慧、勇氣與慈悲。

時光回到兩千多年前，三種神器分別於「天石屋戶」與「八岐大蛇神話」中登場——天照大御神隱身於天岩戶中，八百萬神在智慧之神思金神領導下舉行祭典，並製作八咫鏡與八咫瓊勾玉。被舞樂聲吸引的天照大御神自天岩戶縫隙窺探，看見八咫鏡中自己的身影驚訝不已，天手力男神便趁隙將天照大御神拉出洞窟。爾後，遭放逐至地上出雲國的須佐之男命，娶年邁夫婦女兒爲妻，並勇猛擊退八岐大蛇，自大蛇斷尾中取出尊貴的天叢雲劍[1]，獻給天照大御神。

日後，邇邇藝命降臨葦原中國之際，自天照大御神繼承了三種神器。邇邇藝命爲初代天皇神武天皇之曾祖父，三種神器信仰便持續傳承至今。

現今八咫瓊勾玉本體保管於皇居宮中，八咫鏡與草薙劍本體，則分別祭祀於伊勢神宮與熱田神宮（宮中則保管其分身「形代」）。日本國民深信不疑，三種神器象徵皇位神聖性，但事實上三種神器之眞面目，包含天皇在內都沒有人親眼見過！順帶一提，電視、冰箱、洗衣機被稱爲「二十世紀之三種神器」。或許，從令和之後，三種神器又另有新解了吧？

▲三種神器（想像圖，實物未公開）@Wilipedia

1. 自倭建命東征後又稱草薙劍

單字

1. かけがえのない：形 無可取代的
2. 保《たも》つ：動 維持
3. ひかれる：動 「ひく」的被動式，被吸引
4. ちなみに：接 順帶一提

句型

●～たことがない：**未曾～過** 動詞｛た形｝ たことがない

<例>ハワイに行《い》ったことがない。
不曾去過夏威夷。

<例>コロナがこんなふうに世界《せかい》を変《か》えてしまうなんて、考《かんが》えたこともなかった。
從沒想過新冠肺炎會如此改變世界。

其《そ》の二、代表的《だいひょうてき》な神《かみ》と妖怪《ようかい》

002

海《うみ》の彼方《かなた》からやって来《き》た福《ふく》の神《かみ》：恵比寿《えびす》

商売繁盛《しょうばいはんじょう》の神《かみ》「恵比寿《えびす》」。七福神《しちふくじん》（恵比《えび》寿《す》、大黒天《だいこくてん》、福禄寿《ふくろくじゅ》、毘沙門天《びしゃもんてん》、布袋《ほてい》、寿老《じゅろう》人《じん》、弁財天《べんざいてん》）の中《なか》で恵比寿《えびす》だけが日本生《にほんう》まれの神様《かみさま》で、他《ほか》はインドの仏教《ぶっきょう》や中国《ちゅうごく》の神《かみ》だ。恵比寿《えびす》は元々《もともと》、記紀神話《ききしんわ》に登場《とうじょう》する「水蛭《ひる》子《こ》」だったという説《せつ》がある。

天地開闢《てんちかいびゃく》の初《はじ》め、伊邪那岐《いざなぎ》と伊邪那美《いざなみ》は国《くに》創《づく》りのため、お互《たが》いを褒《ほ》め合《あ》い夫婦《ふうふ》の**契《ちぎ》り**[1]を交《か》わしたが、女神《めがみ》の伊邪那美《いざなみ》が先《さき》に声《こえ》を掛《か》けて「求婚《きゅうこん》」したために、不具《ふぐ》の水蛭子《ひるこ》が生《う》まれ、正式《せいしき》な子供《こども》として認《みと》められず、海《うみ》に流《なが》されてしまった。

この神話《しんわ》と民間伝承《みんかんでんしょう》が結《むす》びつき、日本各地《にほんかくち》で水蛭子伝説《ひるこでんせつ》が誕生《たんじょう》した。中《なか》でも有名《ゆうめい》なのが恵比寿神社《えびすじんじゃ》の総本社《そうほんしゃ》、西宮神社《にしのみやじんじゃ》（兵庫県《ひょうごけん》）の伝説《でんせつ》だ。ある夜《よる》、沖《おき》で何度《なんど》も神像《しんぞう》を拾《ひろ》い上《あ》げた地元《じもと》の漁師《りょうし》の夢《ゆめ》に「われは水蛭子《ひるこ》なり。

汝《なんじ》、この地《ち》の西《にし》に宮《みや》を建《た》て、われを祀《まつ》りたまえ」とのお告《つ》げ[2]があり、海《うみ》の彼方《かなた》からやって来《き》た神様《かみさま》を意味《いみ》する「恵比寿《えびす》」と同一視《どういつし》され、大漁《たいりょう》をもたらす神《かみ》として崇拝《すうはい》されるようになったという。その後《ご》、商業《しょうぎょう》の発展《はってん》に伴《ともな》い、恵比寿《えびす》は農耕《のうこう》の神《かみ》、大黒天《だいこくてん》とともに商《しょう》売繁盛《ばいはんじょう》の神《かみ》となった。

日本人《にほんじん》に愛《あい》される妖怪《ようかい》：天狗《てんぐ》

人気漫画《にんきまんが》『鬼滅《きめつ》の刃《やいば》』の主人公《しゅじんこう》、炭《たん》治郎《じろう》の師匠《ししょう》である鱗滝左近次《うろこだきさこんじ》。常《つね》に天《てん》狗《ぐ》の面《めん》を被《かぶ》っているため素顔《すがお》は不明《ふめい》。そもそも天狗《てんぐ》とは何《なん》なのか？日本《にほん》で天《てん》狗《ぐ》という言葉《ことば》が最初《さいしょ》に出《で》てくるのは『日本書紀《にほんしょき》』だ。日本《にほん》の民間信仰《みんかんしんこう》では魔力《まりょく》を持《も》つ妖怪《ようかい》、または災《わざわ》いをもたらす怨霊《おんりょう》の化身《けしん》とされている。山中《さんちゅう》の修《しゅ》験者《げんじゃ》「山伏《やまぶし》」の格好《かっこう》をし、赤《あか》い顔《かお》で鼻《はな》が高《たか》く、翼《つばさ》を持《も》ち空《そら》を飛《と》ぶというのが一般的《いっぱんてき》なイメージだ。

天狗《てんぐ》を日本《にほん》の「天孫降臨《てんそんこうりん》」の神話《しんわ》に登場《とうじょう》する「猿田毘古神《さるたびこのかみ》」と考《かんが》える説《せつ》もある。猿田毘古神《さるたびこのかみ》とは、天照大御神《あまてらすおおみかみ》の命《めい》を受《う》けて葦原中国《あしはらのなかつくに》に降《お》り立《た》った邇邇《にに》藝命《ぎのみこと》の道案内《みちあんない》をした国津神《くにつかみ》（地上《ちじょう》の神《かみ》）のことで、鼻《はな》の長《なが》さは七咫《しちあた》（約《やく》一二六cm）、身長《しんちょう》は七尺《しちしゃく》（約《やく》二一〇cm）、目《め》は八咫鏡《やたのかがみ》のように照《て》り輝《かがや》いていると記《しる》されている。一般的《いっぱんてき》な神様《かみさま》と異《こと》なる身《み》の丈《たけ》と鼻《はな》の長《なが》さが天狗《てんぐ》のイメージと**重《かさ》なる**[3]ため、祭《まつ》りで猿田《さるた》毘《び》古神《このかみ》を演《えん》じる際《さい》は天狗《てんぐ》の面《めん》をつけることが多《おお》い。ちなみに、二年《にねん》ほど前《まえ》に台《たい》湾店《わんてん》をオープンしたコーヒーブランド「猿田彦珈琲《さるたひここーひー》」の名称《めいしょう》は猿田毘古神《さるたびこのかみ》を祀《まつ》る猿田彦神社《さるたひこじんじゃ》に由来《ゆらい》する。

天狗《てんぐ》が妖怪《ようかい》なのか、神様《かみさま》なのかは**さておき**[4]、天狗伝説《てんぐでんせつ》を愛《あい》する日本《にほん》には天狗《てんぐ》が主役《しゅやく》の祭《まつ》りが沢山《たくさん》ある。例《たと》えば、天狗《てんぐ》が威風堂々《いふうどうどう》と行列《ぎょうれつ》を率《ひき》いて街《まち》を**練《ね》り歩《ある》く**[5]東京《とうきょう》の「下北沢天狗《しもきたざわてんぐ》まつり」や、三百人《さんびゃくにん》以上《いじょう》の女性《じょせい》が天狗《てんぐ》の神輿《みこし》を担《かつ》ぐ群馬《ぐんま》の「沼田《ぬまた》まつり」など、どれも**見応《みごた》え**[6]たっぷりだ。

飄洋過海的財神爺：惠比壽

商業繁盛之神「惠比壽」，爲七福神——惠比壽、大黑天、福祿壽、毘沙門天、布袋、壽老人、辯財天——當中唯一「純日本血統」福神，其餘皆源自印度佛教或中國。一說其原型爲記紀神話[2]當中之「水蛭子」。

天地生成之初，伊邪那岐與伊邪那美爲創造國土，進行男女結合儀式互相稱頌對方，但最初的結合，由女神伊邪那美首先發聲「求婚」，被認爲是錯誤的順序，致使誕生的水蛭子帶有先天缺陷，不被承認爲正式後代，慘遭放流大海的命運。

這樣的神話內容與民間傳承結合，日本各地可見水蛭子傳說。惠比壽神總本社之兵庫縣西宮神社即爲著名之例。相傳當地漁民於沿岸數度釣起水蛭子神像，某天夜裡水蛭子託夢於漁民：「吾名爲水蛭子，望汝於此地以西建宮祭祀」。水蛭子與含有「外來海神」之意的「惠比壽」融合，漁民供奉其爲漁獲豐收之神明。時代漸進商業發展，惠比壽與農耕神大黑天[3]，如今並列爲商業繁盛之神。

深受日本人喜愛的妖怪：天狗

人氣漫畫「鬼滅之刃」主角炭治郎的訓練者鱗瀧左近次，始終戴著天狗面具，從未讓人見過素顏。而天狗是何方神聖？在日本「天狗」一詞始見於『日本書紀』，於日本民間信仰中被認爲是擁有魔力的妖怪，抑或怨靈化身，將災禍降於人世。天狗通常身著山中修驗者「山伏」的服裝，赤面長鼻，並有翅膀可於天空飛翔。

另一方面也有將天狗視爲神明之說。其中與日本神話相關的神明爲「天孫降臨神話」中登場之「猿田毘古神」。邇邇藝命奉天照大御神之命，下降葦原中國之際，途中領路的國津神（地上神）即爲猿田毘古神，有著異於常「神」的外形：鼻長七呎、身高七尺，雙眼如八咫鏡般閃耀。由於這樣的高大身材與長鼻容貌與天狗形象重疊，故於今日祭典中，扮演猿田毘古神時，大多臉戴天狗面具。順帶一提，近年於台灣開設分店的「猿田彥咖啡」，店名由來即爲祭祀猿田毘古神之猿田彥神社。

無論將天狗視爲妖或神，深愛天狗傳說的日本，有許多以天狗爲主角的祭典，例如由威風凜凜的天狗引導祭典行列之東京「下北澤天狗祭」、由三百名女性合力抬起天狗神轎之群馬「沼田祭」等，各具看頭。

2. 一般合稱『古事記』與『日本書紀』所載神話爲記紀神話。兩者版本不盡相同，各有其撰寫用意。『古事記』主要用來記載口耳相傳的神話故事，對內凝聚向心力；『日本書紀』意在對外宣揚國威。
3. 由於「大國」日文也能發音爲「だいこく」，恰巧與「大黑」相同，有大黑天即爲大國主命之說。但事實上爲不同的兩神。可以用寺院祭祀的爲「大黑天」，神社祭祀的爲「大國主命」爲原則來區分。

單字

1. **契《ちぎ》り**：名 誓約，或發生肉體關係
2. **お告《つ》げ**：名 神諭
3. **重《かさ》なる**：動 重疊
4. **さておき**：連 姑且不提（接著轉換話題）
5. **練《ね》り歩《ある》く**：動 眾人行列整齊地緩慢行走
6. **見応《みごた》え**：名 一睹為快的價值

句型

●**～として**：作爲、身爲～　名詞　として

<例>彼《かれ》のことは、先輩《せんぱい》として尊敬《そんけい》している。
我把他視爲前輩，對他抱持著敬意。

●**～とともに**：①和～一起　②隨著　③與…同時發生　名詞／動詞｛辞書形｝　とともに

<例>人々《ひとびと》の考《かんが》え方《かた》は時代《じだい》とともに変《か》わっていく。
人們的想法隨著時代而改變。

<例>卒業《そつぎょう》する（・卒業《そつぎょう》）とともに、家《いえ》を離《はな》れた。
畢業的同時也離開了家。

貳 日本《に》《ほん》神話《しんわ》由来《ゆらい》の「物《もの》」

生活中源於日本神話的「物」

其の一、神社《じんじゃ》

003

鳥居《とりい》

神社《じんじゃ》の入口《いりぐち》にある鳥居《とりい》は神域《しんいき》と俗界《ぞっかい》を区画《くかく》するもの（結界《けっかい》）だ。鳥居《とりい》を**くぐっ**[1]て神社《じんじゃ》を出《で》入《い》りする際《さい》に、神様《かみさま》が祀《まつ》られている神聖《しんせい》な場所《ばしょ》への崇敬《すうけい》を表《あらわ》すため、本殿《ほんでん》に向《む》かってお辞儀《じぎ》をする日本人《にほんじん》は多《おお》い。一説《いっせつ》によると、鳥居《とりい》は「天《あま》の岩屋戸《いわやど》」の神話《しんわ》に由来《ゆらい》する。天《あま》の岩屋戸《いわやど》に隠《かく》れていた天照大御神《あまてらすおおみかみ》を外《そと》に**呼《よ》び戻《もど》す**[2]ために八百万《やおよろず》の神《かみ》が祭《まつ》りを催《もよお》した際《さい》、思金神《おもいかねのかみ》の指示《しじ》でまず最初《さい》《しょ》に、光《ひかり》を呼《よ》ぶ霊鳥《れいちょう》「常世長鳴鳥《とこよのながなきどり》」を岩戸《いわと》の前《まえ》で鳴《な》かせたという話《はなし》だ。また、島根県《しまねけん》の山辺神社《やまのべじんじゃ》が所蔵《しょぞう》する「古事記《こじき》絵詞《えことば》（神代絵《かみしろえ》）」の第六幅《だいろくふく》「天岩屋戸《あめのいわやど》開《びら》きと八俣大蛇退治《やまたのおろちたいじ》」には、鳥居《とりい》に似《に》た門《もん》に止《と》まる常世長鳴鳥《とこよのながなきどり》が、**夜明《よあ》け**[3]を知《し》らせる雄鶏《おんどり》の姿《すがた》で描《えが》かれている。

▲千本鳥居 @shutterstock

各神社《かくじんじゃ》の鳥居《とりい》はそれぞれに特色《とくしょく》があるが、中《なか》でも朱色《しゅいろ》の鳥《とり》居《い》といえば、京都《きょうと》の有名観光《ゆうめいかんこう》スポットの「伏見稲荷大社《ふしみいなりたいしゃ》」の「千本鳥居《せんぼんとりい》」を連想《れんそう》する人《ひと》が多《おお》いだろう。生命《せいめい》の躍動《やくどう》、希《き》望《ぼう》、光《ひかり》を表《あらわ》す朱色《しゅいろ》が鮮《あざ》やかな千本鳥居《せんぼんとりい》のトンネルをくぐれば、お稲荷様《いなりさま》の**ご利益《りやく》**[4]を**授《さず》かっ**[5]た気持《きも》ちになる。

また、日本三景《にほんさんけい》の一《ひと》つで、一九九六年《ねん》に世界遺産《せかいいさん》に登録《とうろく》された広島県宮島《ひろしまけんみやじま》の厳島神社《いつくしまじんじゃ》の社殿《しゃでん》から約二百《やくにひゃく》メートル沖《おき》に建《た》つ「朱丹《しゅたん》の大鳥居《おおとりい》」は、同神社《どうじんじゃ》最大《さいだい》のシンボルで、広島湾《ひろしまわん》の満潮時《まんちょうじ》には海《うみ》に浮《う》いているように見《み》え、干潮時《かんちょうじ》には大鳥居《おおとりい》まで歩《ある》いて行《い》くことができる。

注連縄《しめなわ》

祭《まつ》りの騒《さわ》ぎを聞《き》いて天《あめ》の岩屋戸《いわやと》（天《あま》の岩屋戸《いわやど》）から出《で》てきた天照大御神《あまてらすおおみかみ》が再《ふたた》び中《なか》に戻《もど》らないよう、布刀玉命《ふとだまのみこと》が岩《いわ》戸《と》の入口《いりぐち》に**張《は》り渡《わた》し**[6]たのが注連縄《しめなわ》だ。注連縄《しめなわ》は鳥居《とりい》と同様《どうよう》、神社《じんじゃ》を構成《こうせい》する要素《ようそ》の一《ひと》つで、神聖《しんせい》で清浄《せいじょう》な場所《ばしょ》を他《ほか》の場所《ばしょ》と区画《くかく》し、悪霊《あくりょう》、邪神《じゃしん》の侵入《しんにゅう》を防《ふせ》ぐ結界《けっかい》としての役割《やくわり》を**果《は》たす**[7]。正《しょう》月《がつ》になると日本《にほん》の家《いえ》の門《もん》や玄関《げんかん》に飾《かざ》られる「注連飾《しめかざ》り」も注連縄《しめなわ》の一種《いっしゅ》で、厄《やく》を払《はら》い、福《ふく》を**呼《よ》び込《こ》む**[8]とされる。

神社《じんじゃ》の注連縄《しめなわ》の中《なか》で日本最大級《にほんさいだいきゅう》として最《もっと》も有名《ゆうめい》なのは、島根県《しまねけん》の出雲大社《いずもたいしゃ》の神楽殿《かぐらでん》に掛《か》かる注連縄《しめなわ》で、長《なが》さ十三《じゅうさん》メートル、重《おも》さ五《ご》・二《に》トンを誇《ほこ》る。また、人気《にんき》アイドルグループ「嵐《あらし》」が出《しゅつ》演《えん》するCMのロケ地《ち》として話題《わだい》になった福岡県《ふくおかけん》の「宮地嶽神社《みやじだけじんじゃ》」の拝殿《はいでん》に飾《かざ》られている注連縄《しめなわ》も、長《なが》さ十一《じゅういち》メートル、重《おも》さ三《さん》トンと圧巻《あっかん》の大《おお》きさだ。

日本《にほん》では古《ふる》くから、万物《ばんぶつ》に神《かみ》が宿《やど》ると信《しん》じられており、注連縄《しめなわ》は自然界《しぜんかい》の至《いた》る所《ところ》で見《み》られる。三重県伊勢市《みえけんいせし》の沿《えん》岸《がん》にある「二見興玉神社《ふたみおきたまじんじゃ》」で有名《ゆうめい》な、夫婦円満《ふうふえんまん》を象徴《しょうちょう》する二《ふた》つの奇岩《きがん》「夫婦《めおと》岩《いわ》」には大注連縄《おおしめなわ》が張《は》り渡《わた》されている。注連縄《しめなわ》は定期的《ていきてき》に取《と》り替《か》えられており、古《ふる》い注連縄《しめなわ》の切《き》れ端《はし》を夫婦円満《ふうふえんまん》のお守《まも》りとして持《も》ち帰《かえ》る人《ひと》もいるそうだ。

鳥居

神社建築當中，入口「鳥居」被視爲區劃凡界與神域之結界，經常可見日本人進入或離開神社境內穿越鳥居之際，面朝神殿方位行禮，對祭祀神明的神聖場所表達崇敬之意。鳥居一説起源於「天石屋戸神話」——爲喚回隱身於天石屋戸中的天照大御神，八百萬神進行祭典作戰，思金神首先指示衆神找來具有召喚光明靈力之「常世長鳴鳥」，令其於洞窟前鳴叫。島根縣山邊神社所藏之「古事記繪詞[4]（神代繪）」第六幅

「天岩屋戸洞開與擊退八岐大蛇」中所描繪的常世長鳴鳥，即為於晨曦破曉之際鳴叫的公雞，而常世長鳴鳥所站之處，外觀形同今日鳥居。

神社鳥居各具特色，說到「朱紅鳥居」，相信許多人會馬上聯想到著名觀光景點之京都伏見稻荷大社「千本鳥居」。朱紅色象徵躍動的生命力、希望與光明，走進千本鳥居隧道，在醒目朱紅環繞中，感受稻荷大神的恩惠。

位於廣島縣宮島的「嚴島神社」為日本三景之一，一九九六年登錄為世界遺產。「朱丹大鳥居」建造於距離社殿約兩百公尺左右的海中，為嚴島神社最具象徵性之建築，當廣島灣滿潮時宛如浮起於海上，退潮時可徒步至大鳥居腳底。

注連繩

天照大御神被祭典吸引而走出洞窟，布刀玉命便即刻以注連繩封鎖洞口，以防止天照大御神再度返回洞中。注連繩與鳥居相同，為神社特色構造之一，具有結界性格，區隔神聖清淨的空間，防止惡靈邪神入侵。日本新年時期，家家戶戶於門口或玄關裝飾的「注連飾」也為注連繩的一種，一般認為可將厄運擋除於門外，帶來吉祥福氣。

日本最大等級之神社注連繩，最有名的應屬島根縣出雲大社神樂殿上長十三公尺、重達五．二噸之大注連繩。另外人氣偶像團體「嵐」於福岡縣「宮地嶽神社[5]」拍攝廣告，同地因而聲名高漲，境內拜殿大注連繩長十一公尺、重達三噸，也相當壯觀。

日本自古以來相信萬物皆神，注連繩於自然界中也隨處可見。三重縣伊勢市「二見興玉神社」以沿岸奇岩「夫婦岩」聞名，象徵夫婦的兩塊岩石以大注連繩纏繞連結，注連繩會定期換新，也有參拜客會將舊的注連繩片段帶回，以保佑夫妻圓滿。

4. 「絵巻物」（表現物語的大型長篇繪畫作品）上的故事情節說明文。
5. 祭祀神宮皇后的神社。神話中神功皇后遠征前，曾於宮地嶽的山頂面朝大海原祈願，據說為此神社的由來。

單字

1. くぐる：動 從某物體下方穿越、潛越
2. 呼《よ》び戻《もど》す：動 喚回
3. 夜明《よあ》け：名 黎明之際
4. ご利益《りやく》：名 神明的庇佑
5. 授《さず》かる：動 接受神明或位高者授予之恩惠
6. 張《は》り渡《わた》す：動 從一方延伸、掛到另一方
7. 果《は》たす：動 完成某任務、充分達到某效果
8. 呼《よ》び込《こ》む：動 招來

句型

●～そうだ：**據說～** 動詞／形容詞／名詞｛普通形｝　そうだ

＊な形容詞、名詞的「現在肯定式」須用「～だそうだ」

<例>今月《こんげつ》からワクチンの予約《よやく》が始《はじ》るそうだ。
聽說這個月就可以開始預約疫苗接踵了。

<例>医者《いしゃ》によると、とても難《むずか》しい手術《しゅじゅつ》だそうだ。
據醫師所說，是個非常困難的手術。

其の二、和菓子《わがし》

004

和《わ》菓《が》子《し》の昔《むかし》と今《いま》

和菓子《わがし》は日本独自《にほんどくじ》の食文化《しょくぶんか》として、古《ふる》くから日本《にほん》人《じん》の暮《く》らしを**彩《いろど》っ**[1]てきた。長《なが》い歴史《れきし》の中《なか》で「唐菓子《からがし》」、「南蛮菓子《なんばんがし》」、「洋菓子《ようがし》」など外来《がいらい》の要素《ようそ》を**取《と》り入《い》れ**[2]、日本固有《にほんこゆう》の風土《ふうど》、感性《かんせい》と融合《ゆうごう》して誕生《たんじょう》した今日《こんにち》の和菓子《わがし》は、繊細《せんさい》かつ美《うつく》しく、見《み》ているだけで幸《しあわ》せな気持《きも》ちになる。和菓子《わがし》は四季《しき》の様々《さまざま》な行事《ぎょうじ》や人生《じんせい》の**晴《は》れの日《ひ》**[3]に彩《いろど》りを添《そ》えるのに欠《か》かせない存在《そんざい》で、日本人《にほんじん》のソウルフードといえる。

和菓子《わがし》の歴史《れきし》は、古代人《こだいじん》が採取《さいしゅ》して食《しょく》していた野生《やせい》の木《き》の実《み》や果物《くだもの》がはじまりとされる。記紀神話《ききしんわ》には、第十一代垂仁天皇《だいじゅういちだいすいにんてんのう》に命《めい》じられ、当時《とうじ》の日本《にほん》にはなかった不老長寿《ふろうちょうじゅ》の「非時香菓《ときじくのかくのこのみ》」を求《もと》めて理想郷《りそうきょう》「常世国《とこよのくに》」（中《ちゅう》国南部《ごくなんぶ》～インド）へ渡《わた》る田道間守《たじまもり》の物語《ものがたり》が出《で》てくる。幾多《いくた》の困難《こんなん》を乗《の》り越《こ》え、十年《じゅうねん》の歳月《さいげつ》をかけてようやく非時香菓《ときじくのかくのこのみ》を見《み》つけた田道《たじ》間守《まもり》は、大喜《おおよろこ》びで日本《にほん》へ戻《もど》るが、天皇《てんのう》は既《すで》に崩御《ほうぎょ》していた。悲《かな》しみに暮《く》れる田道間守《たじまもり》は非時香菓《ときじくのかぐのこのみ》の半分《はんぶん》を皇后《こうごう》に献上《けんじょう》し、残《のこ》り半分《はんぶん》を天皇《てんのう》の陵墓《りょうぼ》に植《う》えた後《あと》、天皇《てんのう》の**後《あと》を追《お》う**[4]ように亡《な》くなった。非時香菓《ときじくのかぐのこのみ》とは「一年中実《いちねんじゅうみの》り、芳香《ほうこう》を**放《はな》つ**[5]果実《かじつ》」の意味《いみ》で、田道間守《たじまもり》が持《も》ち帰《かえ》ったのは橘《たちばな》（ミカンの原種《げんしゅ》）の実《み》とされる。後《のち》の第四十五代聖武天皇《だいよんじゅうごだいしょうむてんのう》が「橘《たちばな》は果子《かし》の長上《ちょうじょう》、人《ひと》の好《この》む所《ところ》」と述《の》べたという記録《きろく》があり、「果子《かし》（菓子《かし》）」という言葉《ことば》が初《はじ》めて登場《とうじょう》する。

和菓子《わがし》の神様《かみさま》

田道間守《たじまもり》が非時香菓《ときじくのかぐのこのみ》を日本《にほん》へ持《も》ち帰《かえ》る際《さい》に最初《さいしょ》に到着《とうちゃく》した地《ち》は京都《きょうと》・丹後《たんご》半島《はんとう》の夕日《ゆうひ》ケ浦《がうら》といわれている。夕日《ゆうひ》ケ浦《がうら》は別名《べつめい》「常世《とこよ》の浜《はま》」と呼《よ》ばれ、橘《たちばな》が伝来《でんらい》した地《ち》とされる。また、地元《じもと》の「木津《きづ》」という地名《ちめい》は「橘《たちばな》」の音読《おんよ》み「きつ」に由来《ゆらい》するそうだ。橘《たちばな》は永遠《えいえん》を象徴《しょうちょう》することから、五百円硬貨《ごひゃくえんこうか》の裏《うら》に竹《たけ》と共《とも》に描《えが》かれるなど、日本人《にほんじん》にとっては**なじみ深《ぶか》い**[6]存在《そんざい》だ。

非時香菓《ときじくのかぐのこのみ》を持《も》ち帰《かえ》った田道間守《たじまもり》は「菓祖神《かそじん》」として兵庫県豊岡市《ひょうごけんとよおかし》の中嶋《なかしま》神社《じんじゃ》に祀《まつ》られている。神社《じんじゃ》の名称《めいしょう》は、田道間守《たじまもり》の墓《はか》が垂仁天皇陵《すいにんてんのうりょう》の堀《ほり》に浮《う》かぶ小島《こじま》にあることに由来《ゆらい》する。本殿《ほんでん》は「二間社流造《にけんしゃながれづくり》」という室町時代《むろまちじだい》の典型的《てんけいてき》な神社建築様式《じんじゃけんちくようしき》で、明治四十五年《めいじよんじゅうごねん》に国宝《こくほう》に指定《してい》され、現在《げんざい》は国《くに》の重要文化財《じゅうようぶんかざい》となっている。

中嶋神社《なかしまじんじゃ》は「お菓子《かし》の聖地《せいち》」と呼《よ》ばれ、毎年四月《まいとししがつ》の第三日曜日《だいさんにちようび》に開催《かいさい》される「菓子祭《かしまつり》（橘菓祭《きっかさい》）」には全国《ぜんこく》の菓子業者《かしぎょうしゃ》が商売繁盛《しょうばいはんじょう》の祈願《きがん》に訪《おとず》れる。また、県内外約五十《けんないがいやくごじゅう》の菓子店《かしてん》の看板《かんばん》スイーツが**一堂《いちどう》に集《つど》う**[7]前日《ぜんじつ》の「菓子祭前夜祭《かしまつりぜんやさい》」も多《おお》くの来場者《らいじょうしゃ》で賑《にぎ》わう。なお、菓祖神《かそじん》の分霊《ぶんれい》は福岡県《ふくおかけん》の太宰府天満宮《だざいふてんまんぐう》や京都《きょうと》の吉田神社《よしだじんじゃ》をはじめ、全国各地《ぜんこくかくち》で祀《まつ》られている。

和菓子的前世今生

「和菓子」為日本獨特的飲食文化，自古以來點綴日本人的生活。在漫長歷史當中，吸收外來「唐菓子」、「南蠻菓子」和「洋菓子」之要素，融合日本固有風土與感性，而有今日纖細優美、外觀賞心悅目之「和菓子」。季節行事或人生重要場面，都少不了和菓子的妝點，和菓子可謂日本人的

▲位於兵庫縣的中嶋神社 @wikipedia/Hashi photo

精神食糧。

和菓子的起源，可追溯至古人所採集之野生乾果及水果，記紀神話當中記載，田道間守受第十一代垂仁天皇之命，前往理想鄉「常世國」（中國南部至印度一帶），尋找當時日本沒有的長生不老之「非時香菓」。田道間守克服重重困難，歷經十年歲月，終於尋得非時香菓，滿心喜悅地帶回，不料天皇竟已駕崩。極度悲傷的田道間守，將一半的非時香菓獻給皇后，剩餘的一半種植於天皇陵墓後，便追隨天皇離開人世。「非時香菓」字面意為「一年四季結果之芳香果實」，相傳田道間守所帶回的「非時香菓」即為今日橘子之原種。日後，第四十五代聖武天皇於詔令中言及：「橘子為果子之最，人之所好」。「果子」（菓子）一詞，首見於此。

和菓子之神

田道間守帶著非時香菓回到日本，最初上陸的地點，據言即為京都丹後半島的「夕日之浦」，又名「常世之濱」，因此夕日之浦被視為橘子渡來之地，地名「木津」日文發音同「橘」字之音讀。橘被視為含有「永久」之意，並且與日本人關係密切。例如五百元硬幣，它的反面圖樣即為竹與橘。

帶回非時香菓的田道間守被奉為「菓祖神」，其墓地位於垂仁天皇陵濠中，宛如池中島，因此祭祀菓祖神的神社名為「中嶋神社」。本殿為室町時代典型神社建築樣式「二間社流造」[6]，明治四十五年指定為國寶，現為國家指定重要文化財。

兵庫豐岡中嶋神社被視為「菓子聖地」，每年四月第三個星期日舉行「菓子祭」（又稱「橘菓祭」），菓子業者自全國各地慕名而來，一同祈願菓子產業蓬勃發展。祭典前日之「菓子祭前夜祭」也相當熱鬧，來自各縣約五十家菓子店的招牌甜點齊聚一堂，民眾有吃又有玩。此外，菓祖神信仰也遍及日本各地，福岡縣太宰府天滿宮、京都吉田神社等皆祭祀其分靈。

6. 「流造」為日本神社建築樣式之一，樣式正面側屋頂較長，因此自側面觀看時前後屋頂並非對稱。「間」為計算正面柱子間隔數之單位，兩柱為「一間」，三柱為「二間」，依此類推。

單字

1. **彩《いろど》る**：動 上色、點綴
2. **取《と》り入《い》れる**：動 吸收、採納、攝取
3. **晴《は》れの日《ひ》**：名 受眾人矚目的光榮或重要、值得恭賀的日子
4. **後《あと》を追《お》う**：動 追隨、踏上後塵，此指重要的人過世後自己跟著結束生命
5. **放《はな》つ**：動 釋放某種氣味、光芒、聲音
6. **なじみ深《ぶか》い**：形 熟稔的
7. **一堂《いちどう》に集《つど》う**：大家為了相同目的齊聚一堂

句型

●～にとって：**對～而言** 名詞　にとって

<例>これは一人《ひとり》の人間《にんげん》にとって小《ち》さな一歩《いっぽ》だが、人類《じんるい》にとっては偉大《いだい》な一歩《いっぽ》だ。
這對個人而言是很小的一步，但對全人類來說是偉大的一步。

參 日本《にほん》神話《しんわ》由来《ゆらい》の「話《はなし》」

生活中源於日本神話的「話」

民話その一：桃太郎《ももたろう》 005

昔々《むかしむかし》ある所《ところ》に、お爺《じい》さんとお婆《ばあ》さんがいた。ある日《ひ》、お爺《じい》さんは山《やま》へ柴刈《しばか》りに、お婆《ばあ》さんは川《かわ》へ洗濯《せんたく》に行《い》った。お婆《ばあ》さんが川《かわ》で洗濯《せんたく》をしていると、川上《かわかみ》から桃《もも》が流《なが》れてきた。お婆《ばあ》さんはその桃《もも》を家《いえ》に持《も》ち帰《かえ》り、お爺《じい》さんと二人《ふたり》で切《き》ろうとすると、中《なか》から男《おとこ》の子《こ》が出《で》てきた。二人《ふたり》は驚《おどろ》いたが、とても喜《よろこ》び、「桃太郎《ももたろう》」と名付《なづ》け、我《わ》が子《こ》のように育《そだ》てた。**すくすく**[1]成長《せいちょう》した桃太郎《ももたろう》はある日《ひ》、お婆《ばあ》さんが作《つく》ったきび団子《だんご》を持《も》って鬼《おに》の住《す》む鬼ヶ島《おにがしま》へ向《む》かった。桃《もも》太郎《たろう》は途中《とちゅう》出会《であ》った犬《いぬ》、猿《さる》、雉《きじ》にきび団子《だんご》を分《わ》け与《あた》え、仲間《なかま》になった三匹《さんびき》と共《とも》に鬼《おに》を退治《たいじ》して宝物《たからもの》を持《も》ち帰《かえ》った。

「桃太郎《ももたろう》」は古《ふる》くから民間《みんかん》に伝《つた》わるとても有名《ゆうめい》な物語《ものがたり》で、鬼《おに》を退治《たいじ》する勇敢《ゆうかん》な桃太郎《ももたろう》は日本人《にほんじん》の永遠《えいえん》のヒーロー

▲民話中的桃太郎 @wikipedia

だ。桃太郎伝説《ももたろうでんせつ》は日本各地《にほんかくち》に存在《そんざい》するが、最《もっと》も有名《ゆうめい》なのは岡山県《おかやまけん》に伝《つた》わるものだ。岡山県《おかやまけん》は古《ふる》くは「吉備国《きびのくに》」と呼《よ》ばれ、桃《もも》の産地《さんち》として知《し》られる。県内《けんない》には桃太郎伝説《ももたろうでんせつ》**ゆかり**[2]の地《ち》が多《おお》くあり、二〇一八年《ねん》には岡山空港《おかやまくうこう》の愛称《あいしょう》が「岡山桃太郎空港《おかやまももたろうくうこう》」になった。「桃太《ももた》郎《ろう》」は重要《じゅうよう》な観光資源《かんこうしげん》になっているのだ。

岡山市《おかやまし》にある吉備津神社《きびつじんじゃ》は、かつての吉備国《きびのくに》の総鎮守《そうちんじゅ》で、主祭神《しゅさいじん》は吉備津《きびつ》彦命《ひこのみこと》。同神社《どうじんじゃ》の社伝《しゃでん》には吉備津彦命《きびつひこのみこと》が温羅《うら》という異国《いこく》の鬼神《きじん》を退治《たいじ》する神話《しんわ》が記《しる》されており、桃太郎伝説《ももたろうでんせつ》と似《に》ている部分《ぶぶん》が多《おお》い。第十一代垂仁天皇《だいじゅういちだいすいにんてんのう》の御代《みよ》に温羅《うら》が吉備国《きびのくに》にやって来《き》て、今日《こんにち》の岡山県内《おかやまけんない》に城《しろ》を築《きず》き、人《ひと》や物《もの》を略奪《りゃくだつ》していた。人々《ひとびと》は大変恐《たいへんおそ》れ、その城《しろ》を「鬼ノ城《きのじょう》」と呼《よ》んだ。天皇《てんのう》は温羅退治《うらたいじ》に知勇兼備《ちゆうけんび》の吉備津彦命《きびつひこのみこと》を**遣《つか》わし**[3]、激戦《げきせん》の末《すえ》、温羅《うら》が降参《こうさん》し、平和《へいわ》が戻《もど》った。この神話《しんわ》は桃太郎物語《ももたろうものがたり》の原型《げんけい》といわれている。また、勇敢《ゆうかん》な吉備津彦命《きびつひこのみこと》と桃太郎《ももたろう》の英雄《えいゆう》としてのイメージが重《かさ》なり、今《いま》もその武勇伝《ぶゆうでん》が語《かた》り伝《つた》えられている。

桃太郎《ももたろう》の物語《ものがたり》の最大《さいだい》の特徴《とくちょう》は桃《もも》から男《おとこ》の子《こ》が誕生《たんじょう》する点《てん》だ。日本《にほん》の文献《ぶんけん》で桃《もも》が初《はじ》めて登場《とうじょう》するのは『古事記《こじき》』の「黄泉比良坂《よもつひらさか》」の**くだり**[4]で、亡《な》くなった妻《つま》、伊邪那美《いざなみ》を**連《つ》れ戻《もど》し**[5]に黄泉《よみ》の国《くに》まで行《い》った伊邪那岐《いざなぎ》が妻《つま》の**変《か》わり果《は》て**[6]た姿《すがた》に恐《おそ》れをなし、黄泉《よみ》の醜女《しこめ》と魔物《まもの》に追《お》われながら黄泉《よみ》の入口《いりぐち》「黄泉比良坂《よもつひらさか》」まで逃《に》げてきたところで、桃《もも》の木《き》から桃《もも》の実《み》を三《みっ》つ取《と》って追《お》っ手《て》に投《な》げつけると、醜女《しこめ》たちは逃《に》げていったという話《はなし》だ。中国《ちゅうごく》では古《ふる》くから桃《もも》は「邪気《じゃき》を圧伏《あっぷく》し、百鬼《ひゃっき》を制《せい》す」といわれており、この考《かんが》え方《かた》が日本《にほん》に伝《つた》わり、「黄泉比良坂《よもつひらさか》」の話《はなし》と**合《あ》わさっ**[7]て、桃《もも》から生《う》まれた桃太郎《ももたろう》が鬼《おに》を退治《たいじ》する英雄伝説《えいゆうでんせつ》が誕生《たんじょう》したのだ。

民間故事其一：桃太郎

從前從前，有一對老爺爺和老奶奶。某天，老爺爺上山砍柴，老奶奶在川邊洗衣，突然自河川上游漂來一顆桃子。老奶奶拾起桃子帶回家，與老爺爺正要將其切開時，一位男孩自桃子中出生。老爺爺與老奶奶又驚又喜，將男孩命名爲「桃太郎」，視爲己出用心養育。桃太郎日漸成長，某天帶著老奶奶做的吉備糰子[7]，前往魔鬼居住的鬼島。桃太郎將吉備團子分送給途中遇見的狗、猴子與雉雞，獲得同行夥伴，並借助動物們的力量，成功擊退魔鬼，取得寶物帶回。

「桃太郎」自古以來即爲家喻戶曉的民間故事，勇敢擊退魔鬼的桃太郎，更是日本人心目中永遠的英雄。日本各地的桃太郎傳說以岡山縣最爲著名，岡山縣舊稱「吉備國」，盛產桃子，縣內存在多處桃太郎傳說傳承地，二〇一八年更爲岡山機場取名愛稱「岡山桃太郎機場」，桃太郎儼然已成重要觀光資源。

位於岡山市內的「吉備津神社」爲吉備國總鎮守，主祭神爲吉備津彥命。神社社記中有「吉備津彥命擊退溫羅」神話，內容與桃太郎傳說有許多相似處。相傳第十一代垂仁天皇治世時，異國鬼神「溫羅」入侵吉備國，於今日岡山縣內建造居城，掠奪財物與人質，人們畏懼其力量，稱此地爲「鬼城」。天皇於是派遣智勇兼備的吉備津彥命，前往討伐溫羅。炙烈交戰後，溫羅降伏於吉備津彥命，鄉里回歸和平。此一神話被認爲是「桃太郎」故事的原型，吉備津彥命之勇姿與桃太郎的英雄形象重疊，其英勇事蹟流傳至今。

「桃太郎」故事的最大特徵，在於男孩是從「桃子」當中誕生。日本文獻中有關「桃子」的記載，首見於『古事記』之「黃泉比良坂」橋段。伊邪那岐爲尋回伊邪那美而前往黃泉國度，卻震懾於亡妻慘不忍睹的樣貌。伊邪那岐沿原路逃跑，黃泉醜女與黃泉魔軍緊追在後，當逃至入口處黃泉比良坂，伊邪那岐摘下三顆桃子果實投向追兵，黃泉醜女們瞬間退散。中國自古認爲桃子可「厭服邪氣，制御百鬼」，此說傳入日本，且融入了「黃泉比良坂」情節中，而自桃子中誕生的桃太郎成爲擊退魔鬼的英雄。

7. 一說爲「黍米糰子」，日文中「黍」發音同「吉備」。

單字

1. すくすく：副 健康茁壯成長著的樣子
2. ゆかり：名 因緣、相關聯
3. 遣《つか》わす：動 派遣
4. くだり：名 文章某段落、故事某橋段
5. 連《つ》れ戻《もど》す：動 把某人帶回原本之處
6. 変《か》わり果《は》てる：動 變得與之前完全不同、面目全非
7. 合《あ》わさる：動 吻合

句型

●～うとする：正想要～ 動詞｛意向形｝ うとする

<例>電話《でんわ》しようとしたら、向《む》こうから電話《でんわ》がかかってきた。
正想要打電話，就接到了對方的來電。

●～たところ：當～的時候 動詞｛た形｝ たところ

* 用於後續發展令人意外的狀況

<例>教室《きょうしつ》に入《はい》ったところ、誰《だれ》もいなかった。
一進教室，發現大家都不在。

民話その二：浦島太郎《うらしまたろう》 006

昔々《むかしむかし》、浦島太郎《うらしまたろう》という漁師《りょうし》がいた。ある日《ひ》、浜辺《はまべ》で子供達《こどもたち》が亀《かめ》を**いじめ**[1]ているのを見《み》て、かわいそうに思《おも》い、助《たす》けて海《うみ》へ**逃《に》がし**[2]てやった。数日後《すうじつご》、再《ふたた》び浜辺《はまべ》へ行《い》くと、亀《かめ》がやって来《き》て、恩返《おんがえ》しにと竜宮《りゅうぐう》へ招待《しょうたい》された。亀《かめ》に乗《の》って海《うみ》の中《なか》に入《はい》っていき、竜宮《りゅうぐう》で乙姫《おとひめ》に**手厚《てあつ》く**[3]**もてなされ**[4]た。しばらくそこで暮《く》らしていたが、故郷《ふるさと》に帰《かえ》ろうとした時《とき》、乙姫《おとひめ》から「開《あ》けてはいけない」と**念《ねん》を押《お》され**[5]つつ玉手箱《たまてばこ》を渡《わた》された。亀《かめ》に乗《の》って故郷《ふるさと》へ戻《もど》ると、なんと地上《ちじょう》では数百年《すうひゃくねん》が経過《けいか》していた。悲《かな》しみに暮《く》れた浦島太郎《うらしまたろう》は乙姫《おとひめ》との約束《やくそく》を破《やぶ》って玉手箱《たまてばこ》を開《あ》けてしまう。すると、中《なか》から白《しろ》い煙《けむり》が出《で》てきて、浦島太郎《うらしまたろう》は白髪《しらが》のお爺《じい》さんになってしまった。

「浦島太郎《うらしまたろう》」は「桃太郎《ももたろう》」と同《おな》じくらい有名《ゆうめい》な日本《にほん》の民話《みんわ》だ。原型《げんけい》は日本神話《にほんしんわ》の「海幸《うみさち》山幸物語《やまさちものがたり》」とされる。不注意《ふちゅうい》で兄《あに》・海幸彦《うみさちひこ》の釣針《つりばり》をなくした山幸彦《やまさちひこ》が塩筒大神《しおつちのおおかみ》の助《たす》けによって海神《かいじん》のいる宮殿《きゅうでん》へ行《い》き、海神《かいじん》の娘《むすめ》・豊玉《とよたま》姫《ひめ》と結婚《けっこん》するという話《はなし》だ。三年後《さんねんご》、山《やま》幸彦《さちひこ》は釣針《つりばり》と海神《かいじん》にもらった宝物《たからもの》を持《も》って地上《ちじょう》に戻《もど》った。**やがて**[6]、身《み》ごもった豊玉姫《とよたまひめ》も地上《ちじょう》にやって来《き》た。豊玉《とよたま》姫《ひめ》は「出産《しゅっさん》の時《とき》は本来《ほんらい》の姿《すがた》に戻《もど》るので決《けっ》して見《み》てはいけない」と山幸彦《やまさちひこ》に告《つ》げる。だが、山幸彦《やまさちひこ》は好奇心《こうきしん》に勝《か》てず、産屋《うぶや》の隙間《すきま》から覗《のぞ》いてしまう。すると、そこには巨大《きょだい》なワニになった豊玉姫《とよたまひめ》の姿《すがた》があった。驚《おどろ》いた山幸彦《やまさちひこ》はその場《ば》から逃《に》げ出《だ》した。豊玉姫《とよたまひめ》は生《う》まれた子供《こども》を残《のこ》して海《うみ》に帰《かえ》り、陸《りく》と海《うみ》をつなぐ道《みち》を閉《と》じた。その後《ご》、二人《ふたり》が再会《さいかい》することはなかった。

浦島太郎《うらしまたろう》について記《しる》されている最《もっと》も古《ふる》い文献《ぶんけん》は日本書紀《にほんしょき》の浦嶋子伝記《うらしまこでんき》だ。雄略天皇《ゆうりゃくてんのう》の御代《みよ》、浦嶋子《うらしまこ》が船《ふね》で釣《つ》り上《あ》げた亀《かめ》が仙女《せんにょ》に変身《へんしん》し、海《うみ》の中《なか》の「蓬《ほう》莱山《らいさん》」に招待《しょうたい》されるという話《はなし》だ。浦嶋《うらしま》子《こ》は海中《かいちゅう》の宮殿《きゅうでん》で手厚《てあつ》いもてなしを受《う》け、仙女《せんにょ》と結婚《けっこん》する。三年後《さんねんご》、故郷《ふるさと》が恋《こい》しくなった時《とき》、仙女《せんにょ》に「私《わたし》のことを忘《わす》れず、ここへ戻《もど》って来《こ》ようと思《おも》うなら、絶対《ぜったい》に開《あ》けてはいけない」と言《い》われて化粧箱《けしょうばこ》を渡《わた》される。故郷《ふるさと》に戻《もど》ると、なんと既《すで》に三百年《さんびゃくねん》が経《た》っていた。絶望《ぜつぼう》した浦嶋子《うらしまこ》は仙女《せんにょ》のことを思《おも》い出《だ》し、約束《やくそく》を破《やぶ》って化粧箱《けしょうばこ》を開《あ》けてしまう。すると、美《うつく》しかった浦嶋子《うらしまこ》の容色《ようしょく》が風《かぜ》に乗《の》って大空《おおぞら》に飛《と》び去《さ》ってしまい、仙《せん》女《にょ》との再会《さいかい》もできなくなった。

海幸山幸物語《うみさちやまさちものがたり》と浦嶋子伝記《うらしまこでんき》の「異世《いせ》界《かい》に行《い》く」、「約束《やくそく》を破《やぶ》る」というくだりは、ほぼそのままの形《かたち》で語《かた》り継《つ》がれている。また、浦島太郎《うらしまたろう》の物語《ものがたり》では、亀《かめ》は恩返《おんがえ》しのためにやって来《く》るが、浦《うら》嶋子伝記《しまこでんき》では亀自身《かめじしん》が仙女《せんにょ》で、この違《ちが》いは興味深《きょうみぶか》い。

民間故事其二：浦島太郎

從前從前，漁夫浦島太郎在海邊遇見遭受孩童們欺負的烏龜，於心不忍出手相救，將其放生回大海。數天後浦島太郎再次來到海邊，烏龜現身招待浦島太郎前往龍宮，以感謝日前救命之恩。浦島太郎乘坐於烏龜背上潛入海中，於龍宮受到乙姬熱情款待，過了些時日欲返回鄉里，乙姬遞上一只玉手箱[7]，並再三交代「絕對不可開啓」。烏龜將浦島太郎載回故鄉，不料滯留海中龍宮的短暫時光，陸地上卻是幾百年的光陰。浦島太郎悲傷不已，打破約定開啓玉手箱，突然一陣白煙自箱中飄出，轉眼間浦島太郎便成爲白髮蒼蒼的老人。

「浦島太郎」與「桃太郎」同爲日本有名的民間故事，日本神話中[8]之「海幸山幸物語」被認爲是浦島太郎傳說的原型。山幸彥不慎遺失兄長海幸彥的魚鉤，幸運獲得鹽筒大神之助前往海神宮殿，並與海神之女豐玉姬結爲連理，三年後帶著魚鉤與海神相贈的寶物回到原處。不久，懷有身孕的豐玉姬來到陸地上告知：「我生產時將會變回原本的樣子，請絕對不要偷看。」但山幸彥抵擋不過好奇心，自產房門縫窺探，目擊變身爲巨大鱷魚的豐玉姬而驚嚇逃跑。豐玉姬留下初生之兒回到海中，並斷絕海陸境界，夫妻無緣再會。

古典文獻記載中，『日本書紀』之「浦嶋子物語」爲「浦島太郎」最古老的記錄。雄略天皇治世時，浦嶋子乘船捕獲一隻烏

▲日本國小國語課本中的浦島太郎 @wikipedia

龜。烏龜轉眼間變身爲仙女，招待浦嶋子前往海中「蓬萊山」。浦嶋子於海中宮殿受到盛情款待，並與仙女結爲連理。三年後浦嶋子思鄉情湧，仙女遞上一只梳妝箱，並交代：「若你沒忘記我，並想再度回到此地，就絕對不可打開箱子。」浦嶋子回到故鄉，不料竟已過了三百年，絕望至極時想起仙女，忘卻約定開啓梳妝盒。下一秒，浦嶋子的俊美面貌隨風消逝於天際，同時也註定無緣再見仙女一面。

「海幸山幸物語」和「浦嶋子物語」當中，「前往異世界」及「打破約定」的橋段，相當完整地傳承了下來。另一方面，今日衆所皆知的「浦島太郎」故事中，烏龜登場是爲了報恩，不過「浦嶋子物語」的烏龜卽爲仙女本身，此一相異處耐人尋味。

7. 一說爲「黍米糰子」，日文中「黍」發音同「吉備」。
8. 「浦島太郎」故事中出現的梳妝箱，衍伸意爲「不可輕易開啓的寶箱」。
9. 本書所謂之日本神話皆指『古事記』中之記載。

單字

1. **いじめ**：名 霸凌
2. **逃《にが》す**：動 放過，或協助逃走
3. **手厚《てあつ》く**：形容詞「手厚い」的副詞型態，熱情親切又細心地對待對方
4. **もてなされる**：動 「もてなす」的被動式，被招待
5. **念《ねん》を押《お》される**：「念を押す」的被動式，被再三叮囑
6. **やがて**：副 不久之後

句型

●〜つつ：一邊〜卻又同時 動詞｛ます形｝　つつ（も）

＊等於「〜つつも」

<例>もう勉強《べんきょう》しなければならないと思《おも》いつつ、ずっとスマホをスワイプしてしまった。
一邊想著得該用功念書了，卻又一邊滑著手機。

●〜によって：①被〜、由〜所…　②因…而異　③藉由 名詞　によって

<例>同《おな》じ料理《りょうり》でも、地域《ちいき》によって作《つく》り方《かた》が違《ちが》ってくる。
卽便是同一道料理，因爲地區的不同做法也會有差異。

<例>言語《げんご》は実際《じっさい》に使《つか》うことによって上達《じょうたつ》していく。
語言是藉由實際運用而得以進步。

花絮一

取材自日本神話的經典動漫《火影忍者》、《鬼滅之刃》

火影忍者

動漫「火影忍者」當中，登場人物各自**驅使不同的忍術（それぞれの忍術《にんじゅつ》を操《あやつ》る）**，其中宇治波佐助、宇治波鼬兄弟的瞳術「天照」與「月讀」，正是取自日本神話中「天照大御神」與「月讀命」之名。

動畫中「天照」一詞首度出現（初登場），是在第二部「疾風傳」佐助與鼬的對峙場面。唯有「萬花筒寫輪眼」開眼者才能驅使瞳術「天照」，若被寫輪眼瞄準，會瞬間升起高溫黑色火焰將目標物**燃燒殆盡（燃《も》やし尽《つ》くす）**。「天照」甚至可吞噬同屬性的火焰，是最強大的火遁攻擊術，但是會對眼睛造成極大負擔，過度使用會**有失明的風險（失明《しつめい》の恐《おそ》れがある）**。

「月讀」是在動畫第一部，鼬與卡卡西對峙時首度出現。瞳術「月讀」同樣為「萬花筒寫輪眼」開眼者才能驅使，可瞬間將對手帶進幻術世界，透過拷問帶給對方極大精神痛苦，在幻術世界所遭受到的打擊和現實世界並無兩樣。不過和「天照」相同，發動「月讀」也會對眼睛造成極大負擔，**使用次數愈多（使《つか》えば使《つか》うほど）**愈有可能失明。

在日本神話當中，「天照大御神」與「月讀命」分別由伊邪那岐的雙眼誕生，因此佐助兄弟發動瞳術「天照」與「月讀」時，都需要非常強力的眼睛「萬花筒寫輪眼」。「天照」會產生強烈的火焰，「月讀」則是自由操縱幻術世界，也呈現出二神「太陽神」與「夜神」性格之明暗對比。

鬼滅之刃

人氣動漫「鬼滅之刃」主角炭治郎隸屬鬼殺隊，當主名爲「產屋敷耀哉」。「產屋」意爲產房，神話中，伊邪那岐與伊邪那美隔著巨岩**叫囂（いがみ合《あ》う）**，妻子宣言：「我每天會殺死地上世界一千人！」丈夫則回敬（言い返す）：「那我就每天建造一千五百間產屋！」當主的名字似乎就是來自伊邪那岐這句名言。產屋敷耀哉總是稱呼旗下鬼殺隊隊士爲「我的孩子們」，隊士們也將耀哉視爲父親般敬重，與伊邪那岐父神**形象重疊（イメージが重《かさ》なる）**。

鬼王「鬼舞辻無慘」爲產屋敷家族的千年宿敵，利用自己的血液將無數人類變爲鬼。鬼懼怕光明，只能在夜間活動，彷彿活在冥界。平常外表爲貌美青年，卻在動畫最終回開頭，以和服美女之姿登場**驚艷全場（みんなの目《め》を奪《うば》う）**，氣勢有如冥界母神伊邪那美，手下們平伏於其腳前。「耀哉」象徵光明，「無慘」則讓人聯想到冥界穢氣，恰如神話中伊邪那岐與伊邪那美的對立。

焦點回到主角「竈門炭治郎」身上吧！「竈」爲「灶」之異體字，影射炭治郎形象來自神話當中之火神「迦具土神」。迦具土神爲伊邪那岐與伊邪那美之子，出生時燒傷母親使其喪命。動漫中，炭治郎爲了拯救變成鬼的妹妹而發誓要打倒鬼王。若從迦具土神與伊邪那美的關係來看，炭治郎擊敗鬼舞辻無慘，是必然的結果！

PART. 2

神話經典舞台 著名景點

神話既然是衆神在日本國土上發生的故事，走過必留下痕跡。首先，九州是日本天皇從天上降臨人間、「天孫降臨」神話故事發源地。此地有非常多關於日本神話的景點，特別是宮崎縣這個地方，聚集了許多神話相關的自然與人文風景。對日本歷史有興趣的朋友，推薦您來此處走走。

接著來到出雲。這裡主要指的是島根縣與鳥取縣一帶，是大國主與須佐之男主要活動區域。二位情到深處無怨尤、又講義氣的男神，於此發生非常多戲劇張力滿點的故事，爲此地增添神秘與浪漫色彩。而所有衆神之生父生母伊邪那岐、伊邪那美，亦於此處發生了令人不勝唏噓的情變故事。

提到衆神之生父生母，兩位原本如膠似漆的兄妹情侶日後卻成怨偶，這部分暫且留待下一章談。最初兩位相遇結合之處就在淡路島，而淡路島也是夫妻第一個生出的國土。日後，神武東征，舞台轉向大和，因著權力鬥爭與遷都的原因，近畿地區留下許多神話相關遺跡。

【能量景點】禊池、天安河原、國見之丘、鬼之洗衣板

壹 九州《きゅうしゅう》・神話《しんわ》の故郷《ふるさと》 宮崎巡礼《みやざきじゅんれい》

007

神話《しんわ》あれこれの舞台《ぶたい》

パワースポット

みそぎ池《いけ》

伊邪那美《いざなみ》と決別《けつべつ》し、黄泉《よみ》の国《くに》から地《ち》上《じょう》に戻《もど》ってきた伊邪那岐《いざなぎ》は、筑紫《つくし》の日《ひゅ》向《うが》の橘小門《たちばなのおど》（河口《かこう》の意味《いみ》か）の阿波岐《あわき》原《はら》に向《む》かい、黄泉《よみ》の国《くに》の穢《けが》れを落《お》とした。その時《とき》に天照大御神《あまてらすおおみかみ》、月読命《つくよみのみこと》、須《す》佐之男命《さのおのみこと》の「三貴子《さんきし》」など多《おお》くの神《かみ》が誕生《たんじょう》した。

筑紫《つくし》とは古代九州《こだいきゅうしゅう》を指《さ》し、宮崎県《みやざきけん》には「日向《ひゅうが》」という地名《ちめい》が残《のこ》っている。同県宮崎市《どうけんみやざきし》には日本最初《にほんさいしょ》の夫婦《ふうふ》の伊邪《いざ》那岐《なぎ》と伊邪那美《いざなみ》を祀《まつ》る、縁結《えんむす》びで有名《ゆうめい》な江田神社《えだじんじゃ》があり、その境内《けいだい》（阿波岐《あわきが》原森林公園市民《はらしんりんこうえんしみん》の森内《もりない》）にある「みそぎ池《いけ》」（正式《せいしき》には御池《みいけ》）が、伊邪那岐《いざなぎ》が禊《みそぎ》を行《おこな》った地《ち》とされる。多《おお》くの神《かみ》がこの地《ち》で生《う》まれ、神話《しんわ》が新《あら》たなステージに入《はい》ることから、宮崎《みやざき》は神話《しんわ》の故郷《ふるさと》

といわれている。

湧《わ》き水《みず》が溢《あふ》れ、**きりっと**[1]した空気《くうき》が漂《ただよ》うみそぎ池《いけ》には白《しろ》い御幣《ごへい》が立《た》てられ、神聖《しんせい》な雰囲気《ふんいき》を**より一層**《いっそう》[2]深《ふか》めている。見頃《みごろ》は黄色《きいろ》いスイレンが水面《すいめん》を埋《う》め**尽**《つ》**くす**[3]初夏《しょか》。また、池《いけ》のそばにある、天照大御神《あまてらすおおみかみ》、月読命《つくよみのみこと》、伊邪那岐《いざなぎ》、伊邪那美《いざなみ》など日本神話《にほんしんわ》の重要《じゅうよう》な神々《かみがみ》を祀《まつ》る「みそぎ御殿《ごてん》」は霊気《れいき》の強《つよ》いパワースポットとして知《し》られる。

天安河原《あまのやすかわら》

真面目《まじめ》に仕事《しごと》をしないことから父《ちち》の伊邪那岐《いざなぎ》に追放《ついほう》された後《あと》、高天原《たかまがはら》へ上《のぼ》り、天安河原《あまのやすかわら》で天照大御神《あまてらすおおみかみ》と誓約《うけい》を行《おこな》った須佐之男命《すさのおのみこと》は、占《うらな》いに勝《か》ったことから**慢心**《まんしん》**し**[4]、高天原《たかまがはら》で大暴《おおあば》れした。天照大御神《あまてらすおおみかみ》は悲《かな》しみと怒《いか》りのあまり、天《あま》の岩屋戸《いわやど》に隠《かく》れてしまい、世界《せかい》に光《ひかり》を取《と》り戻《もど》すために八百万《やおよろず》の神《かみ》が天安河原《あまのやすかわら》に集《あつ》まって対策《たいさく》を**練**《ね》**っ**[5]た。

天照大御神《あまてらすおおみかみ》を祀《まつ》る宮崎県高千穂町《みやざきけんたかちほちょう》の天岩戸神社《あまのいわとじんじゃ》が、この天《あま》の岩屋戸神話《いわやどしんわ》の舞台《ぶたい》といわれている。同神社《どうじんじゃ》の西本宮《にしほんぐう》から岩戸川《いわとがわ》を挟《はさ》んだ対岸《たいがん》にある東本宮《ひがしほんぐう》は、天岩戸《あまのいわと》から出《で》てきた天照大御神《あまてらすおおみかみ》が最初《さいしょ》に住《す》んでいた場所《ばしょ》とされる。神職《しんしょく》の案内《あんない》を申《もう》し込《こ》めば、西本宮《にしほんぐう》の遥拝殿《ようはいでん》から対岸《たいがん》にある天岩戸《あまのいわと》の洞窟《どうくつ》を拝観《はいかん》できる。

西本宮《にしほんぐう》から岩戸川《いわとがわ》に沿《そ》って徒歩《とほ》で十分《じゅっぷん》ほど上流《じょうりゅう》に上《のぼ》ったところに天安河原《あまのやすかわら》がある。天照大御神《あまてらすおおみかみ》と須佐之男命《すさのおのみこと》がこの地《ち》で誓約《うけい》を行《おこな》った際《さい》に誕生《たんじょう》した神々《かみがみ》が後《のち》の神話《しんわ》で重要《じゅうよう》な役割《やくわり》を果《は》たすことから、天安河原《あまのやすかわら》は日本神話《にほんしんわ》で重要《じゅうよう》な地位《ちい》を占《し》める。また、八百万《やおよろず》の神《かみ》が集《あつ》まった場所《ばしょ》でもあるため、神秘的《しんぴてき》な霊気《れいき》が漂《ただよ》っている。祈願《きがん》に訪《おとず》れた人々《ひとびと》が今《いま》もここで続々《ぞくぞく》と石《いし》を積《つ》み上《あ》げており、幻想的《げんそうてき》な雰囲気《ふんいき》をより一層深《いっそうふか》めている。

国見ヶ丘《くにみがおか》

宮崎県高千穂町《みやざきけんたかちほちょう》にある標高《ひょうこう》五一三メートルの国見ヶ丘《くにみがおか》は雲海《うんかい》の名所《めいしょ》として有名《ゆうめい》だ。名称《めいしょう》は初代神武天皇《しょだいじんむてんのう》の孫《まご》、建磐龍命《たけいわたつのみこと》が九州平定《きゅうしゅうへいてい》の際《さい》にここから国見《くにみ》をしたことに由来《ゆらい》する。建磐龍命《たけいわたつのみこと》は後《のち》に神格化《しんかくか》され、現在《げんざい》は阿蘇神社《あそじんじゃ》（熊本県《くまもとけん》）の主祭神《しゅさいじん》「阿蘇大明神《あそだいみょうじん》」として知《し》られる。

快晴《かいせい》の日《ひ》には、国見ヶ丘《くにみがおか》から棚田《たなだ》が広《ひろ》がる高千穂盆地《たかちほぼんち》や周辺《しゅうへん》の山々《やまやま》を一望《いちぼう》できる。西《にし》に見《み》える阿蘇五岳《あそごがく》は、お釈迦様《しゃかさま》が横《よこ》たわった姿《すがた》に似《に》ていることから「阿蘇《あそ》の涅槃像《ねはんぞう》」と呼《よ》ばれる。国見《くにみ》ケ丘《がおか》は二〇一一年《ねん》に「ミシュラン・グリーンガイド・ジャポン」で一《ひと》つ星《ぼし》を獲得《かくとく》。秋《あき》～初冬《しょとう》（九月中旬《くがつちゅうじゅん》～十一月下旬《じゅういちがつげじゅん》）の快晴無風《かいせいむふう》の冷《ひ》え込《こ》んだ早朝《そうちょう》には、霧《きり》が盆地《ぼんち》や山々《やまやま》を包《つつ》み込《こ》む雲海《うんかい》が目《め》の前《まえ》に広《ひろ》がり、運《うん》が良《よ》ければ日《ひ》の出《で》も見《み》られる。幻想的《げんそうてき》な雲海《うんかい》と神聖《しんせい》な御来光《ごらいこう》を眺《なが》めていると、神々《かみがみ》の住《す》む秘境《ひきょう》にいるような気持《きも》ちになり、名状《めいじょう》しがたい[6]感動《かんどう》が押《お》し寄《よ》せてくる。

鬼《おに》の洗濯板《せんたくいた》

葦原中国《あしはらのなかつくに》に降《お》り立《た》った天孫《てんそん》の邇邇藝《ににぎの》命《みこと》は、山神《やまがみ》の娘《むすめ》との間《あいだ》に三人《さんにん》の子《こ》をもうける。海辺《うみべ》に住《す》み、漁《りょう》を生業《なりわい》とする長男《ちょうなん》は海幸彦《うみさちひこ》、山《やま》での狩《か》りを生業《なりわい》とする三男《さんなん》は山幸彦《やまさちひこ》と呼《よ》ばれていた。ある日《ひ》、二人《ふたり》は仕事道具《しごとどうぐ》を交換《こうかん》し、山幸《やまさち》彦《ひこ》は兄《あに》の釣針《つりばり》をなくしてしまう。困《こま》った山幸彦《やまさちひこ》は老神《おいがみ》の塩筒大神《しおづつのおおがみ》の助《たす》けにより、釣針《つりばり》を求《もと》めて海神《かいじん》の宮殿《きゅうでん》へ向《む》かい、そこで海神《かいじん》の娘《むすめ》、豊玉姫《とよたまひめ》と結婚《けっこん》する。三年後《さんねんご》、釣針《つりばり》を持《も》って故郷《ふるさと》に戻《もど》った山《やま》幸彦《さちひこ》は、海神《かいじん》から授《さず》かった「塩盈珠《しおみつたま》」と「塩乾珠《しおふるたま》」により海《うみ》の潮《しお》の満《み》ち引《ひ》きを自由《じゆう》に操《あやつ》り、兄《あに》を服従《ふくじゅう》させる。

この兄弟《きょうだい》の物語《ものがたり》の舞台《ぶたい》となったのが、宮崎市《みやざきし》青島《あおしま》の中央《ちゅうおう》に鎮座《ちんざ》する青島《あおしま》神社《じんじゃ》だ。山幸彦《やまさちひこ》、豊玉姫《とよたまひめ》、塩筒大神《しおづつのおおがみ》を祀《まつ》り、縁結《えんむす》びの神社《じんじゃ》として知《し》られる。

江戸時代《えどじだい》まで聖域《せいいき》として立《た》ち入《い》りが禁《きん》止《し》され、外海《がいかい》が荒《あ》れても不思議《ふしぎ》なほど穏《おだ》やかな青島《あおしま》の海岸《かいがん》には、隆起《りゅうき》した地《ち》層《そう》が波《なみ》に侵食《しんしょく》されてできた「鬼《おに》の洗濯《せんたく》板《いた》」と呼《よ》ばれる奇岩《きがん》が広《ひろ》がっている。大自然《だいしぜん》が作《つく》り出《だ》した圧巻《あっかん》[7]の光景《こうけい》で、国《くに》の天然記念物《てんねんきねんぶつ》に指定《してい》されている。手《て》つかず[8]の自然《しぜん》が残《のこ》る青島《あおしま》は北半球《きたはんきゅう》最《さい》北《ほく》のヤシ科植物《かしょくぶつ》の群生地《ぐんせいち》でもあり、熱《ねっ》帯《たい》・亜熱帯植物群《あねったいしょくぶつぐん》の中《なか》に建《た》つ朱塗《しゅぬ》りの神殿《しんでん》が鮮《あざ》やかなコントラスト[9]を見《み》せている。

【能量景點】那些年，紛紛擾擾的那些地

禊池

伊邪那岐與伊邪那美訣別，自黃泉之國回到地上世界，爲了去除身上沾染的冥界穢氣，前往筑紫日向橘小門（一說爲河口之意）阿波岐原淨身，包含「三貴子」——天照大御神、月讀命、須佐之男命——在內之衆多神明便自其身軀誕生。

筑紫泛指古代九州，宮崎縣內留有「日向」地名，坐落於同縣宮崎市內的江田神社，祭祀日本第一對夫婦神伊邪那岐與伊邪那美，爲著名良緣神社。境內（阿波岐原森林公園市民之森內）的「禊池」（正式名稱爲「御池」），相傳即爲伊邪那岐淨身之地。衆神於此誕生，神話故事自此進入新的篇章，因此宮崎也被視爲神話的故鄉。

禊池湧水流淌，環繞周遭的空氣清澄凜冽，白幣束豎立於池中更增添神聖氛圍，黃睡蓮開滿池面的初夏時節最爲美麗。禊池御殿鎮座於池畔，祭祀天照大御神、月讀命、伊邪那岐與伊邪那美等日本神話重要神明，爲靈氣強烈之能量景點。

天安河原

須佐之男命怠忽職守遭父親伊邪那岐放逐，前往高天原與天照大御神於天安河原進行誓約占卜，卻自負爲勝者而驕傲狂妄大亂天庭，天照大御神悲憤至極，隱身至天岩戶中閉門不出，八百萬神於是聚集於天安河原

擬訂對策，以盼光明重回世界。

祭祀天照大御神的天岩戶神社，鎮座於宮崎縣高千穗町，相傳卽爲「天岩戶神話」的舞台。西本宮隔著岩戶川與東本宮對望，東本宮所在地爲天岩戶洞開後，天照大御神最初的居所。在神職者領導下，可自西本宮內側遙拜殿遠觀對岸的天岩戶洞窟。

自西本宮沿著岩戶川往上游方向徒步約十分鐘，卽可抵達天安河原。天照大御神與須佐之男命的後代神明於誓約占卜過程中誕生，在往後的神話故事中扮演重要角色，因此天安河原於日本神話中擁有關鍵地位。另一方面，天安河原也爲八百萬神聚集地，神秘靈氣籠罩，至今仍有許多參拜客至此堆石祈願，更添此地幻想氛圍。

國見之丘

位於宮崎縣高千穗町、海拔五一三公尺的國見之丘，爲著名的雲海勝地。相傳初代天皇神武天皇之孫——建磐龍命平定九州之際，於此地俯瞰國土，因而有「國見之丘」之名。後世將建磐龍命神格化，卽爲今日衆所皆知的熊本縣阿蘇神社主祭神「阿蘇大明神」。

晴朗無雲時自國見之丘俯瞰，高千穗盆地的梯田風光與環繞四周的群峰景觀一覽無遺，西側連綿的阿蘇五岳形如釋迦佛祖仰臥，因此又名「阿蘇涅槃像」。國見之丘2011年榮登「米其林綠色指南日本」一星景點，秋季至初冬（九月中旬～十一月下旬）晴朗無風空氣冷冽的清晨，濃霧覆蓋盆地與群山形成雲海景觀，若運氣好更能望見日出，神聖莊嚴的御來光與夢幻雲海，彷彿置身於神明居住的秘境，帶給訪客無以名狀的感動。

鬼之洗衣板

邇邇藝命天孫降臨葦原中國，與山神之女之間產下三子，定居海邊捕魚爲生的長男又名「海幸彥」，於山林中狩獵的么子別名「山幸彥」。某天兄弟互換維生工具，山幸彥卻不慎遺失了兄長的魚鉤，正困擾不已時，老神鹽筒大神現身，協助山幸彥前往海神宮殿尋找魚鉤下落。山幸彥與海神之女豐玉姬結爲連理，三年後帶著魚鉤自宮殿回到原處，並善用海神相贈的「鹽盈珠」與「鹽乾珠」控制潮汐漲退，令兄長臣服於己。

位於宮崎市青島中央的青島神社，卽爲海幸彥、山幸彥兄弟物語的舞台，祭祀山幸彥、豐玉姬與鹽筒大神，爲著名的緣結神社。至江戶時代爲止，青島爲禁止踏入之聖域，卽便海相不佳、浪高潮漲，島內卻總是不可思議地寧靜。隆起海岸與海水侵蝕所形成的奇岩景觀擁有「鬼之洗衣板」之異名，爲國家指定天然紀念物，大自然的鬼斧神工令人驚嘆。島上保有原始自然風貌，爲北半球最北之椰子科品種群生地。朱紅神殿建於熱帶及亞熱帶植物群中，形成鮮豔對比。

單字

1. きりっと：副 清爽的
2. より一層《いっそう》：副 更加
3. 尽《つ》くす：動 極盡所能、盡全力。在此「～尽くす」表示「完全～」
4. 慢心《まんしん》する：動 驕傲
5. 練《ね》る：動 下工夫思考
6. ～がたい：形 難以～的
7. 圧巻《あっかん》：名 最優秀的部分
8. 手《て》つかず：名 未曾被處理過的、保持原狀的
9. コントラスト：名 對比

見どころ

八百万《やおよろず》の神《かみ》の祭《まつ》りを体験《たいけん》

宮《みや》崎《ざき》神楽《かぐら》

008

神楽《かぐら》とは五穀豊穣《ごこくほうじょう》を感謝《かんしゃ》し、一年《いちねん》の無事を祈願《きがん》して神様《かみさま》に捧《ささ》げる歌《うた》や踊《おど》りのこと。天照大御神《あまてらすおおみかみ》が天岩戸《あまのいわと》に隠《かく》れた際《さい》、高天原《たかまがはら》の八百万《やおよろず》の神《かみ》が行《おこな》った祭《まつ》りの舞台《ぶたい》で巫女《みこ》の天宇受売命《あめのうずめのみこと》が披露《ひろう》した軽快《けいかい》な舞《まい》が神楽《かぐら》の起源《きげん》とされている。

宮崎《みやざき》の神楽《かぐら》は冬《ふゆ》（十一《じゅういち》～二《に》、三月《さんがつ》）に県内各地《けんないかくち》で行《おこな》われる。最《もっと》も有名《ゆうめい》なのは、国《くに》の重要《じゅうよう》無形民俗文化財《むけいみんぞくぶんかざい》に指定《してい》されている「高千穂《たかちほ》の夜神楽《よかぐら》」だ。山里《やまざと》の各集落《かくしゅうらく》ごとに氏神《うじがみ》を神楽宿《かぐらやど》と呼《よ》ばれる神社《じんじゃ》や公民館《こうみんかん》、民家《みんか》に招《まね》き、夜《よ》を徹《てつ》して歌《うた》や踊《おど》りを奉納《ほうのう》する神事《しんじ》で、期間中《きかんちゅう》は各集落《かくしゅうらく》に笛《ふえ》や太鼓《たいこ》の音《おと》が響《ひび》き渡《わた》る。高千穂《たかちほ》の里人《さとびと》が祀《まつ》る神様《かみさま》の中心《ちゅうしん》は荒神《こうじん》（山《やま》の神《かみ》）と五穀豊穣《ごこくほうじょう》をもたらす水源《すいげん》の神《かみ》で、山《やま》から降臨《こうりん》し、里人《さとびと》と共《とも》に舞《まい》い遊《あそ》ぶ。神楽宿《かぐらやど》の神庭《こうにわ》の飾《かざ》りや舞手《まいて》がつける神面《しんめん》、衣装《いしょう》もそれぞれ特色《とくしょく》があり、神楽《かぐら》の**見所《みどころ》**[1]の一《ひと》つだ。

夜神楽《よかぐら》は三十三《さんじゅうさん》の演目《えんもく》から成《な》る**いわゆる**[2]「三十三《さんじゅうさん》番夜神楽《ばんよかぐら》」で、日本神話《にほんしんわ》の神々《かみがみ》が登場《とうじょう》する。中《なか》でも最《もっと》も重要《じゅうよう》な舞《まい》は、神々《かみがみ》が天孫《てんそん》降臨《こうりん》の場《ば》を固《かた》めて国造《くにづく》りをしたことを表《あらわ》す一番《いちばん》から七《なな》番《ばん》で、「淀七番《よどななばん》」と呼《よ》ばれる。また、最《もっと》も有名《ゆうめい》なのは、火《ひ》の神《かみ》、水《みず》の神《かみ》、山《やま》の神《かみ》、五穀《ごこく》の神《かみ》、海《うみ》の神《かみ》など大自《だいし》然《ぜん》の神々《かみがみ》を祀《まつ》る舞《まい》に続《つづ》いて奉納《ほうのう》される、天《あま》の岩屋戸神《いわやどしん》話《わ》を基《もと》にした「岩戸五番《いわとごばん》」だ。夜明《よあ》けの「戸取《ととり》」（岩《いわ》

單字
1. 見所《みどころ》：名 值得一見之處
2. いわゆる：連 所謂的
3. 差《さ》し込《こ》む：動 光線射入
4. 吹雪《ふぶき》：名 紛飛
5. フィナーレ：名 最終章
6. ～向《む》け：接 專給某個對象、針對～

句型
●～ごとに：①每隔～、以～為單位　②每～就…… 名詞／動詞｛辞書形｝　ごとに

<例>感染拡大防止《かんせんかくだいぼうし》のため、卒業式《そつぎょうしき》はクラスごとに行《おこな》われる予定《よてい》だ。
為防止感染擴大，畢業式預定將以班級為單位舉行。

<例>人《ひと》は失敗《しっぱい》するごとに成長《せいちょう》する。
人經歷過一次失敗就成長一次。

戸五番《とごばん》の一《ひと》つ）で天岩戸《あまのいわと》が開《ひら》き、「日《ひ》の前《まえ》」の舞《まい》とともに朝日《あさひ》が神庭《こうにわ》に**差《さ》し込《こ》み**[3]、最後《さいご》の「雲下《くもおろ》し」で神庭《こうにわ》の上部《じょうぶ》にある天蓋《てんがい》から紙《かみ》**吹雪《ふぶき》**[4]が舞《ま》い散《ち》り、**フィナーレ**[5]を迎《むか》える。一般的《いっぱんてき》に神楽《かぐら》は男性《だんせい》が舞《ま》う。また、運良《うんよ》く選《えら》ばれた観光客《かんこうきゃく》が衣装《いしょう》に着替《きが》えて途中参加《とちゅうさんか》することもある。

高千穂神社《たかちほじんじゃ》の神楽殿《かぐらでん》では、年間《ねんかん》を通《つう》じて高《たか》千穂《ちほ》の夜神楽《よかぐら》を体験《たいけん》してもらおうと、観光客《かんこうきゃく》**向《む》け**[6]に毎晩八時《まいばんはちじ》から各集落《かくしゅうらく》の舞手《まいて》が交代《こうたい》で代表的《だいひょうてき》な四番《よばん》を演《えん》じている。

【在地饗宴】體驗神話中八百萬神的盛宴：宮崎神樂

「神樂」為供奉神明之歌舞，感謝五穀豐收與祈願一年平安。當年，天照大御神隱身於天岩戶中，高天原八百萬神實行「祭典作戰」，於舞台上翩翩起舞的巫女天宇受賣命為關鍵人物，其歌舞相傳即為「神樂」的起源。

宮崎神樂於每年冬季時期（十一月至隔年二、三月左右）於縣內各地舉行，其中又以國家指定重要無形民俗文化財之「高千穗夜神樂」最為著名。神樂舉行期間，笛、太鼓等樂器聲響徹山里聚落，當地居民迎接各地域信仰神明至「神樂宿」（神社境內、公民館或民家等）徹夜歌舞供奉。荒神（山神）與帶來五穀豐收的水源神為高千穗的信仰中心，神樂期間自山間降臨、與里民同歌共舞。神樂宿的神庭裝飾、舞者身著的神面與衣裝等各具特色，為神樂看點之一。

夜神樂由三十三段落組成，即為所謂「三十三番夜神樂」，日本神話眾神於其中登場。一番至七番描寫神明們鞏固國土以迎接天孫降臨，為最重要之「淀七番」。祭祀火神、水神、山神、五穀神、海神等大自然神明之後，便是取材自天石屋戶神話、最為有名之「岩戶五番」。黎明之際的「戶取」（岩戶五番之一）象徵天岩戶洞開，晨曦與「日前」之舞一同灑落神庭，最後「雲下」自神庭上方天蓋飄落無數紙片吹雪，迎接夜神樂終章。神樂舞者一般由男性繼承，若運氣好被選上，訪客也可換裝中途參加。

為了讓訪客整年都有機會體驗季節限定之「高千穗夜神樂」，高千穗神社境內神樂殿於每晚八點舉行「高千穗神樂」，由各聚落的舞者們輪番上陣，演出夜神樂中最具代表性的四番。

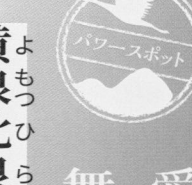

貳 出雲《いずも》・・冥界《めいかい》の国《くに》——

山陰《さんいん》

009

パワースポット

愛《あい》と憎《にく》しみの舞台《ぶたい》

黄泉比良坂《よもつひらさか》

『古事記《こじき》』の神話《しんわ》において、伊邪那岐《いざなぎ》は亡《な》くなった妻《つま》、伊邪那美《いざなみ》を連《つ》れ戻《もど》すために黄泉比良坂《よもつひらさか》を通《とお》って死者《ししゃ》の国《くに》へ行《い》くが、伊邪那美《いざなみ》の変《か》わり果《は》てた姿《すがた》に恐《おそ》れをなし、来《き》た道《みち》を**引《ひ》き返《かえ》し**[1]て地上《ちじょう》に戻《もど》る。伊邪那岐《いざなぎ》は現世《げんせ》と黄泉《よみ》の国《くに》の**境目《さかいめ》**[2]である黄泉比良坂《よもつひらさか》を巨石《きょせき》「千引《ちびき》の岩《いわ》」で**塞《ふさ》ぎ**[3]、伊邪那美《いざなみ》と決別《けつべつ》したとある。

黄泉比良坂《よもつひらさか》の伝承地《でんしょうち》は、島根県松江《しまねけんまつえ》市東出雲《しひがしいずも》町《ちょう》の国道九号線《こくどうきゅうごうせん》から南《みなみ》へ緩《ゆる》やかな坂《さか》を三百《さんびゃく》メートルほど上《のぼ》ったところにある。JR揖屋駅《いやえき》からは徒歩二十分《とほにじゅっぷん》。結界《けっかい》を示《しめ》す注連縄《しめなわ》で結《むす》ばれた二本《にほん》の石柱《せきちゅう》が立《た》ち、石柱《せきちゅう》の先《さき》には「神蹟黄泉比良坂伊賦夜坂伝説地《しんせきよもつひらさかいふやさかでんせっち》」の文字《もじ》が刻《きざ》まれた石碑《せきひ》がある。静《しず》かな木立《こだち》の中《なか》に、黄泉《よみ》の国《くに》への入《い》り口《ぐち》を塞《ふさ》いだ千引《ちびき》の岩《いわ》を思《おも》わせるような大《おお》きな岩《いわ》が並《なら》び、神秘的《しんぴてき》な雰囲気《ふんいき》を醸《かも》し出《だ》している。二〇一〇年《ねん》に公開《こうかい》された北川景子《きたがわけいこ》主演《しゅえん》の映画《えいが》『瞬 またたき』で、ヒロインが交通事故《こうつうじこ》で亡《な》くなった恋人《こいびと》に会おうと黄泉《よみ》の国《くに》へ向《む》かうシーンはこの場所《ばしょ》で撮影《さつえい》された。

この付近《ふきん》にはかつて、東出雲町意東《ひがしいずもちょういとう》へ越《こ》える古道《こどう》があり、その道《みち》を夜見路《よみじ》越《ごえ》、近《ちか》くの谷《たに》を夜見路谷《よみじがたに》と呼《よ》んでいた。夜見路《よみじ》とは黄泉路《よみじ》のことで、古《ふる》くから死《し》の国《くに》への道《みち》とされてきた。また、黄《よ》泉比良坂《もつひらさか》から約一《やくいち》キロメートル離《はな》れたところには伊邪那美《いざなみ》を祀《まつ》る揖夜神社《いやじんじゃ》がある。国生《くにう》みの母《はは》である伊邪那美《いざなみ》は、今日《きょう》では女性《じょせい》の守護神《しゅごしん》となっている。

八岐大蛇《やまたのおろち》ゆかりの地《ち》

「八岐大蛇神話《やまたのおろちしんわ》」の舞台《ぶたい》、島根県雲《しまねけんうん》南市《なんし》には神話《しんわ》の伝承地《でんしょうち》が数多《かずおお》く残《のこ》されている。

JR木次駅《きすきえき》からバスで約二十分《やくにじゅっぷん》、斐《ひ》伊川上流《いかわじょうりゅう》の木次《きすき》町《ちょう》と吉田町《よしだちょう》の境《さかい》にある「天が淵《あまがふち》」は八岐大蛇《やまたのおろち》が棲《す》んでいた場《ば》所《しょ》といわれている。天が淵《あまがふち》の岩《いわ》にはかつて、「蛇帯《じゃおび》」と呼《よ》ばれる青《あお》と赤《あか》の筋《すじ》になっている部分《ぶぶん》があり、八岐大蛇《やまたのおろち》の足跡《あしあと》と伝《つた》えられてきた。須佐之男命《すさのおのみこと》の妻《つま》の父母《ふぼ》である足名椎命《あしなづちのみこと》と手名椎命《てなづちのみこと》は天《あま》が淵《ふち》の近《ちか》くにある「万歳山《ばんざいさん》」に住《す》んでいたとされ、この二柱《ふたはしら》の神《かみ》は近《ちか》くの「温泉神社《おんせんじんじゃ》」に祀《まつ》られている。

木次町《きすきちょう》には須佐之男命《すさのおのみこと》と妻《つま》、櫛名田《くしなだ》比売《ひめ》を祀《まつ》る「布須神社《ふすじんじゃ》」がある。本殿《ほんでん》はなく、山《やま》そのものを御神体《ごしんたい》とする「神奈備式《かんなびしき》」と呼《よ》ばれる社殿形式《しゃでんけいしき》となっている。御神体《ごしんたい》の「御室山《みむろやま》」は、須《す》佐之男命《さのおのみこと》が八岐大蛇退治《やまたのおろちたいじ》の際《さい》に「八塩《やしお》折《おり》の酒《さけ》」を造《つく》った地《ち》といわれている。山《やま》の麓《ふもと》には、その酒《さけ》を造《つく》るために使用《しよう》した釜跡《かまあと》とされる「釜石《かまいし》」が残《のこ》っている。

木次町《きすきちょう》には同《おな》じく須佐之男命夫妻《すさのおのみことふさい》を祀《まつ》る斐伊神社《ひいじんじゃ》もある。神社《じんじゃ》から西《にし》へ約《やく》五十《ごじゅう》メートルのところに「八本杉《はっぽんすぎ》」があり、**言《い》い伝《つた》え**[4]によれば、須佐之男《すさのお》命《みこと》が八岐大蛇《やまたのおろち》を退治《たいじ》した後《あと》、再《ふたた》び**生《い》き返《かえ》っ**[5]て人々《ひとびと》に危害《きがい》を加《くわ》えないようにと、この地《ち》にその八《やっ》つの頭《あたま》を埋《う》め、その上《うえ》に八本《はちほん》の杉《すぎ》の木《き》を植《う》えたとされる。八本杉《はっぽんすぎ》は長《なが》い間《あいだ》、斐伊川《ひいかわ》の氾濫《はんらん》によって何度《なんど》も流《なが》されたそうで、現在《げんざい》の杉《すぎ》は明治初期《めいじしょき》に植《う》え直《なお》されたものだ。

八岐大蛇《やまたのおろち》を退治《たいじ》した後《あと》、出雲国須賀《いずものくにすが》へやって来《き》た須佐之男命《すさのおのみこと》は、美《うつく》しい雲《くも》が立《た》ち昇《のぼ》るのを見《み》て和歌《わか》を詠《よ》み、自身《じしん》が住《す》む宮殿《きゅうでん》を建《た》てた。それが大東町須《だいとうちょうす》賀《が》の「須我神社《すがじんじゃ》」とされる。須我神社《すがじんじゃ》は記紀神話《ききしんわ》に登場《とうじょう》する「日本初之宮《にほんはつのみや》」として古《ふる》くから信仰《しんこう》を集《あつ》め、和歌発祥《わかはっしょう》の地《ち》ともいわれている。また、出雲《いずも》の名称《めいしょう》は、須佐之男命《すさのおのみこと》が詠《よ》んだ歌《うた》に出《で》てくる「出雲八重垣《いずもやえがき》」に**ちなむ**[6]そうだ。

白兎海岸《はくとかいがん》

「因幡《いなば》の白兎神話《しろうさぎしんわ》」において、ワニザメに皮《かわ》を剥《は》がれて傷《きず》**だらけ**[7]だった白兎《しろうさぎ》は、命《いのち》の恩人《おんじん》である大国主命《おおくにぬしのみこと》に、絶世《ぜっせい》の美女《びじょ》「八上姫《やかみひめ》」が大国主命《おおくにぬしのみこと》の求婚《きゅうこん》を受《う》け入れることを予言《よげん》する。大国《おおくに》主命《ぬしのみこと》が白兎《しろうさぎ》と出会《であ》った場所《ばしょ》が、鳥取県《とっとりけん》鳥取市《とっとりし》の白兎海岸《はくとかいがん》だ。白兎海岸《はくとかいがん》は日本《にほん》初《はつ》のラブストーリー発祥地《はっしょうち》として、二〇一〇年《ねん》に「恋人《こいびと》の聖地《せいち》」に認定《にんてい》された。

観光名所《かんこうめいしょ》「鳥取砂丘《とっとりさきゅう》」に近《ちか》い白兎海《はくとかい》岸《がん》は、JR鳥取駅《とっとりえき》からバスで約四十《やくよんじゅっ》分《ぷん》、「白兎神社前《はくとじんじゃまえ》」で下車《げしゃ》してすぐのところにあり、青《あお》い海《うみ》と白《しろ》い砂浜《すなはま》の美《うつく》しい光景《こうけい》が広《ひろ》がっている。沖合《おきあい》にはワニザメの背中《せなか》に似《に》た岩礁《がんしょう》が、その先《さき》に小島《こじま》「淤岐《おき》ノ島《しま》」があり、白兎《しろうさぎ》はそこから海《うみ》を渡《わた》ってきたとされる。淤岐《おき》ノ島《しま》の手前《てまえ》の砂浜《すなはま》には石灯籠《いしどうろう》が建《た》っている。ここは「恋島《こいじま》」と呼《よ》ばれ、大国主《おおくにぬし》命《みこと》が八上姫《やかみひめ》にプロポーズした場所《ばしょ》といわれている。二〇一二年《ねん》に白兎海岸《はくとかいがん》の西側《にしがわ》に完成《かんせい》した「気多ノ前展望広《きたのさきてんぼうひろ》場《ば》」からは海岸《かいがん》の美《うつく》しい景色《けしき》を一望《いちぼう》でき、快晴《かいせい》の日《ひ》には東《ひがし》に鳥取砂丘《とっとりさきゅう》、西《にし》に「伯耆富士《ほうきふじ》」とも呼《よ》ばれる山陰《さんいん》の名山《めいざん》「大山《だいせん》」が望《のぞ》める。また、近《ちか》くにある縁結《えんむす》びの聖地《せいち》「白兎神社《はくとじんじゃ》」は、皮膚病《ひふびょう》にもご利益《りやく》があるそうだ。

那些年，愛恨情仇的那些地

黃泉比良坂

『古事記』神話中，伊邪那岐爲尋回伊邪那美，經由黃泉比良坂前往死後國度，但卻震懾於亡妻慘不忍睹的樣貌，而自原路返回地上世界。「黃泉比良坂」爲現世與黃泉之交界，伊邪那岐於此與伊邪那美訣別，並以巨石「千引之岩」封鎖入口。

今日黃泉比良坂傳承地位於島根縣松江市東出雲町，自 JR 揖屋車站徒步二十分鐘，沿國道九號線南側緩坡而上三百公尺左右便可抵達。兩根石柱間以注連繩連結象徵「結界」，石柱前石碑上刻有「神蹟黃泉比良坂伊賦夜傳說地」字樣。靜謐樹林中幾處巨石鎭座，令人聯想到封鎖黃泉入口的千引之岩，更增添此處神秘氛圍。二〇一〇年的電影「一眼瞬間，再見愛」當中，由北川景子飾演的女主角，爲了想再見因交通事故喪命的戀人一面，而前往黃泉入口的場景，就是在黃泉比良坂拍攝。

黃泉比良坂附近一帶，往昔存有通往東出雲町意東方面之古道「夜見路越」，周遭谷地則稱「夜見路谷」。「夜見路」即爲「黃泉路」之意，此地自古便被視爲通往死後世界之道路。而祭祀伊邪那美之「揖夜神社[10]」，與黃泉比良坂相距約一公里，這位國土創生之母，今日則爲世間女性之守護神。

八岐大蛇因緣之地

島根縣雲南市爲「八岐大蛇神話」舞台，市內留有多處神話傳承地。

自 JR 木次車站搭乘巴士約二十分鐘，便可抵達位於斐伊川上流、木次町與吉田町交界處之「天之淵」。天之淵相傳爲八岐大蛇居所，以往於淵池岩石中可見青色與赤色條紋，稱爲「蛇帶」，被認爲是八岐大蛇足跡。須佐之男命妻子的父母足名椎命、手名椎命相傳居住於天之淵附近的「萬歲山」，二神今日祭祀於距離不遠處之「溫泉神社」。

「布須神社」位於木次町，祭祀須佐之男命與其妻子櫛名田比賣。布須神社不具有本殿，而是將自然山林本身視爲神軀，爲神奈備式[11]社殿。神軀「御室山」相傳爲須佐之男命釀造用以擊退八岐大蛇的「八鹽折酒」之地，爲鎭座於山麓的神石「釜石」，爲釀酒時所使用的酒甕遺跡。

同樣位於木次町的「斐伊神社」也祭祀須佐之男命夫妻，距離神社西方五十公尺處的「八本杉」，相傳爲須佐之男命擊退八岐大蛇後，爲避免大蛇重生再度危害人世，而將大蛇的八頭埋於此地，並於其上種植八棵杉木。八本杉長久以來由於斐伊川氾濫而幾度流失，今日所見之八本杉爲明治初期洪水災害後所重植。

成功擊退八岐大蛇後，須佐之男命來到出雲國須賀，作和歌詠嘆此地雲湧美景，並建造神宮作爲自身居所，即爲今日大東町須賀之「須我神社」。須我神社爲記紀神話中所言之「日本初之宮」，自古以來爲信仰聚集地，同時也爲和歌發祥地，須佐之男命作歌中之「出雲八重垣」一句，相傳即爲出雲國名之起源。

白兔海岸

「因幡白兔神話」中，遭鱷鯊剝皮而遍體鱗傷的白兔爲感謝大國主命救命之恩，預言美麗的女神八上姬將會接受其求婚。大國主命與白兔相遇之地，即爲今日位於鳥取縣鳥取市之「白兔海岸」，同地爲日本最初戀愛故事發祥地，二〇一〇年被認定爲「戀人聖地」。

白兔海岸距離著名景點「鳥取砂丘」不遠，自JR鳥取車站搭乘巴士約四十分鐘，於「白兔神社前」下車，眼前便是翡翠藍海與耀眼白砂的美麗景色。海岸礁岩形如神話中鱷鯊背部，浮現於岸邊的小島爲白兔渡海前所在之「淤岐島」，其正面沙灘上建有石燈籠，相傳爲大國主命向八上姬求婚之地，又稱「戀島」。二〇一二年，白兔海岸西側「氣多前展望廣場」落成，海岸美景盡收眼底，晴朗時更能遠望東側的鳥取砂丘，與西側別名「伯耆富士」之山陰名峰「大山」。附近「白兔神社」不僅爲緣結聖地，據說治癒皮膚病也相當靈驗。

11.10. 在『日本書紀』中爲出現凶兆之「伊賦夜社」。「神奈備」意爲神明所鎭座之山林，體現日本自然神信仰。

單字

1. **引《ひ》き返《かえ》す**：動 原路折返
2. **境目《さかいめ》**：名 界線
3. **塞《ふさ》ぐ**：動 塞住
4. **言《い》い伝《つた》え**：名 口碑、傳說
5. **生《い》き返《かえ》る**：動 起死回生
6. **ちなむ**：動 源於～、起因於～
7. **だらけ**：接 滿是，用於負面或非期待的事物

句型

●～（ない）ように：為了（避免）～

動詞｛辞書形／可能形｝　ように／動詞｛ない形｝　ないように

<例>初心者《しょしんしゃ》でもわかるようにやさしい言葉《ことば》で話《はな》す。 爲了讓初學者也能瞭解，使用淺顯易懂的話語。

<例>太《ふと》らないように甘《あま》いものを控《ひか》えている。 爲了不要發胖，克制甜食的攝取。

見どころ

神在祭《かみありさい》

旧暦十月《きゅうれきじゅうがつ》の出雲《いずも》は大忙《おおいそが》し

010

八百万《やおよろず》の神《かみ》が出雲《いずも》に**集《つど》う**[1]旧暦十月《きゅうれきじゅうがつ》。他《ほか》の地域《ちいき》では神様《かみさま》が**留守《るす》**[2]になるので「神無月《かんなづき》」、出雲《いずも》では「神在月《かみありづき》」と呼ぶ。天照大御神《あまてらすおおみかみ》に葦原中国《あしはらのなかつくに》を譲《ゆず》って以来《いらい》、目《め》に見えない神事《しんじ》を**司《つかさど》る**[3]大国主命《おおくにぬしのみこと》が神々《かみがみ》を出雲《いずも》に迎《むか》えて会議《かいぎ》をしているのだ。出雲《いずも》では出雲大社《いずもたいしゃ》**をはじめ**、各神社《かくじんじゃ》で神様《かみさま》を迎《むか》える神迎祭《かみむかえさい》、八百万《やおよろず》の神《かみ》による会議《かいぎ》「神議《かみはかり》」が行《おこな》われる神在祭《かみありさい》、神々《かみがみ》を見送《みおく》る神等去出祭《からさでさい》が開催《かいさい》される。

出雲大社《いずもたいしゃ》の一連《いちれん》の祭事《さいじ》は、旧暦十月十日夜《きゅうれきじゅうがつとおかよる》に国譲《くにゆず》り神話《しんわ》の伝承地《でんしょうち》、稲佐《いなさ》の浜《はま》で行《おこな》われる「神迎神事《かみむかえしんじ》」に始《はじ》まる。その後、豊作《ほうさく》などを**もたらす**[4]龍蛇神《りゅうじゃじん》が先導《せんどう》となり、奏楽《そうがく》の中《なか》、出雲大社《いずもたいしゃ》への「神迎《かみむかえ》の道《みち》」を行列《ぎょうれつ》が続《つづ》き、出雲大社神楽殿《いずもたいしゃかぐらでん》で神職《しんしょく》により神迎祭《かみむかえさい》が行《おこな》われた後《あと》、八百万《やおよろず》の神《かみ》が宿《やど》る神籬《ひもろぎ》が出雲大社御本殿両側《いずもたいしゃごほんでんりょうがわ》の「十九社《じゅうくしゃ》」に安置《あんち》される。

七日間《なのかかん》に及《およ》ぶ神在祭《かみありさい》では縁結《えんむす》びや収穫《しゅうかく》などについて神議《かみはかり》が行《おこな》われるほか、神々《かみがみ》が宿泊《しゅくはく》する十九社《じゅうくしゃ》でも連日《れんじつ》祭《まつ》りが開《ひら》かれる。神聖《しんせい》な会議《かいぎ》に一般人《いっぱんじん》は参加《さんか》できず、期間中《きかんちゅう》は歌《うた》や踊《おど》り、建築《けんちく》や土木工事《どぼくこうじ》を慎《つつし》んで静《しず》かに暮《く》らす必要《ひつよう》があるため、神在祭《かみありさい》は「御忌祭《おいみさい》」とも呼《よ》ばれる。

神議《かみはかり》の最重要議題《さいじゅうようぎだい》は男女《だんじょ》の縁結《えんむす》びだ。出雲歴史博物館《いずもれきしはくぶつかん》に展示《てんじ》されている『大社縁結図《たいしゃえんむすびず》』には、神々《かみがみ》が木《き》の札《ふだ》に男女《だんじょ》の名前《なまえ》を書《か》いてカ

單字

1. **集《つど》う**：動 群聚
2. **留守《るす》**：名 外出不在家
3. **司《つかさど》る**：動 掌管支配
4. **もたらす**：動 招來
5. **去《さ》る**：動 離開
6. **発《た》つ**：動 從某地出發

句型

●**～をはじめ**：以～爲首（舉～爲代表事例） 名詞 をはじめ

＜例＞鬼滅《きめつ》の刃《やいば》をはじめ、日本《にほん》のアニメ映画《えいが》は世界中《せかいじゅう》で愛《あい》されている。

比方鬼滅之刃，日本的動畫電影深深被世界各地所喜愛。

ツプルを決《き》めているところが描《えが》かれている。このため、神在祭《かみありさい》に併《あわ》せて行《おこな》われる「縁結大祭《えんむすびたいさい》」では人々《ひとびと》の良縁《りょうえん》が祈願《きがん》される。縁結大祭《えんむすびたいさい》は一般参加可能《いっぱんさんかかのう》だが、定員制《ていいんせい》で事前申込《じぜんもうしこみ》が必要《ひつよう》。出雲大社《いずもたいしゃ》は縁結《えんむす》びの聖地《せいち》として深《ふか》く信仰《しんこう》を集《あつ》めている。

旧暦十月十七日《きゅうれきじゅうがつじゅうしちにち》には神等去出祭《からさでさい》が行《おこな》われ、八百万《やおよろず》の神《かみ》が出雲大社《いずもたいしゃ》を**去《さ》る**[5]。出雲大社《いずもたいしゃ》の神在祭《かみありさい》が終《お》わると、続《つづ》いて松江《まつえ》の佐太神社《さだじんじゃ》で神在祭《かみありさい》があり、神々《かみがみ》は旧暦十月二十六日《きゅうれきじゅうがつにじゅうろくにち》に斐川町《ひかわちょう》の万九千神社《まんくせんじんじゃ》を**発《た》っ**[6]て各地《かくち》へ帰《かえ》る。

每逢十月倍繁忙的出雲：神在祭

農曆十月，八百萬神於出雲齊聚一堂，出雲以外地區神明不在，故稱爲「神無月」，相反地出雲則爲「神在月」。相傳大國主命將葦原中國讓渡給天照大御神，退隱幕後負責檯面下的神事，每年此時期召集衆神於出雲舉行會議。因此，以出雲大社爲首，各神社依序舉行迎神之「神迎祭」、八百萬神商議神事之「神在祭」、以及送神之「神等去出祭」。

出雲大社的一連串祭典，以十日晚間於讓國神話傳承地稻佐之濱進行的「神迎神事」揭開序幕。神迎神事結束後，由保佑豐收繁榮之龍蛇神[12]領路，隊列伴隨奏樂，經由「神迎之道」前往出雲大社，由神職者於神樂殿[13]舉行「神迎祭」後，八百萬神之神籬[14]分別安置於出雲大社御本殿兩側之「十九社」。

八百萬神會議爲期一週，商討結緣、收穫等諸事，衆神住宿處之十九社也連日舉行祭典，即爲「神在祭」。這些神聖的會議不開放民衆參加，神在祭期間也禁止歌舞以及興建土木，必須保持肅靜，因此神在祭又稱「御忌祭」。

而八百萬神會議中，又以「男女緣結」爲最重要議題。出雲歷史博物館所展示之「大社緣結圖」中，可看見衆神於木牌寫下善男信女之名，決定彼此伴侶。因此神在祭期間也同時舉行「緣結大祭」，祈願世人善結良緣。結緣大祭開放民衆參加，但名額有限，須事前報名。出雲大社爲緣結聖地之信仰，深植人心。

十七日執行「神等去出祭」，八百萬神離開出雲大社。出雲大社神在祭結束後，松江的佐太神社接續舉行神在祭，二十六日衆神自斐川町的萬九千神社啓程，回到各自管轄。

12. 原爲出雲地方農曆十月常在海岸出現的劇毒海蛇，自古相信祂是大國主神使者，故將其敬爲龍蛇神，結合了居住水中的龍之能除火難、與居住陸地的蛇之守護土地兩種信仰。現代被視爲除厄消災與家內安全的守護神。
13. 出雲大社舉行祈禱、結婚儀式之場所。
14. 於他處迎神、祭神時之臨時神座。

参 近畿《きんき》・・国生《くにう》みの地《ち》——淡路巡礼《あわじじゅんれい》

011

パワースポット

神々《かみがみ》の生《う》まれし島《しま》

淡路島《あわじしま》は伊邪那岐《いざなぎ》と伊邪那美《いざなみ》の国生《くにう》みで最初《さいしょ》にできた島《しま》。**壮大**《そうだい》[1]な国生《くにう》み物語《ものがたり》の舞台《ぶたい》となったこの島《しま》には今《いま》でも神聖《しんせい》な雰囲気《ふんいき》が漂《ただよ》う。

上立神岩《かみたてがみいわ》

南《みなみ》あわじ市《し》の土生港《はぶこう》から船《ふね》で約十分《やくじゅっぷん》の所《ところ》にある、紀伊水道《きいすいどう》に浮《う》かぶ小島《こじま》「沼島《ぬしま》」。勾玉《まがたま》の形《かたち》をしたこの島《しま》が国生《くにう》みの島《しま》「淤能碁呂島《おのごろじま》」といわれている。結晶片岩《けっしょうへんがん》から成《な》り、海岸《かいがん》に珍《めずら》しい形《かたち》の岩礁《がんしょう》が多《おお》い。中《なか》でも東南海岸《とうなんかいがん》に聳《そび》え立《た》つ高《たか》さ三十《さんじゅう》メートルの「上立神岩《かみたてがみいわ》」は沼島《ぬしま》の象徴的存在《しょうちょうてきそんざい》で、伊邪那岐《いざなぎ》と伊邪那美《いざなみ》が周囲《しゅうい》を回《まわ》り、夫婦《ふうふ》の契《ちぎ》りを結《むす》んだ「天《あま》の御柱《みはしら》」とされている。中央《ちゅうおう》がハート型《がた》に窪《くぼ》んでいることや、島《しま》の景観《けいかん》、神話《しんわ》も手伝《てつだ》って、日本《にほん》で最《もっと》も古《ふる》く、最《もっと》もご利益《りやく》のある縁結《えんむす》びの聖地《せいち》といわれている。

絵島《えしま》

淡路島《あわじしま》には国生《くにう》み神話《しんわ》の伝承地《でんしょうち》が多《おお》く、淡路島北部《あわじしまほくぶ》の岩屋港《いわやこう》に近《ちか》い「絵《え》島《しま》」が淤能碁呂島《おのごろじま》という説もある。広《こう》大《だい》な明石海峡《あかしかいきょう》に面《めん》する絵島《えしま》は、元々《もともと》は淡路島本島《あわじしまほんとう》と地続《じつづ》きだったが、海《うみ》の浸《しん》食《しょく》で島《しま》となった。約二千万年前《やくにせんまんねんまえ》の砂岩《さがん》層《そう》から成《な》り、自然《しぜん》の力《ちから》によって岩肌《いわはだ》に刻《きざ》まれた模様《もよう》が独特《どくとく》の造形美《ぞうけいび》を生《う》み出《だ》している。周囲《しゅうい》の山水《さんすい》との調和《ちょうわ》も**見事**《みごと》[2]で、絵島《えしま》の美《うつく》しさは昔《むかし》から歌《うた》に詠《よ》まれている。特《とく》に夜景《やけい》は「海《うみ》に浮《う》かぶ光《ひかり》の舞台《ぶたい》」と呼《よ》ばれるほどだ。なお、絵島《えしま》から約百《やくひゃく》メートルの所《ところ》にある岩樟神社《いわくすじんじゃ》の洞窟《どうくつ》は伊邪那岐《いざなぎ》が永眠《えいみん》した「幽宮《かくりのみや》」とされている。

鳴門《なると》の渦潮《うずしお》

鳴門海峡《なるとかいきょう》の渦潮《うずしお》は世界三大潮流《せかいさんだいちょうりゅう》の一《ひと》つ。瀬戸内海《せとないかい》と紀伊水道《きいすいどう》の間《あいだ》にある狭《せま》い鳴門海峡《なるとかいきょう》にできる一《いっ》・五《ご》メートルもの潮《しお》の水位差《すいいさ》から生《しょう》じる激《はげ》しい海水《かいすい》の流《なが》れと海底《かいてい》の複雑《ふくざつ》な地形《ちけい》によって無数《むすう》の渦潮《うずしお》が発生《はっせい》する。渦潮《うずしお》の直径《ちょっけい》は最大《さいだい》三十《さんじゅう》メートル、潮流《ちょうりゅう》は最大時速二十《さいだいじそくにじゅっ》キロメートルで、圧巻《あっかん》の光景《こうけい》だ。観潮船《かんちょうせん》に乗《の》って渦潮《うずしお》の迫力《はくりょく》を**間近**《まぢか》[3]で体感《たいかん》できるほか、大鳴門橋《おおなるときょう》の海上遊歩道《かいじょうゆうほどう》「渦《うず》の道《みち》」から四十五《よんじゅうご》メートル下《した》の渦潮《うずしお》を眺《なが》めることもできる。

孕育眾神的那座島

淡路島，相傳爲伊邪那岐與伊邪那美創造國土之際最初形成的島，壯大的天地創生物語，時至今日仍賦予淡路島神聖氛圍。

上立神岩

自南淡路市土生港乘船十分鐘，便可抵達位於紀伊水道上的小島「沼島」。沼島形如勾玉，相傳卽爲國土創生之地「淤能碁呂島」，結晶岩層地質於沿岸形成特殊岩礁景觀。聳立於沼島東南海岸上、高達三十公尺的奇岩「上立神岩」，爲沼島的象徵，被認爲是伊邪那岐與伊邪那美進行神聖男女結合儀式之「天之御柱」。上立神岩中央凹陷處如同心型，自然景觀與神話傳說相輔相成，此地因而被視爲日本最古老、也最靈驗的成就良緣聖地。

繪島

淡路島內有多處國土創生神話傳承地，也有一說「淤能碁呂島」爲淡路島北側岩屋港旁之「繪島」。繪島面向寬闊的明石海峽，原爲與淡路島連接的砂岩地，由於海蝕作用而成島。繪島的砂岩地層大約於兩千萬年前形成，紋理細緻，長年歷經自然界力量雕塑，獨具造型美。繪島之美與周圍環境相互調和，自古以來人們作歌詠嘆，神秘夜景更被稱爲「浮現於海面的光之舞台」。距離繪島所在地一百公尺左右的岩樟神社洞窟，相傳爲伊邪那岐永眠之幽宮。

鳴門海峽渦潮

著名的「鳴門海峽渦潮」爲世界三大潮流之一，瀨戶內海與紀伊水道的潮汐於狹窄的鳴門海峽引起高達一・五公尺的落差，快速海流遇上複雜的海底地形，形成無數渦潮，春秋大潮之際，渦潮直徑最大三十公尺、潮流時速最高二十公里，蔚爲壯觀。訪客可乘坐觀潮船近距離感受渦潮魄力，或漫步於大鳴門橋海上遊步道「渦之道」，自海面上方四十五公尺處觀看。

單字
1. **壯大**《そうだい》：形 壯觀的
2. **見事**《みごと》：形 令人驚艷讚嘆的、巧妙的
3. **間近**《まぢか》：形 迫近的

見どころ

見逃《みのが》せない語《かた》り芸能《げいのう》
淡《あわ》路《じ》人《にん》形《ぎょう》浄《じょう》瑠《る》璃《り》

012

国《くに》の重要無形民俗文化財《じゅうようむけいみんぞくぶんかざい》に指定《してい》されている淡路人形《あわじにんぎょう》浄瑠璃《じょうるり》は、**大漁**《たいりょう》[1]を祈《いの》って舞《ま》う民俗芸能《みんぞくげいのう》「戎舞《えびすまい》」が起《き》源《げん》といわれている。戎《えびす》は伊《い》邪那岐《ざなぎ》と伊邪那美《いざなみ》の捨《す》て子《ご》「水蛭子《ひるこ》」という説《せつ》もあり、民俗芸能《みんぞくげいのう》と国生《くにう》み神話《しんわ》には深《ふか》いつながりがある。

浄瑠璃《じょうるり》とは三味線《しゃみせん》の伴奏《ばんそう》で物語《ものがたり》を語《かた》る芸能《げいのう》のこと。江戸時代初期《えどじだいしょき》には人形劇《にんぎょうげき》と融合《ゆうごう》して「人形浄瑠璃《にんぎょうじょうるり》」に発展《はってん》した。人形浄瑠璃《にんぎょうじょうるり》では三人《さんにん》の**人形遣《にんぎょうつか》い**[2]が操《あやつ》る人《にん》形《ぎょう》の動《うご》き、語《かた》り部《べ》「大夫《たゆう》」の抑揚《よくよう》のある語《かた》り、変化《へんか》に富《と》む三味線《しゃみせん》の音色《ねいろ》が一体《いったい》となり、人間《にんげん》の悲劇《ひげき》や喜劇《きげき》が繊細《せんさい》な感情表現《かんじょうひょうげん》を通《つう》じて**生《い》き生《い》き**[3]と展開《てんかい》される。

淡路人形浄瑠璃《あわじにんぎょうじょうるり》の歴史《れきし》は、十六世紀《じゅうろくせいき》に戎神《えびすがみ》の総本《そうほん》社《しゃ》に**奉仕《ほうし》し**[4]ていた人形遣《にんぎょうつか》いが淡路島《あわじしま》に人形劇《にんぎょうげき》を伝《つた》えたのが始《はじ》まりとされる。淡《あわ》路人形浄瑠璃《じにんぎょうじょうるり》は江戸時代《えどじだい》に徳島藩《とくしまはん》の保護《ほご》を受《う》けて大《おお》きく発展《はってん》し、四十以上《よんじゅういじょう》の人形《にんぎょう》座《ざ》が芸《げい》を**競《きそ》い合《あ》っ**[5]ていた。また、淡路島《あわじしま》だけでなく、全国各地《ぜんこくかくち》を**巡業《じゅんぎょう》し**[6]ていた。四国《しこく》、中国《ちゅうごく》、九州地方《きゅうしゅうちほう》などに残《のこ》る人形劇《にんぎょうげき》の多《おお》くは淡《あわ》路人形浄瑠璃《じにんぎょうじょうるり》の影響《えいきょう》を受《う》けて誕生《たんじょう》したものだ。大阪《おおさか》で発展《はってん》した芸術性《げいじゅつせい》の高《たか》い「文《ぶん》楽《らく》」の創始者《そうししゃ》、植村文楽軒《うえむらぶんらくけん》も淡路出身《あわじしゅっしん》だ。

淡路人形浄瑠璃《あわじにんぎょうじょうるり》は近代化《きんだいか》の波《なみ》に押《お》され、次第《しだい》に衰退《すいたい》していった。そこで、この伝統芸能《でんとうげいのう》を守《まも》り、広《ひろ》めようと一九六四年《ねん》に「淡路人形《あわじにんぎょう》

單字

1. 大漁《たいりょう》：名 漁獲豐收
2. 人形遣《にんぎょうつか》い：名 人偶劇中操作人偶的師傅
3. 生《い》き生《い》き：副 生氣蓬勃地、活生生地
4. 奉仕《ほうし》する：動 服侍神佛、君主、師傅等地位尊貴者
5. 競《きそ》い合《あ》う：動 彼此競爭
6. 巡業《じゅんぎょう》する：動 巡迴演出

▲位於愛媛縣的著名文樂劇場「內子座」@shutterstock

座《ざ》」が設立《せつりつ》された。南《みなみ》あわじ市《し》の淡路《あわじ》人形浄《にんぎょうじょう》瑠璃館《るりかん》で毎日公演《まいにちこうえん》が開《ひら》かれており、後進《こうしん》の育成《いくせい》や海外巡業《かいがいじゅんぎょう》も行《おこな》っている。また、淡路人形《あわじにんぎょう》浄瑠璃《じょうるり》は文楽《ぶんらく》と異《こと》なり、野掛《のが》け舞台《ぶたい》の特徴《とくちょう》を色濃《いろこ》く残《のこ》しており、歴史上《れきしじょう》の名合戦《めいかっせん》を題材《だいざい》にした「源平八島合戦《げんぺいやしまがっせん》」、「賤ケ岳七本槍《しずがたけしちほんやり》」、妖狐伝説《ようこでんせつ》がベースの「玉藻前曦袂《たまものまえあさひのたもと》」など、どの演目《えんもく》も特色《とくしょく》がある。さらに、豪華絢爛《ごうかけんらん》な衣装《いしょう》を舞台《ぶたい》に広《ひろ》げて観客《かんきゃく》に披露《ひろう》する「衣装山《いしょうやま》」も淡路人形浄瑠璃独自《あわじにんぎょうじょうるりどくじ》の舞台演出《ぶたいえんしゅつ》だ。

路過不要錯過的說唱藝術：淡路人形靜琉璃

「淡路人形淨琉璃」爲日本國家指定重要無形民俗文化財，相傳起源於祈求漁獲豐收之民俗藝能「惠比壽舞」。惠比壽，一說爲伊邪那岐與伊邪那美之棄子「水蛭子」，民俗藝能與國土創生神話之間，淵源匪淺。

「淨琉璃」爲使用三味線伴奏之說唱敘事曲藝，江戶時代初期與人偶劇要素融合，發展爲「人形淨琉璃」。人形淨琉璃的人偶由三人操作，與說唱人「大夫」抑揚頓挫的話術、以及變化多端的三味線音樂緊密結合，透過細膩的情感表現，生動上演人生悲喜劇。

據言十六世紀時，奉仕於惠比壽神總本社的人偶師，將人偶劇傳承至淡路島，爲淡路人形淨琉璃之始。江戶時代，淡路人形淨琉璃於德島藩庇護下蓬勃發展，四十幾個劇團相互爭霸。不僅淡路島內，各劇團也於日本各地巡演，今日四國、中國、九州等地留存之人偶劇，多數皆受到淡路人形淨琉璃影響而生。日後於大阪發展爲具有高度藝術性之「文樂」，其創始者植村文樂軒，正是淡路出身。

淡路人形淨琉璃於近代化浪潮席捲中逐漸式微，爲了永續保存及推廣此一傳統藝能，「淡路人形座」於一九六四年成立，每日於南淡路市之「淡路人形淨琉璃館」內進行公演，並積極育成年輕後進，也受邀至世界各國巡演。與文樂不同，淡路人形淨琉璃保有野外演劇性格，如取材自歷史上著名戰役之「源平八島合戰[15]」、「賤嶽七本槍[16]」，及以妖狐傳說爲底之「玉藻前曦袂[17]」等演目，皆獨具特色。另外「衣裳山[18]」展示華麗淨琉璃服裝於舞台上，爲淡路人形淨琉璃獨有之特殊舞台演出。

15. 平安時代末期源平合戰關鍵之役「屋島之戰」。
16. 安土桃山時代，羽柴秀吉（豐臣秀吉）與柴田勝家交戰之「賤岳之戰」中，立下戰功之羽柴軍七位猛將。
17. 「玉藻前」爲傳說中平安時代末期鳥羽上皇寵姬，其眞面目爲妖狐。
18. 淡路人形淨琉璃服裝成排吊掛於衣竿上，隨著三味線音樂上下移動展示。

花絮二

日本神話渣男大 PK 純屬玩笑、別太認真

神明們之間的愛恨情仇相當精采，完全不輸八點檔（夜8時台のTVドラマ）花系列，其中「渣男（クズ男）」扮演相當重要的角色。以下按長幼有序，列出四位渣男候選，還請看倌給星評分。

渣男候選

1號

外貌協會、講不聽、耐不住

伊邪那岐

伊邪那岐無法接受伊邪那美之死，追隨其後前往黃泉國度，用情之深**令人感動**（**胸《むね》を打《う》つ**）。已經吃進黃泉食物的伊邪那美對丈夫說：「我要去跟上頭懇求讓我回到地上，在那之前絕對、絕對不能讓你看我現在的樣子！」老婆都這樣**叮嚀**（**釘《くぎ》を刺《さ》す**）了，但伊邪那岐就是耐不住，結果被妻子**慘不忍睹**（**見《み》るに堪《た》えない**）的面貌嚇得花容失色，屁滾尿流地拔腿就逃，還從此跟老婆**反目成仇**（**背《せ》を向《む》け合《あ》う**）。

渣男候選

2號

外貌協會、沒禮貌、疑心病

邇邇藝命

邇邇藝命降臨葦原中國不久，對美麗的女神「佐久夜毘賣」一見鍾情，迫不及待求婚。女神父親非常開心，**買一送一**（**1個《いっこ》お買《か》い上《あ》げで1個《いっこ》おまけ**），送上女神姊姊「石長比賣」並傳話：「這位是她姊姊，請你也娶她為妻吧。」但姊姊長相比較抱歉，結果這個外貌協會邇邇藝命竟因此將其遣返！搞得岳父震怒並詛咒天皇後代子孫不得**長命百歲**（**長《な》生《い》き**）。佐久夜毘賣婚後很快就懷孕，沒想到邇邇藝命竟懷疑老婆不貞！悲憤的佐久夜毘賣抱著必死決心說：「我會在產房中放火，如果孩子是別人的就被燒死，如果是你的就完好無傷，你睜大眼睛看清楚了！」貴為天孫的邇邇藝命，在男女關係中還真不可取。

渣男候選

3號

山幸

外貌協會、講不聽、耐不住

山幸彥回到地上不久後，妻子豐玉姬出現，一開口就語出驚人：「我懷了你的孩子，而且就快生了！」山幸彥慌慌張張搭建了簡陋的產房，豐玉姬告誡：「我生小孩時會變回原本的樣子，請你絕對、絕對不要偷看。」但山幸彥就是耐不住，悄悄從門縫窺探，沒想到美麗的妻子竟變身一隻大鱷魚！山幸彥**嚇得花容失色**（**度肝《どぎも》を抜《ぬ》かれる**），屁滾尿流地拔腿就逃（咦？**似曾相識**（**既視感《きしかん》のある**）的橋段？）。豐玉姬羞赧不已鑽回海中，就此斷絕海陸聯絡通道。人性犯賤，叫你不要看你愈是想看啊。伊邪那岐與山幸彥不愧是祖傳基因，無法克制衝動又容易為外貌動搖心志。不愧為終極外貌協會渣男之子！

過度好運、老婆太多

渣男候選

4號

大國主命

相較於以上三位失敗例，「花美男」大國主命於情場當中悠遊自得。因幡白兔預言靈驗，美麗的女神八上姬將芳心交給大國主命。忌妒又憤怒的哥哥們兩度聯手殺死自己的弟弟，但命大的大國主命兩次都受女神拯救起死回生。豔遇不止於此，之後大國主命更前往根之堅州國，成功克服須佐之男命設下的重重難關，並娶其女兒為妻。俗話說英雄好色，大國主命和許多女神之間產下後代，孩子總數據說高達一百八十人，妻子人數可媲美後宮三千佳麗，可謂神話中之情聖。

PART.

3

進入日本神話世界

神話，就是這個民族怎麼誕生於世上的故事。而日本的版本稍有不同，更側重「神如何變成了天皇」。根據父老們口耳相傳，神的子孫降臨到人間後，一直統治著日本，這麼久也沒斷過。所以天皇，就是活在人間的神。由天皇統治的日本，便是神國。

天皇初到人間時，還眞的是個神。不過，祂沒忘記自己的使命是在人世間打造出一個神國，準備妥當了便往東遷徙，最終落腳在奈良。接著積極向外擴張，直到統治著整個日本。或許這副千斤重擔太磨人，慢慢地，天皇也眞的像人一樣，被七情六慾所主宰。愛恨情仇，羨慕忌妒恨，樣樣不缺。

直到有一天，天皇發現政權仍嫌不夠穩，需要「大內宣」以加強人民對自己的崇敬，同時展開與鄰國的交往，需要有套「大外宣」完整介紹自己祖先是怎麼降臨人間並統治日本。

爲此，天皇命人編纂《古事記》。原本的目的雖是要介紹天皇的家史，卻也讓吾人得以一腳踏進原本是庶民禁制的諸神世界。此等良機可是稍縱卽逝，快翻開下一頁，踏進那個神才知道的世界吧！

013

国《くに》生《う》みと神《かみ》生《う》み

そのとき、世界《せかい》は混沌《こんとん》とし、**物音**《ものおと》[1]一《ひと》つない状態《じょうたい》が広《ひろ》がっていた。ただ、光《ひかり》はあったため、完全《かんぜん》に暗闇《くらやみ》というわけではなく、あらゆるものが混《ま》じり合《あ》っている状態《じょうたい》だった。

突然《とつぜん》、天《てん》と地《ち》が分《わ》かれた。天上《てんじょう》は「高《たか》天原《まがはら》」と呼《よ》ばれ、地上《ちじょう》の「人間界《にんげんかい》」は広大《こうだい》な海《うみ》が広《ひろ》がるのみで、陸地《りくち》はなく、当然《とうぜん》、人《ひと》は誰《だれ》もいなかった。この静寂《せいじゃく》の状態《じょうたい》はしばらく続《つづ》くので、少《すこ》し「早《はや》送《おく》り」しよう。

突如《とつじょ》[2]として、一筋《ひとすじ》の光《ひかり》が差《さ》し込《こ》み、神《かみ》が現《あらわ》れた。しかし、目《め》をこすってじっくり見《み》ようとするや否《いな》や、神《かみ》は消《き》えてしまった。この後《あと》もこのような不可《ふか》解《かい》なことが何度《なんど》も繰《く》り返《かえ》されるので、もう一度《いちど》「早送《はやおく》り」しよう。

はい、ストップ。ここからが面白《おもしろ》いところだ。今度《こんど》は一組《ひとくみ》の夫婦《ふうふ》の神《かみ》が現《あらわ》れた。夫《おっと》の神《かみ》は「伊《い》邪《ざ》那《な》岐《ぎ》」、妻《つま》の神《かみ》は「伊《い》邪《ざ》那《な》美《み》」という名《な》前《まえ》だ。この二柱《ふたはしら》の神《かみ》には日本《にほん》と神々《かみがみ》を生《う》む任務《にんむ》が与《あた》えられ、伊邪那岐《いざなぎ》の手《て》に突如《とつじょ》として「天《あめ》の沼矛《ぬぼこ》」が現《あらわ》れた。さらに不思議《ふしぎ》なことに、天空《てんくう》が割《わ》れ、二《ふた》柱《はしら》の神《かみ》が高天原《たかまがはら》から人間界《にんげんかい》へ行《い》けるよう、「天《あめ》の浮橋《うきはし》」が架《か》けられた。伊《い》邪《ざ》那《な》岐《ぎ》は一方《いっぽう》の手《て》にその長《なが》い矛《ほこ》を持《も》ち、もう一方《いっぽう》で妻《つま》の手《て》をひいて天《あめ》の浮橋《うきはし》に向《む》かった。そして、誰《だれ》に教《おそ》わったのか、

橋《はし》の上《うえ》に立《た》った伊邪那岐《いざなぎ》は海《うみ》に矛《ほこ》を突《つ》き刺《さ》し、かきまわした。

しばらくしてから矛《ほこ》を引《ひ》き上《あ》げると、塩分《えんぶん》を豊富《ほうふ》に含《ふく》んだ海水《かいすい》が矛《ほこ》の先《さき》から滴《したた》り落《お》ち、それは**次第《しだい》に**[3]凝《こ》り固《かた》まって島《しま》となった。この島《しま》が、神々《かみがみ》が人間界《にんげんかい》に最初《さいしょ》に造《つく》った島《しま》「オノゴロ島《じま》」だ。古事記《こじき》では「淤能碁呂島《おのごろじま》」と表記《ひょうき》されており、「自《みずか》ら凝《こ》り固《かた》まった島《しま》」を意《い》味《み》する。夫婦《ふうふ》の神《かみ》はこの島《しま》に降《お》り立《た》ち、「天《あめ》の御柱《みはしら》」という巨岩《きょがん》の上《うえ》に神殿《しんでん》を建《た》て、ここをその後《ご》の仕事《しごと》の拠点《きょてん》とした。

しかし、広大《こうだい》な海《うみ》にこの小《ちい》さな島《しま》だけでは、どう考《かんが》えても場所《ばしょ》が足《た》りない。そこで、二柱《ふたはしら》の神《かみ》は休《やす》むことなく、さらに多《おお》くの地《ち》を生《う》んでいった。不思議《ふしぎ》なのは、神様《かみさま》であるならば、世界《せかい》や神々《かみがみ》を「造《つく》」ればいいと思《おも》うのだが、なぜ「生《う》む」ことにこだわるのだろうか。

その答《こた》えは古事記《こじき》には書《か》かれていない。あまり深《ふか》く追究《ついきゅう》し過《す》ぎると、神《かみ》への冒《ぼう》涜《とく》になるのかもしれない。だが、古事《こじ》記《き》には伊邪那岐《いざなぎ》と伊邪那美《いざなみ》が日本《にほん》の大《だい》地《ち》や神々《かみがみ》をどのように生《う》んでいったかについては詳《くわ》しく記載《きさい》されている。

生《う》むためには**交《まじ》わる**[4]必要《ひつよう》がある。この点《てん》は神様《かみさま》といえども、いくつかの段階《だんかい》を踏《ふ》まねばならないようだ。伊邪那岐《いざなぎ》と伊邪那美《いざなみ》は天《あめ》の御柱《みはしら》を**めいめい**[5]右《みぎ》と左《ひだり》から回《まわ》り始《はじ》めた。小《ちい》さな島《しま》ではあるが、ずいぶん歩《ある》いたようで、歩《ある》いているうちに相手《あいて》の顔《かお》を忘《わす》れてしまった。ようやく巡《めぐ》り合《あ》った時《とき》、目《め》の前《まえ》の男神《おがみ》が自分《じぶん》の夫《おっと》であることを忘《わす》れたとみられる伊邪那《いざな》美《み》は「ああ、なんて素晴《すば》らしい男神《おがみ》でしょう」と声《こえ》を掛《か》けた。伊邪那岐《いざなぎ》も相《あい》手《て》が自分《じぶん》の妻《つま》であることを忘《わす》れてしまった様子《ようす》で、伊邪那美《いざなみ》の美貌《びぼう》を褒《ほ》めた。どうやら、「夫婦《ふうふ》がしばらく離《はな》れてから再会《さいかい》すると新婚《しんこん》のときめきが蘇《よみがえ》る」というのは太古《たいこ》の時代《じだい》から真理《しんり》のようだ。

相手《あいて》のことを本当《ほんとう》に忘《わす》れてしまったのか、それとも忘《わす》れたふりをしたのかは**さておき**[6]、甘《あま》い言葉《ことば》が情欲《じょうよく》を刺激《しげき》するのは確《たし》かだ。良《よ》い雰囲気《ふんいき》になった二《ふた》柱《はしら》の神《かみ》は巡《めぐ》り合《あ》った場所《ばしょ》で交《まじ》わった。しかし、生《う》まれた子供《こども》は身体《しんたい》の発育《はついく》が未《み》熟《じゅく》な不具《ふぐ》の身《み》で、これに驚《おどろ》いた二柱《ふたはしら》の神《かみ》が高天原《たかまがはら》の神《かみ》に意見《いけん》を聞《き》いたところ、「女《おんな》から先《さき》に声《こえ》を掛《か》けたのが良《よ》くなかった」という答《こた》えが返《かえ》ってきた。神話《しんわ》の時《じ》代《だい》から何千年《なにぜんねん》も経《た》った現在《げんざい》では、社会《しゃかい》がいかに変《か》わろうとも、女性《じょせい》から男性《だんせい》にアプローチしたほうが成功《せいこう》しやすいが、思《おも》い通《どお》りにいかないのがこの世《よ》の常《つね》、致《いた》し方《かた》ない。

ということで、二柱《ふたはしら》の神《かみ》はまた最初《さいしょ》からやり直《なお》し、今度《こんど》は伊邪那岐《いざなぎ》のほうから先《さき》に「ああ、なんて素晴《すば》らしい女神《めがみ》だろう」と声《こえ》を掛《か》けた。こうして正《ただ》しい手順《てじゅん》を踏《ふ》んだ結果《けっか》、今度《こんど》は小《ちい》さな島《しま》が生《う》まれた。この島《しま》が淡路島《あわじしま》といわれている。二柱《ふたはしら》の神《かみ》はその後《ご》も島々《しまじま》を生《う》み出《だ》し、日《に》本列島《ほんれっとう》を構成《こうせい》する「大八島《おおやしま》」が誕生《たんじょう》した。二柱《ふたはしら》の神《かみ》はその後《ご》も休《やす》むことなく、これらの大地《だいち》を守《まも》る神々《かみがみ》を生《う》んでいった。我々《われわれ》になじみの「八百万《やおよろず》の神《かみ》」はこうして誕生《たんじょう》したのだ。

だが、火《ひ》の神《かみ》を生《う》んだ時《とき》に伊邪那美《いざなみ》はその灼熱《しゃくねつ》の炎《ほのお》で大火傷《おおやけど》を負《お》い、苦《くる》しみの果《は》てに命《いのち》を落《お》としてしまった。激怒《げきど》した夫《おっと》の伊邪那岐《いざなぎ》は十拳剣《とつかのつるぎ》で親不孝者《おやふこうもの》の火《ひ》の神《かみ》の首《くび》を切《き》り落《お》としたが、愛《あい》する妻《つま》が亡《な》くなったという事実《じじつ》は変《か》わらない。伊邪那岐《いざなぎ》は妻《つま》の死体《したい》を抱《だ》きしめ、出雲国《いずものくに》（島根県《しまねけん》）と伯伎国《ははきのくに》（鳥取県《とっとりけん》）の交《まじ》わる地《ち》に葬《ほうむ》った。

「生出」日本與諸神

渾沌無序，了無聲息的初始狀態。但不至於伸手不見五指，應該說什麼元素都有，連光也沒缺，但全都攪在一起。

突然，天與地區分出來了。天上的世界稱爲「高天原」。地上的這個「人世間」，除了汪洋一片外，沒有任何陸地，當然也不見任何人。這樣的的沉寂還要持續很久，所以讓我們快轉。

突然，一道光射過來。神出現了！正想揉揉眼睛看看神的模樣，說時遲那時快，神又消失了！這樣的莫名其妙還得重複好幾次，只好再度快轉。

停！從這裡開始有點意思。這次出現的神，是一對夫妻。老公叫「依邪那岐」，老婆叫「依邪那美」。祂們被賦予兩個重要的使命：「生出日本」、「生出諸神」。伊耶那岐授命後，手中突然多了一柄「天の沼矛」。更妙的是，天空突然破出一條「天の浮橋」。讓祂們可以從高天原走向人間。於是，伊耶那岐一手扛著長矛，一手拉著老婆，走向浮橋。不知誰教的，伊耶那岐就知道要在浮橋上將長矛刺進海中，開始翻攪。

攪了半天，祂一股腦兒抽出長矛。富含鹽分的海水從矛尖滴落到海面上，逐漸凝固出島嶼。這便是諸神在人世間所造的第一個島嶼，名爲「オノゴロ島」。古事記將這島表記爲「淤能碁呂島」，表示這是一個「自行凝固而生之島」。這對夫妻神於是降臨在這座島上。祂們在島上一塊被稱爲「天の御柱」的大岩石上建造神殿，以此爲後續工作的基地。

『▲天之瓊矛を以て滄海を探るの図』
（小林永濯）@Wikipedia

汪洋中只有這麼座小島，怎麼說都是空間不夠。所以祂們馬不停蹄，開始努力地生。令人納悶的是，既然兩位都是神，何不「造」出世界與諸神，而堅持用生的？這答案古事記上沒說，過度追根究柢也可能褻瀆神明。不過關於怎麼「生」，古事記倒是交代地很清楚。

要生出來就要先交合。這點，即便貴爲

神明似乎也只能按部就班來。於是，依邪那岐與依邪那美分別由左右出發，各自繞行天の御柱，直到不期而遇。島雖不大，但兩夫妻似乎走了很久。久到忘了對方的長相。兩人好不容易相遇時，伊耶那美似乎忘了對面走來的男神就是自己老公。祂不禁讚嘆道：「眞是位出色的男神啊！」。伊耶那岐好像也忘了這就是自己的老婆，向對方讚美一番。看來，「小別勝新婚」這句話從太古時代就成立。

不管是眞忘還是假忘，挑逗的語言確實非常催情。氣氛對了，兩神便在相遇之處遂行交合。不過，伊耶那美所產下的頭胎，卻是個形體尚未發育完成的子神。兩夫妻驚駭不已，於是向高天原請示神諭。得到的答案是：由女方主動就無法獲得完美的結果。千百年後的今天，不論社會條件怎麼變，「女追男」雖然簡單地像是隔層紗，但卻不如意十之八九。眞是個讓人無可奈何的神諭啊！

只好打掉重練。這次一看到對方，伊耶那岐便搶先說出：「好個亮麗出色的女神呀！」。程序正確，結局完美。伊耶那美生出的一個小島，據說即是今日的淡路島。之後並陸續生出構成現今日本列島的「大八島」[19]。為了讓列島上有相對應的神明職司庇佑，兩位夫妻神馬不停蹄，繼續生出諸神。我們所熟知的「八百萬神」[20]也因而逐漸誕生。

當伊耶那美生到火神時，卻被其天生的烈焰嚴重燒傷，痛苦地嚥下最後一口氣。暴怒的老公立刻舉起十拳劍，斬落這個不肖子的首級。即便如此，伊耶那岐仍無法改變愛妻已然亡故的事實，只好抱著愛妻的亡骸，將之葬於出雲國（島根縣）與伯岐國（鳥取縣）的交界處[21]。

21.20.19.
淡路島、四國、隱岐島、九州、壹岐島、對馬島、佐渡島、本州。
八百萬非具體數字，而是隱喻數量極多。神道教是多神信仰。認為世間萬物均有神靈，亦有各司其職的守護神。
古事記所架構的世界中，亡者之國稱為「黃泉國」。黃泉國與人間的交界處是一個稱作「黃泉津比良坂」的地方，據信其位置就在出雲國（島根縣）某處。伊耶那岐將亡妻的遺骸葬於出雲國與伯岐國的交界處，隱含讓亡妻歸屬黃泉國之意。

單字

1. 物音《ものおと》：名 某物發出的聲音
2. 突如《とつじょ》：副 毫無徵兆地忽然之間
3. 次第《しだい》に：副 漸漸地
4. 交《まじ》わる：動 男女交合；兩地交接（本文最後出現的交《まじ》わる即為後者）
5. めいめい：副 各自
6. さておき：連 姑且不談

句型

●～ことなく：在不～的情況下 動詞｛辭書形｝ことなく

*「～ないで」的文章表現

<例>百回失敗《ひゃっかいしっぱい》しても、彼《かれ》は諦《あきら》めることなく、挑戦《ちょうせん》し続《つづ》けた。

即便失敗了一百次，他依舊沒有放棄，繼續挑戰。

●～ようとも：再怎麼～ 動詞｛意向形｝ ようとも

* 常與「いかに」「たとえ」「どれだけ」等一起出現

<例>間違《まちが》った練習方法《れんしゅうほうほう》だと、どれだけ練習《れんしゅう》しようとも上達《じょうたつ》できない。

用錯誤的方式練習，無論再怎麼練也無法進步的。

014

一瞬《いっしゅん》でクズ男《おとこ》になった夫《おっと》

自《みずか》らの手《て》で亡《な》き妻《つま》を埋葬《まいそう》した伊邪那岐《いざなぎ》。その後《ご》は、伊邪那美のことを思《おも》い返《かえ》してばかりいた。伊邪那岐《いざなぎ》は伊邪那美《いざなみ》を忘《わす》れられない苦《くる》しみに耐《た》えかね、亡《な》き妻《つま》に会《あ》いに黄泉《よみ》の国《くに》へ行《い》く決意《けつい》をする。神話《しんわ》の時代《じだい》には、死《し》は永遠《えいえん》の離《り》別《べつ》ではなく、死者《ししゃ》は遠《とお》い別《べつ》の国《くに》に行《い》ってしまったに過《す》ぎなかったようだ。つまり、伊邪那岐《いざなぎ》は黄泉《よみ》の国《くに》に行《い》くことも、亡《な》き妻《つま》をこの世《よ》に連《つ》れ戻《もど》すことも可能《かのう》だったのだ。

一方《いっぽう》、黄泉《よみ》の国《くに》でしばらく過《す》ごしていた伊邪那美《いざなみ》は、自分《じぶん》に会《あ》いに来《き》てくれた夫《おっと》の姿《すがた》を**目《ま》の当《あ》たり**[1]にして感激《かんげき》した。だが、既《すで》に黄泉《よみ》の国《くに》の米《こめ》や水《みず》を口《くち》にし、**れっきと**[2]した黄泉《よみ》の国《くに》の住人《じゅうにん》となっていた伊邪那美《いざなみ》がそう簡単《かんたん》に地上《ちじょう》に戻《もど》れるわけはなく、黄泉《よみ》の国《くに》のお偉《えら》い方々《かたがた》と交渉《こうしょう》する必要《ひつよう》があった。伊邪《いざ》那美《なみ》は真剣《しんけん》な**面持《おもも》ち**[3]で伊邪那岐《いざなぎ》にこう

告《つ》げた。「あなたはここで待《ま》っていてください。私《わたし》が交渉《こうしょう》しているところは決《けっ》して見《み》てはいけませんよ」。

だが、亡《な》き妻《つま》の意味《いみ》ありげな表情《ひょうじょう》と忠告《ちゅうこく》に好奇心《こうきしん》を駆《か》り立《た》てられた伊邪那岐《いざなぎ》は、こっそり覗《のぞ》き見《み》てしまう。その瞬間《しゅんかん》、神様《かみさま》の伊邪那岐《いざなぎ》も**仰天《ぎょうてん》して腰《こし》を抜《ぬ》かす**[4]ような光景《こうけい》が目《め》に飛《と》び込《こ》んできた。なんと、あの上品《じょうひん》で美《うつく》しかった妻《つま》が、体中《からだじゅう》に蛆《うじ》をわかせる姿《すがた》に変《か》わり果《は》ててしまっていたのだ。驚《おどろ》いた伊邪那岐《いざなぎ》は妻《つま》との約束《やくそく》など**お構《かま》いなし**[5]と言《い》わんばかりに、**一目散《いちもくさん》**[6]に逃《に》げ出《だ》した。しかし、その時《とき》に足音《あしおと》を立《た》ててしまい、覗《のぞ》き見《み》ていたことを妻《つま》に気付《きづ》かれてしまう。

伊邪那美《いざなみ》は驚《おどろ》き、そして怒《おこ》った。それは、恥《は》ずかしさと裏切《うらぎ》られた悔《くや》しさの入《い》り混《ま》じった複雑《ふくざつ》な感情《かんじょう》だった。かつての最愛《さいあい》の夫《おっと》が、一瞬《いっしゅん》で恨《うら》むべきクズ男《おとこ》になってしまったのだ。伊邪那美《いざなみ》はまず手下《てした》を、続《つづ》いて黄泉《よみ》の軍勢《ぐんぜい》を差《さ》し向《む》けて伊邪那岐《いざなぎ》を追《お》わせたが、強《つよ》い力《ちから》を持《も》つ伊邪那岐《いざなぎ》にたやすく撃退《げきたい》されてしまう。怒《いか》りの収《おさ》まらない伊邪那美《いざなみ》は自《みずか》ら伊邪那岐《いざなぎ》を捕《つか》まえに行《い》った。クズ男《おとこ》の伊邪那岐《いざなぎ》は恐怖《きょうふ》を覚《おぼ》えた。自分《じぶん》と互角《ごかく》の力《ちから》を持《も》つ伊邪那美《いざなみ》が相手《あいて》では、下手《へた》をすれば黄泉《よみ》の国《くに》で黄泉行《よみゆ》きになってしまう。焦《あせ》った伊邪那岐《いざなぎ》は**とっさに**[7]大岩《おおいわ》を転《ころ》がし、黄泉《よみ》の国《くに》と人間界《にんげんかい》をつなぐ黄泉比良坂《よもつひらさか》を塞《ふさ》いだ。亡《な》き妻《つま》の追撃《ついげき》を食《く》い止《と》めるためにしたことだが、これによって生者《せいじゃ》と死者《ししゃ》の世界《せかい》が完全《かんぜん》に分《わ》かれ、人《ひと》は死後《しご》、永遠《えいえん》に「あの世《よ》」で暮《く》らすほかなくなってしまった。

恨《うら》みが晴《は》れない伊邪那美《いざなみ》は大岩《おおいわ》をはさんで怒《いか》りの声《こえ》を上《あ》げた。「あなたを殺《ころ》せないのなら、人間界《にんげんかい》でのあなたの威信《いしん》を失墜《しっつい》させてやりますわ。人間《にんげん》を一日《いちにち》に千人殺《せんにんころ》せば、あなたは人々《ひとびと》を守《まも》る力《ちから》がないと思《おも》われるでしょう」。もはやここまで**仲違《なかたが》い**[8]した相手《あいて》だ、伊邪那岐《いざなぎ》も遠慮《えんりょ》なく言《い》い返《かえ》した。「あなたがそうするというなら、私《わたし》は一日《いちにち》に千五百《せんごひゃく》の産屋《うぶや》を建《た》て、毎日千五百人《まいにちせんごひゃくにん》が生《う》まれるようにしよう」。負《ま》けじと言《い》い返《かえ》した言葉《ことば》に過《す》ぎなかったが、こうして人間《にんげん》は日《ひ》ごとに千人《せんにん》が死《し》に、千五百人《せんごひゃくにん》が生《う》まれることになり、ますます増《ふ》えていった。

黄泉《よみ》の国《くに》で数々《かずかず》の恐《おそ》ろしい目《め》に遭《あ》い、命《いのち》**からがら**[9]逃《に》げ帰《かえ》ってきた伊邪那岐《いざなぎ》は、自分《じぶん》の体《からだ》が穢《けが》れてしまったと感《かん》じ、河《かわ》で穢《けが》れを落《お》とす禊《みそぎ》をするために、日向《ひゅうが》の阿波岐原《あわきはら》に向《む》かった。色々《いろいろ》と大変《たいへん》なことがあったものの、神々《かみがみ》を生《う》むという重大《じゅうだい》な任務《にんむ》はまだ果《は》たしていない。伊邪那岐《いざなぎ》は体《からだ》を洗《あら》いながら、新《あら》たな神《かみ》を生《う》み出《だ》していった。これまでに伊邪那岐《いざなぎ》と伊邪那美《いざなみ》の夫婦神《めおとがみ》によって生《う》み出《だ》された神々《かみがみ》は、重要性《じゅうようせい》の高《たか》い神《かみ》や現在《げんざい》でも広《ひろ》く信仰《しんこう》されている神《かみ》も多《おお》いが、いずれも至高《しこう》の神《かみ》とはいえない。この時《とき》に伊邪那岐《いざなぎ》の体《からだ》から生《う》まれた神《かみ》こそが、神々《かみがみ》の上《うえ》に立《た》ち、神《かみ》の世界《せかい》を治《おさ》めることになる。

伊邪那岐《いざなぎ》は体《からだ》を清《きよ》めた後《あと》、顔《かお》を洗《あら》い

始《はじ》めた。左《ひだり》の目《め》を洗《あら》うと、太陽《たいよう》の神《かみ》「天照大御神《あまてらすおおみかみ》」が生《う》まれた。右《みぎ》の目《め》を洗《あら》うと、月《つき》の神《かみ》「月読命《つくよみのみこと》」が生《う》まれた。鼻《はな》を洗《あら》うと、刺激《しげき》を受《う》けたのか、大《おお》きなくしゃみが出《で》て、暴風《ぼうふう》の神《かみ》「須佐之男《すさのお》」が生《う》まれた。最後《さいご》に生《う》まれたこの三柱《みはしら》の神《かみ》は生《う》まれながらに貴《とうと》い神《かみ》として「三貴子《さんきし》」と呼《よ》ばれる。三貴子《さんきし》は母《はは》親《おや》ではなく父親《ちちおや》の体《からだ》から、しかも最《もっと》も重要《じゅうよう》な頭部《とうぶ》（顔《かお》）を洗《あら》っている時《とき》に生《う》まれたため、最《もっと》も正統《せいとう》な御子《みこ》といえる。

三貴子《さんきし》の誕生《たんじょう》を非常《ひじょう》に喜《よろこ》んだ伊邪那岐《いざなぎ》は、長女《ちょうじょ》の天照大御神《あまてらすおおみかみ》に高天原《たかまがはら》と神々《かみがみ》の統治《とうち》を任命《にんめい》し、長男《ちょうなん》の月読命《つくよみのみこと》には夜《よる》の世界《せかい》を、末《すえ》っ子《こ》の須佐之男《すさのお》には海原《うなばら》を治《おさ》めるよう命《めい》じた。

伊邪那岐《いざなぎ》と伊邪那美《いざなみ》の役目《やくめ》はここで終《お》わり、夫婦神《めおとがみ》は神話《しんわ》の表舞台《おもてぶたい》から去《さ》る。神話《しんわ》の物語《ものがたり》はこれから、夫婦神《めおとがみ》の子供達《こどもたち》によって演《えん》じられていく。

一秒變渣男的老公

伊耶那岐親手埋葬亡妻之後，伴隨祂的只剩無盡的追憶。爲了一解相思之苦，祂決定親赴黃泉國找尋亡妻。似乎在那神話的時代，死亡並不等於陰陽兩相隔，亡者只是彷彿遠行到另一個國度。所以伊耶那岐不但能親赴黃泉國，還能將亡者帶回人間。

這天，來到黃泉國已有一段時日的伊耶那美，突然遇到隻身前來找尋自己的丈夫，欣喜不已。但無奈吃過黃泉米，喝過黃泉水後，已是正港黃泉人，不可能說走就走。祂得先與黃泉之國的高層談判周旋一番。祂很認眞地囑咐伊耶那岐：只能靜待結果，絕不能窺伺祂們談判的過程。

伊耶那岐看到亡妻煞有介事的表情及諄諄的叮囑，不禁生出滿滿的好奇心，決定偷看一下。可就這一下，讓貴爲神明的伊耶那岐也嚇到跌坐在地！原來美麗閑靜的老婆，居然變成身上爬滿蟲蛆的模樣，反差太大，嚇得伊耶那岐顧不得之前與老婆的約定，當下拔腿就跑。因爲逃跑過程發出了聲響，以致伊耶那美查覺到被老公窺伺的事實。

伊耶那美又驚又怒，那是一種夾雜著羞恥及遭到背叛後所生悔恨的複雜情緒。心中那個曾經的摯愛，瞬間變成可恨的渣男！所以，祂先是派出手下前去追殺，繼而派出黃泉大軍前去追討。但伊耶那岐畢竟是法力高強的神祇，輕易就擊退了這些小嘍囉。盛怒難消的伊耶那美於是親自出馬追殺。這回渣男老公有點嚇到了，再怎麼說兩人也是旗鼓相當，一不小心，搞不好還眞會在黃泉國命喪黃泉。情急之下，伊耶那岐推了塊巨大岩石，堵住黃泉比良坂，將往來黃泉國與人世間的通道完全封閉。祂的原意只是想擋住追殺而至的亡妻，但造就的結果，卻是從今而後生者與亡者完全分屬不同的世界，人若死亡，只能永遠的「他界」了。

餘恨未消的伊耶那美，只好隔著擋路大石嗆聲：「殺不到祢，我也會讓祢在人間威信掃地！我會讓人世間每天死去一千人，讓人們感受不到祢的神力有在保佑他們！」。反正已經撕破臉，伊耶那岐也就不客氣地回嗆：「來呀！我會用我的神力每天蓋出一千五百座產屋，讓每天有一千五百位產婦產下後代！」。生比死硬是多出五百人，原只是源於輸人不輸陣的叫罵，無意中卻讓人們日益繁衍，不斷地壯大族群。

撿回一命的伊耶那岐覺得很是窩囊。從

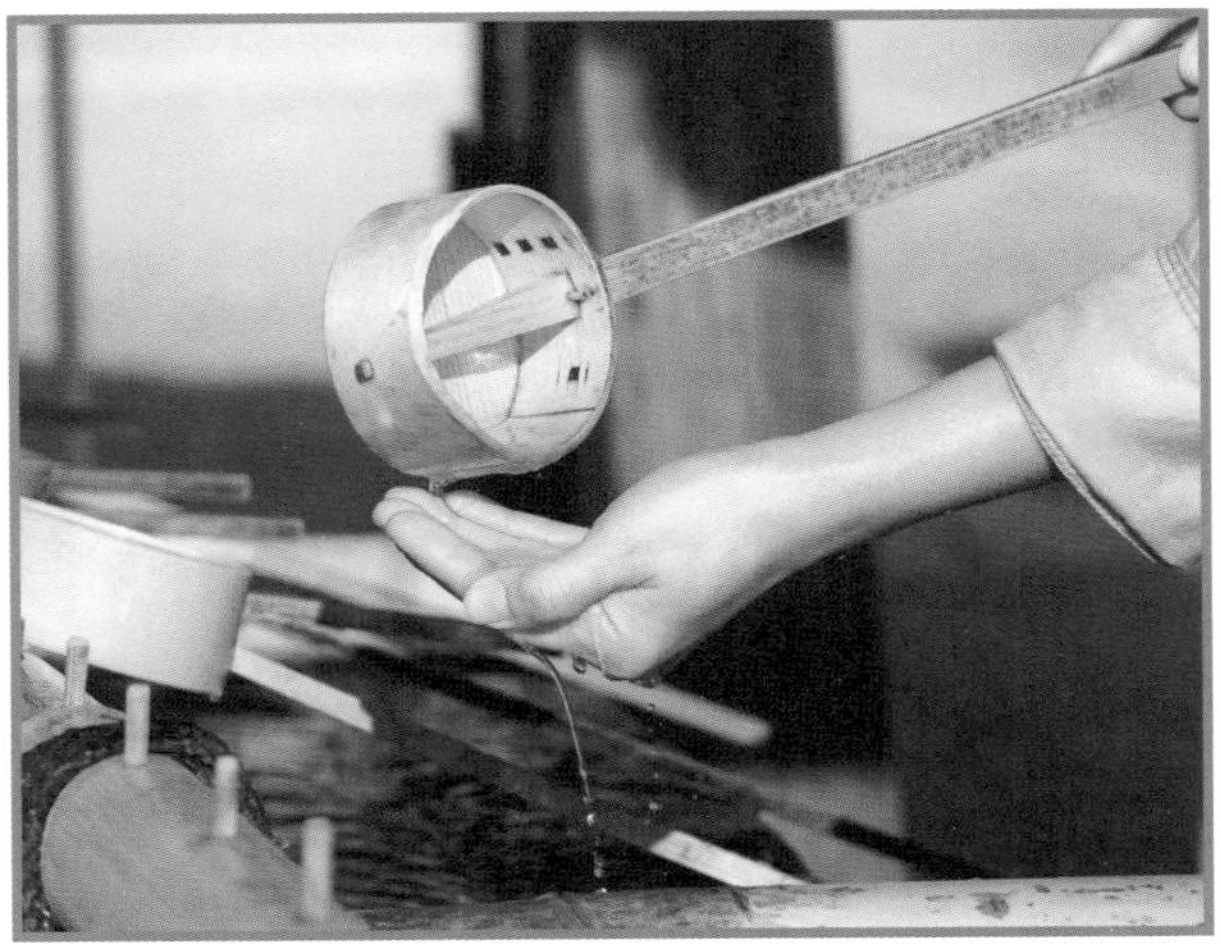
▲手水舍洗手漱口習慣源於古時禊池淨身儀式 @Shutterstock

黃泉國回來，遇到這麼多驚悚的事情，讓祂覺得自己身體不大乾淨。於是，祂來到了位於日向國[22]的「阿波岐原」，想在一條河川中進行一種稱爲「禊」[23]的儀式，以淨化所沾染的汙穢。雖然發生這一連串的驚滔駭浪，但生產諸神的重責大任尚未完了。所以在伊耶那岐沐浴淨身的過程中，又產生了新的神祇。到目前爲止，由夫妻神陸續產出的衆神中，雖不乏重要性高或迄今仍廣受世人禮拜的神祇，但整體說來，都稱不上至高無上。但接下來，從伊耶那岐身上所產出的，將是注定成爲神界主宰的萬神之神。

完成身軀淨化的伊耶那岐，開始洗臉。首先洗了左眼，結果生出了太陽神「天照大御神」。接著清洗了右眼，於是生出月神「月讀命」。之後清洗鼻孔，或許受了刺激，打了個大噴嚏，生出暴風之神「須佐之男」。這三位神祇雖是最後誕生的，但從出生的那一刻開始就具有崇高的地位，被稱爲「三貴子」。祂們不是經由母體而是直接由父體產生，而且是父神在清洗最重要的頭部（臉部）時產生的，可說是嫡系中的嫡系。產下三貴子的伊耶那岐高興異常，於是命令長女天照大御神去統治高天原，主宰諸神。命令長子月讀命統治黑夜中的世界[24]。命令么子須佐之男統治大海[25]。

至此，夫妻神伊耶那岐與伊耶那美完成階段性任務，下台一鞠躬。神話的世界，將由祂們的子息們接續演出。

22.「日向國」即是今天的九州宮崎縣。
23.「禊」是神道教中去除穢氣的一種方式。透過水的淨化的能力，將身上沾染的不潔之物。因此常跳入河川沖洗，或站在瀑布下任水拍擊，來達到潔淨的效果。
24.「月讀命」雖有高貴的血統，又獲賜黑夜世界的統治權，但在古事紀中所占的篇幅並不多。
25.「須佐之男」獲賜大海（海原）的統治權，可以解讀成獲得人間世界的統治權。因爲按照神話中的勾勒，從天地初發至此時，整個人間幾乎就是被大海給淹沒，只有日本列島存在。若說日本列島是附屬於大海也不爲過。

單字

1. 目《ま》の当《あ》たり：名 眼前
2. れっきと：副 無庸置疑地
3. 面持《おもも》ち：名 表情
4. 仰天《ぎょうてん》して腰《こし》を抜《ぬ》かす：極度驚嚇
5 お構《かま》いなし：完全不顧周遭想法
6. 一目散《いちもくさん》：副 全力向前衝的樣子
7. とっさに：副 千鈞一髮之際
8. 仲違《なかたが》い：名 感情不好
9. からがら：副 好不容易才

句型

●～んばかり：～幾乎快／彷彿…的樣子 動詞｛ない形｝ んばかり

＜例＞うちの犬《いぬ》は「おかえり」と言《い》わんばかりに走《はし》ってくる。
我家的狗狗彷彿在說「歡迎回來」一般地飛奔過來。

015

優《やさ》しい姉《あね》と横暴《おうぼう》な弟《おとうと》の争《あらそ》い

暴風《ぼうふう》の神《かみ》、須《す》佐《さ》之《の》男《お》は生《う》まれつき傲慢《ごうまん》、自由《じゆう》奔放《ほんぽう》な性格《せいかく》で、何《なに》を**しでかす**[1]か分《わ》からないところがあった。海《うな》原《ばら》の統治《とうち》を命《めい》じられたにもかかわらず、黄泉《よみ》の国《くに》にいる母親《ははおや》に会《あ》いに行《い》きたいと父《ちち》の伊《い》邪《ざ》那《な》岐《ぎ》に喚《わめ》いてばかりいた。ご承知《しょうち》の通《とお》り、伊《い》邪《ざ》那《な》岐《ぎ》は亡《な》き妻《つま》と仲違《なかたが》いして決別《けつべつ》したばかり。**八《や》つ当《あ》たり**[2]が激《はげ》しい伊《い》邪《ざ》那《な》岐《ぎ》は空気《くうき》の読《よ》めない息子《むすこ》を海原《うなばら》から遠方《えんぽう》の地《ち》に追放《ついほう》した。

須《す》佐《さ》之《の》男《お》は困《こま》り果《は》て、姉《あね》に話《はなし》を聞《き》いてもらおうと高天原《たかまがはら》に向《む》かった。優《やさ》しい姉《あね》のことだから、住《す》む場所《ばしょ》を恵《めぐ》んでくれるだろうなどと考《かんが》えていた。だが、その優《やさ》しい姉《あね》は完全武装《かんぜんぶそう》をし、高天原《たかまがはら》の神々《かみがみ》を**従《したが》え**[3]て須《す》佐《さ》之《の》男《お》を川辺《かわべ》で待《ま》ち受《う》けていた。須《す》佐《さ》之《の》男《お》は「私《わたし》を出迎《でむか》えるためにあのような軍勢《ぐんぜい》を用意《ようい》してくれたのだな」と勘違《かんちが》いした。凶暴《きょうぼう》な性格《せいかく》の須《す》佐《さ》之《の》男《お》だが、単純《たんじゅん》で楽観的《らっかんてき》な一面《いちめん》もあるようだ。

実《じつ》のところ、天照大御神《あまてらすおおみかみ》は領地《りょうち》を失《うしな》った弟《おとうと》が自分《じぶん》の**縄張《なわば》り**[4]を奪《うば》いに来《き》たと

誤解《ごかい》していたのだ。「なにしにここへ来《き》た？」と詰問《きつもん》され、ようやく須佐之男《すさのお》は優《やさ》しい姉《あね》に信用《しんよう》されていないことを悟《さと》った。そこで、これまでの経緯《けいい》を説明《せつめい》し、さらにこう伝《つた》えた。「私《わたし》のことが信《しん》じられないなら、誓約《うけい》をしましょう」。

誓約《うけい》とは信頼関係《しんらいかんけい》を結《むす》ぶために行《おこな》うもので、通常《つうじょう》は予《あらかじ》め勝《か》ち負《ま》けのルールを決《き》めておき、負《ま》けた方《ほう》は**潔《いさぎよ》く**[5]相手《あいて》に従《したが》い、勝《か》った方《ほう》も心《こころ》から相手《あいて》を受《う》け入《い》れるのだが、須佐之男《すさのお》と天照大御神《あまてらすおおみかみ》は予《あらかじ》めルールを決《き》めなかった。須佐之男《すさのお》は自《みずか》らに邪心《じゃしん》がないことを示《しめ》す互《たが》いの持《も》ち物《もの》を交換《こうかん》し、それぞれ子供《こども》を生《う》んでみようと提案《ていあん》した。須佐之男《すさのお》は十拳剣《とつかのつるぎ》を姉《あね》に渡《わた》し、姉《あね》からは勾玉《まがたま》を受《う》け取《と》った。

須佐之男《すさのお》が勾玉《まがたま》を嚙《か》み砕《くだ》いて吐《は》き出《だ》すと、五柱《いつはしら》の男神《おがみ》が誕生《たんじょう》した。天照大御神《あまてらすおおみかみ》が十拳剣《とつかのつるぎ》を嚙《か》み砕《くだ》いて吐《は》き出《だ》すと、三柱《みはしら》の女神《めがみ》が生《う》まれた。だが、これではどちらの勝《か》ちか判断《はんだん》しようがない。そこで、須佐之男《すさのお》は天性《てんせい》の横暴《おうぼう》ぶりを発揮《はっき》し、こう宣言《せんげん》した。「私《わたし》の心《こころ》が純白《じゅんぱく》である証拠《しょうこ》として、私《わたし》の十拳剣《とつかのつるぎ》から清《きよ》らかで穏《おだ》やかな女神《めがみ》が三柱《みはしら》生《う》まれました。勝《か》ったのは私《わたし》です」。

天照大御神《あまてらすおおみかみ》は訳《わけ》が分《わ》からなかったが、横暴《おうぼう》な弟《おとうと》にこれ以上無駄《いじょうむだ》なエネルギーを使《つか》いたくないと思《おも》ったのだろう、とりあえず須佐之男《すさのお》を受《う》け入《い》れることにした。しかし姉《あね》の信用《しんよう》を得《え》たことで横暴《おうぼう》な須佐之男《すさのお》は凶暴化《きょうぼうか》し、高天原《たかまがはら》で大暴《おおあば》れした。肥沃《ひよく》な田畑《たはた》を荒廃《こうはい》させ、神殿《しんでん》で糞《ふん》を撒《ま》き散《ち》らし、挙句《あげく》の果《は》てには皮《かわ》を剥《は》いだ馬《うま》の死体《したい》を天照大御神《あまてらすおおみかみ》の機織《はたお》り場《ば》に投《な》げ込《こ》んだ。そのため、驚《おどろ》いた機織《はたお》りの女神《めがみ》が尻《しり》もちをつき、陰部《いんぶ》に鋭《するど》い「梭《ひ》」が刺《さ》さって死《し》んでしまった。

天照大御神《あまてらすおおみかみ》は激怒《げきど》した。帰《かえ》る所《ところ》のない弟《おとうと》を好意《こうい》で受《う》け入《い》れてやったのに、このような**仕打《しう》ち**[6]をされたのだから当然《とうぜん》だ。だが、天照大御神《あまてらすおおみかみ》は冷静《れいせい》になり、次《つぎ》のように考《かん》えた。「弟《おとうと》があちこちで問題《もんだい》を起《お》こしているのは、神々《かみがみ》を恐《おそ》れさせ、自分《じぶん》の言《い》いなりにさせるのが目的《もくてき》なのではないか。もしそうであれば、私《わたし》はここを追《お》われてしまう」。天照大御神《あまてらすおおみかみ》は主導権《しゅどうけん》を奪《うば》い返《かえ》そうと、神々《かみがみ》が最《もっと》も恐《おそ》れることを決行《けっこう》する。引《ひ》きこもれば世界《せかい》から光《ひかり》と熱《ねつ》が消《き》える太陽《たいよう》の神《かみ》、天照大御神《あまてらすおおみかみ》は天《あま》の岩屋戸《いわやど》という洞窟《どうくつ》に入《はい》り、戸《と》をぴたりと閉《し》めてしまったのだ。これにより、高天原《たかまがはら》も人間界《にんげんかい》も永遠《えいえん》に続《つづ》く皆既日食《かいきにっしょく》が起《お》きたかのごとく、完全《かんぜん》に暗闇《くらやみ》に包《つつ》まれた。

案《あん》の定《じょう》、高天原《たかまがはら》の神々《かみがみ》は**慌《あわ》てふためき**[7]、世界《せかい》に光《ひかり》を取《と》り戻《もど》そうと八咫鏡《やたのかがみ》と八尺瓊勾玉《やさかにのまがたま》を作《つく》り、天《あま》の岩屋戸《いわやど》の前《まえ》に集結《しゅうけつ》した。それから、スタイル抜群《ばつぐん》の女神《めがみ》が激《はげ》しく踊《おど》り始《はじ》めると、次第《しだい》に着衣《ちゃくい》がはだけて豊満《ほうまん》な胸《むね》があらわになり、しまいには陰部《いんぶ》が丸見《まるみ》えになった。すると、この卑猥《ひわい》な踊《おど》りを見《み》ていた神々《かみがみ》から、なぜかどっと笑《わら》いが起《お》きた。

天《あま》の岩屋戸《いわやど》に隠《かく》れていた天照大御神《あまてらすおおみかみ》は神々《かみがみ》のはしゃぎ声《ごえ》が気《き》になり、外《そと》に向《む》かって何事《なにごと》かと尋《たず》ねた。すると、先《さき》ほど踊《おど》っていた女神《めがみ》がこう答《こた》えた。「あなた様《さま》より貴《とうと》い神様《かみさま》がいらしたから、うれしくて遊《あそ》んでいるのですよ」。この言葉《ことば》に好奇心《こうきしん》と嫉妬心《しっとしん》、さらに危機《きき》感《かん》を募《つの》らせた天照大御神《あまてらすおおみかみ》は洞窟《どうくつ》の中《なか》にいられなくなり、岩戸《いわど》を少《すこ》し開《あ》けて外《そと》を覗《のぞ》いた。その瞬間《しゅんかん》、岩屋戸《いわやど》の陰《かげ》にひそんでいた強力《ごうりき》の男神《おがみ》に引《ひ》っ張《ぱ》り出《だ》され、こうして、世界《せかい》に光《ひかり》が戻《もど》った。

今回《こんかい》のことから、神々《かみがみ》が天照大御神《あまてらすおおみかみ》を必要《ひつよう》としていることは明《あき》らかで、天《あま》照大御神《てらすおおみかみ》に退位《たいい》を迫《せま》ることも、クーデターも起《お》きなかった。大満足《だいまんぞく》の天照大《あまてらすおお》御神《みかみ》は暴《あば》れん坊《ぼう》の弟《おとうと》を処罰《しょばつ》するよう手《て》下《した》に命《めい》じた。須佐之男《すさのお》は髭《ひげ》を切《き》り取《と》られ、持《も》ち物《もの》を没収《ぼっしゅう》された上《うえ》で高天原《たかまがはら》から追放《ついほう》された。

溫柔姊與無賴弟的大鬥法

須佐之男是風暴之神，性格中註定有著狂妄不羈且不按牌理出牌的一面。祂受命統治大海，卻向父親嚷嚷著要去黃泉國找母親。衆所皆知伊耶那岐不久前才跟亡妻翻臉一夕成仇人。於是乎，愛遷怒的父親將白目的兒子趕出大海，追放到遠方。

須佐之男一時之間不知如何是好，失魂落魄地到高天原找姊姊訴苦。其實祂想的是姊姊人美心更美，搞不好會大發慈悲給自己個棲身之所……。祂邊走邊想，卻看到心地善良的姐姐全副武裝，率領高天原諸神在河邊等著。「擺出這樣的大陣仗，那一定是為了要迎接我吧！哈哈～」。看來，須佐之男狂暴的內心中似乎有著極其單純又樂觀的一面。

其實天照大御神擺出這樣的架式，是誤以為失去領地的弟弟要來搶地盤。祂質問弟弟，此行有何貴幹？須佐之男這時才知道心地善良的姊姊終究還是信不過祂。於是說明了來龍去脈之後，加碼向姐姐保證：「如果您信不過我，我們就來舉行誓約儀式吧！」。

一般說來，舉行「誓約」是為了讓雙方彼此信任。誓約書上會載明勝利條件，由先完成的一方獲得勝利。輸者要心悅誠服地服從對方，贏家也要眞誠地接納輸者。不過這份誓約書上並未明載怎樣才是贏家，於是須佐之男提議雙方各自拿出一件足以表示自己是眞心無邪念的信物，交予對方，並以此物生下子嗣。須佐之男於是將十拳劍交給姐姐，拿到的是天照大御神的勾玉。

須佐之男將勾玉咬碎，吐出了五位男神。天照大御神則將十拳劍咬碎，也吐出了三位女神。這樣的結果，根本看不出孰勝孰負。但須佐之男發揮了天生無賴的本領，大聲地說道：「能生出純眞柔弱的女神就能表示擁有一顆純潔無邪之心，三位女神是從我的十拳劍生出的，可見純潔的我更勝一籌，算我贏了！」

覺得莫名其妙的天照大御神可能是不想再耗費精神在無賴弟弟身上，姑且接納了祂。但得到信任的須佐之男，馬上從無賴男變身成暴力男，把整個高天原鬧得雞飛狗跳。原本肥沃的田地被搞到荒蕪、還在神殿潑糞。沒有最誇張只有更誇張，須佐之男還將一匹死馬剝了皮，丟進天照大御神的織坊內，嚇得正在織造的女神一屁股跌坐在織布機上，被尖銳的「梭」刺穿陰部而亡。

天照大御神氣瘋了。好心接納無家可歸的弟弟，居然落得這樣的回報。但冷靜一想，這傢伙該不會是打算藉著到處生事，讓諸神心生畏懼，最後讓祂們乖乖聽命吧。

若如此，那可就是場完美的逼宮了。爲了重新掌握主導權，祂決定做件讓諸神擔心害怕到極點的事。天照大御神是太陽神，只要宅在家就會讓世界失去光明及溫度。於是祂躲進一個名爲「天石屋戶」的洞穴中，並緊閉石扉。整個高天原甚至整個人世間，宛如遭遇永久性的日全蝕一般，完全地被黑暗所壟罩。

▲天石屋戶神話的天照大御神（春斎年昌）@Wikipedia

高天原的諸神果然都嚇死了。爲了讓世界重獲光明，祂們打造「八咫鏡」，製作「八尺勾玉」，並集結諸神在天石屋戶前。其中，一位身材一級棒的女神[26]開始跳起舞來。隨著不斷的抖動，露出了傲人的胸部。甚至最後衣不蔽體，連陰部都裸露出來。本該讓人有點意亂情迷的景象，不知怎的卻搞得諸神哄堂大笑。

躲在天石屋戶中的天照大御神聽到衆神的笑鬧聲，不禁好奇，於是向洞外問問發生何事？跳舞的女神答道：「有位比您尊貴的神祇出現了，所以大夥兒很是歡樂」。好奇心、忌妒心加上危機感，逼得天照大御神一刻也無法繼續待在岩洞裡。祂探頭想一窺究竟，立刻被守在門外的一位大力男神[27]拖出來，世界因而再度恢復光明。

這樣的結果，說明了衆神還是離不開天照大御神。沒有逼宮也沒有政變。天照大御神滿意極了，交代手下將搗蛋鬼弟弟好好處理掉。須佐之男於是被剃掉鬍子，沒收私物，轟出高天原。

26. 天宇受賣命
27. 天手力男神

單字

1. **しでかす**：動 出大紕漏
2. **八《や》つ当《あ》たり**：名 出氣連累無關的人
3. **従《したが》える**：動 率領
4. **縄張《なわば》り**：名 地盤
5. **潔《いさぎよ》い**：形 乾乾脆脆、毫無眷戀的
6. **仕打《しう》ち**：名 對待他人的態度
7. **慌《あわ》てふためく**：動 因突發事故亂了手腳

句型

●**～ごとく**：**彷彿～一般**　名詞＋の　ごとく／動詞｛辞書形／た形｝　かのごとく

*同「ごとき」（後接名詞）、「ごとし」（置於文末）

<例>彼女《かのじょ》の笑顔《えがお》は天使《てんし》のごとく可愛《かわい》い。

她的笑臉如同天使般可愛。

<例>彼《かれ》は全部《ぜんぶ》わかっているかのごとく、淡々《たんたん》とこの事実《じじつ》を受《う》け入《い》れた。

他彷彿已經全部瞭解了似的，淡然地接受了這個事實。

016

横暴男《おうぼうおとこ》、美女《びじょ》を救《すく》い英雄《えいゆう》となる

失意《しつい》のどん底《ぞこ》に落《お》ちた須佐之男《すさのお》。追放《ついほう》されるのはこれで二度《にど》目《め》だ。仕方《しかた》なく人間界《にんげんかい》に降《お》りるが、途中《とちゅう》、お腹《なか》が背中《せなか》にくっつくほど腹《はら》を空《す》かせてしまう。そこで偶然《ぐうぜん》、食物《しょくもつ》の神《かみ》と出会《であ》い、プライドを捨《す》てて食《た》べ物《もの》を乞《こ》うた。すると、食物《しょくもつ》の神《かみ》は鼻《はな》と口《くち》から食《た》べ物《もの》を取《と》り出《だ》し、須佐之男《すさのお》に差《さ》し出《だ》した。その光景《こうけい》に須佐之男《すさのお》は気持《きも》ち悪《わる》くなったが、背《せ》に腹《はら》はかえられず、見《み》なかったふりをして**むさぼり**[1]出《だ》した。その食《た》べっぷりを見《み》た食物《しょくもつ》の神《かみ》は須佐之男《すさのお》にもっと喜《よろこ》んでもらおうと、今度《こんど》は肛門《こうもん》から食《た》べ物《もの》を生《う》み出《だ》した。

須佐之男《すさのお》は食《た》べた物《もの》を全《すべ》て吐《は》き出《だ》しそうになった。食物《しょくもつ》の神《かみ》の好意《こうい》を理解《りかい》できない須佐之男《すさのお》は侮辱《ぶじょく》されたと感《かん》じて激怒《げきど》し、十拳剣《とつかのつるぎ》で命《いのち》の恩神《おんじん》を半分《はんぶん》に切《き》ってしまった。尊《とうと》い血筋《ちすじ》の須佐之男《すさのお》が身分《みぶん》の低《ひく》い神《かみ》を殺《ころ》しても、道徳上《どうとくじょう》の問題《もんだい》はあるにせよ、罪《つみ》にはならない。

ただ、突発的《とっぱつてき》に起《お》きたこの出来事《できごと》により、後世《こうせい》の我々《われわれ》は多大《ただい》な恩恵《おんけい》を受《う》けることになる。我々《われわれ》が普段口《ふだんくち》にしている五穀《ごこく》は、その時《とき》に食物《しょくもつ》の神《かみ》の死体《したい》から生《う》まれたものだからだ。

お腹《なか》は半分《はんぶん》ほどしか満《み》たされなかったが、須佐之男《すさのお》はその後《ご》も歩《ある》き続《つづ》け、気《き》づいたら出雲国《いずものくに》（島根県《しまねけん》）の河原《かわら》に辿《たど》り着《つ》いた。そこから上流《じょうりゅう》に向《む》かって**トボトボ**[2]と歩《ある》いていくと、抱《だ》き合《あ》いながら泣《な》いている老夫婦《ろうふうふ》と美少女《びしょうじょ》がいた。その少女《しょうじょ》の泣《な》いている姿《すがた》に**荒《あら》くれ者《もの》**[3]の

須佐之男《すさのお》も不憫《ふびん》の情《じょう》が湧《わ》き、事情《じじょう》を聞《き》いてみた。すると、その老夫婦《ろうふうふ》も神《かみ》の末裔《まつえい》で、元々《もともと》は八人《はちにん》の娘《むすめ》がいたが、七《しち》年前《ねんまえ》に村《むら》に八岐大蛇《やまたのおろち》という怪物《かいぶつ》が現《あらわ》れ、暴《あば》れ回《まわ》っていたため、村人《むらびと》たちが安心《あんしん》して暮《く》らせるようにと毎年一人《まいとしひとり》の娘《むすめ》を生贄《いけにえ》に出《だ》すようになり、今《いま》や最後《さいご》に残《のこ》った娘《むすめ》の「櫛名田比売《くしなだひめ》」というその少女《しょうじょ》も生贄《いけにえ》に捧《ささ》げなければならないのだという。

高天原《たかまがはら》で大暴《おおあば》れしたり、食物《しょくもつ》の神《かみ》を切《き》り殺《ころ》したりするほど気性《きしょう》の荒《あら》い須佐之男《すさのお》だが、その美少女《びしょうじょ》の悲《かな》しい運命《うんめい》を知《し》ると、胸《むね》を締《し》め付《つ》けられ、須佐之男《すさのお》の中《なか》に弱《よわ》きを助《たす》けようという高尚《こうしょう》な精神《せいしん》が芽生《めば》えた。そして、どのような怪物《かいぶつ》なのか確《たし》かめることもなく、自分《じぶん》が**仕留《しと》め**[4]てやると約束《やくそく》した。ただ、神様《かみさま》とはいえ、須佐之男《すさのお》も血気盛《けっきさか》んな男《おとこ》だ。怪物《かいぶつ》を退治《たいじ》する見返《みかえ》りに娘《むすめ》を嫁《よめ》にほしいと老夫婦《ろうふうふ》に言《い》った。老夫婦《ろうふうふ》も愛娘《まなむすめ》を守《まも》りたい一心《いっしん》だが、**どこの馬《うま》の骨《ほね》とも分《わ》からぬ**[5]、みすぼらしい放浪者《ほうろうしゃ》からの提案《ていあん》に悩《なや》んだ。だが、それからしばらく話《はな》しているうちに、目《め》の前《まえ》の男《おとこ》が天照大御神《あまてらすおおみかみ》の弟《おとうと》であることを知《し》った老夫婦《ろうふうふ》は、須佐之男《すさのお》の血筋《ちすじ》の尊《とうと》さにひかれ、あっさりと婿《むこ》として認《みと》めた。須佐之男《すさのお》が罪《つみ》を犯《おか》して高天原《たかまがはら》から追放《ついほう》されたことは知《し》らなかったのかもしれない。

須佐之男《すさのお》は正々堂々《せいせいどうどう》と戦《たたか》うつもりはなかったので、その怪物《かいぶつ》について何《なに》も調《しら》べなかった。横暴《おうぼう》な性格《せいかく》の須佐之男《すさのお》にとっては、とにかく勝《か》てばよかったのだ。須佐之男《すさのお》はまず、夫婦《ふうふ》に酒《さけ》をつくらせ、八《やっ》つの樽《たる》に入《い》れるよう命《めい》じた。そして自《みずか》らは櫛名田比売《くしなだひめ》の住居《じゅうきょ》に手《て》を加《くわ》えて八《やっ》つの門《もん》を設《もう》け、どこから入《はい》ってきても必《かなら》ず家《いえ》の中《なか》のある場所《ばしょ》に行《い》き着《つ》くようにした。須佐之男《すさのお》はそこに八《やっ》つの酒樽《さかだる》を置《お》き、適当《てきとう》な場所《ばしょ》に身《み》を隠《かく》した。

深夜《しんや》。予想通《よそうどお》り、生贄《いけにえ》を求《もと》めて怪物《かいぶつ》がやって来《き》た。八岐大蛇《やまたのおろち》は八《やっ》つの頭《あたま》を持《も》つ巨大《きょだい》なヘビだった。八《やっ》つの門《もん》からそれぞれ頭《あたま》を突《つ》っ込《こ》み、八《やっ》つの酒樽《さかだる》のある場所《ばしょ》まで来《く》ると、酒《さけ》の香《かお》りに誘《さそ》われ、ゴクゴクと飲《の》み始《はじ》めた。やがて酒《さけ》を飲《の》み干《ほ》すと、酔《よ》いが回《まわ》ったようで、地面《じめん》に横《よこ》になった。

「今《いま》だっ！」と須佐之男《すさのお》は八岐大蛇《やまたのおろち》に切《き》りかかり、八《やっ》つの頭《あたま》を切《き》り落《お》とした。さらに、反撃《はんげき》してこないように体《からだ》をずたずたに切《き》り刻《きざ》み、八岐大蛇《やまたのおろち》の尾《お》に剣《けん》を振《ふ》るった時《とき》だった。固《かた》い物《もの》にぶつかったような感触《かんしょく》があり、剣《けん》の刃《は》が**こぼれ**[6]てしまった。尾《お》の中《なか》を見《み》ると、なんと、立派《りっぱ》な太刀《たち》が出《で》てきた。須佐之《すさの》男《お》はその太刀《たち》を「天叢雲剣《あめのむらくものつるぎ》」と名付《なづ》け、その後《ご》、お詫《わ》びの印《しるし》として姉《あね》の天照大《あまてらすおお》御神《みかみ》に献上《けんじょう》した。

男《おとこ》の物語《ものがたり》は、手柄《てがら》を立《た》てたら家《いえ》を興《おこ》すと続《つづ》くのが定番《ていばん》だ。ただ、家《いえ》を興《おこ》すにはまず家《いえ》を築《きず》く必要《ひつよう》がある。須佐《すさ》之男《のお》は出雲国《いずものくに》で地元《じもと》の人々《ひとびと》に宮殿《きゅうでん》を造《つく》らせ、これを「須賀宮《すがのみや》」と名付《なづ》けた。さらに、子供《こども》をもうけ、以後《いご》、子孫《しそん》代々《だいだい》、出雲国《いずものくに》を治《おさ》めるようになった。父《ちち》・伊邪那岐《いざなぎ》から与《あた》えられた人間界《にんげんかい》を治《おさ》める権利《けんり》に**目《め》もくれなかった**[7]須佐《すさ》之男《のお》は、父親《ちちおや》に逆《さか》らいたかったわけではなく、自《みずか》らの手《て》で王国《おうこく》を築《きず》きたかっただけなのかもしれない。そう考《かん》えると、伊邪那岐《いざなぎ》にとって最《もっと》も自慢《じまん》の子供《こども》は須佐之男《すさのお》だったと言《い》えなくもないだろう。

無賴男的英雄救美

對潦倒失意的須佐之男而言，這已是人生中第二度的追放。無可奈何的祂只好流浪到人間。途中祂餓得前胸貼後背，路上巧遇食物之神，立刻拉下臉來向祂要些吃的。食物之神不作多想，馬上從口鼻生出食物來款待。看到這一幕的須佐之男已經覺得有點噁了，但飢腸轆轆，只好視而不見地狼吞虎嚥起來。眼看須佐之男這麼能吃，食物之神想讓祂盡興些，又從肛門擠出新的食物，熱情獻上。

須佐之男差點沒把吞進去的食物全吐出來。此時的祂無法理解食物之神的熱情，只覺受辱，盛怒之下拔出十拳劍，將眼前這位倒楣的救命恩人砍成兩半。須佐之男血統尊貴，砍了個地位低賤的小神不算什麼罪。雖然道德上說不過去，但這件唐突之事卻為後世的人們帶來不少好處。因為從食物之神的遺體上，幻化出迄今仍出現在你我食桌上的五穀雜糧。

只吃了半飽的須佐之男繼續前行。不知不覺來到出雲國（島根縣）某個河原。祂無精打采地沿著河流往上游走去，卻看到一對老夫妻與一個女孩相擁而泣。女孩梨花帶淚的模樣，即便是老大粗須佐之男也不禁心生憐惜。一問之下才知道，老夫妻其實也是神的後裔，生育了八個女兒。七年前，村子裡出現了一條叫做「八岐大蛇」的怪物到處作亂。為了讓村中居民安居樂業，老夫妻忍痛每年獻上一個女兒給怪物當作祭品，以換得短暫的平靜。過去七年，他們已獻出了七個女兒，如今，眼前這位叫做「櫛名田比賣」的小女兒也得獻出去了。

儘管曾大鬧高天原、斬殺食物神的須佐之男以壞脾氣著名，但此時，眼前悲運的美人卻揪住了祂心中最軟的那一塊，激出了祂靈魂中濟弱扶傾的高尚神格。祂根本沒先調查這隻怪物是圓是扁，一口答應將其收服。只不過，貴為神明的須佐之男也是個血氣方剛的男兒。作為怪物退治的回報，祂希望兩

▲退治大蛇的須左之男，身後為櫛名田比賣（國輝『本朝英雄傳』）@Wikipedia

老將女兒許配給祂。老夫妻雖愛女心切，但看到眼前這不修邊幅又來路不明的流浪漢，也猶豫起來，攀談了一會兒，才確認了眼前這位是天照大御神的弟弟。或許兩夫妻還不知道須佐之男是被追放的帶罪之身，光想到祂身上的尊貴血統，便爽快地認了這個半路殺出的乘龍快婿。

須佐之男沒事先調查這怪物的底細，是因爲祂從沒想要來個堂堂正正的對決。反正在無賴男的想法裡，只要能贏就行了。祂命兩夫妻先去釀酒，分裝成八罈。祂自己則將櫛名田比賣所在的屋子修葺一番，並將屋子預留了八扇門。不論從哪個門進來，最後都將匯集在屋內某處。須佐之男在此處放置了那八罈酒，布置妥當後，自己則找個地方躲起來。

半夜，怪物果然來到這間屋子找祭品。原來所謂的「八岐大蛇」，其實就是一條有著八顆頭的巨大蟒蛇。八岐大蛇的八顆頭，分別鑽進八個門，然後全部匯集在屋內堆放八罈酒的地方。酒香四溢，忍不住誘惑的八顆頭各自咕嚕咕嚕地牛飲起來。不一會兒，酒喝光了，大蛇也醉倒一旁。

須佐之男等的就是這一刻。刀起刀落，一下子八顆頭全都斬落。爲了讓這隻怪物再也沒有反擊能力，祂繼續將大蛇的身軀斬成數段。當斬到大蛇尾部時，似乎砍到某個硬物，以致自己的刀刃裂開。須佐之男拾起一看，竟是把不可思議的長劍。祂將其命名爲「天叢雲劍」，之後作爲賠禮，獻給姊姊天照大御神。

男人的故事總是這樣。建功立業後就希望成家立業。而成家前的首要之務便是找地蓋個起家厝。於是，須佐之男便落腳出雲國。祂帶領在地人建造宮殿，將宮殿命名爲「須賀宮」。並且生下子嗣，世代統治出雲國。父親曾給祂統治人間的權利，但祂卻不屑一顧。或許，祂不是故意忤逆父親。祂只是執著於要由自己雙手打造出自己的王國。或許，祂是伊耶那岐的子嗣中最值得驕傲的一位。

單字

1. **むさぼる**：動 貪得無厭；大口狂吃
2. **トボトボ**：副 充滿元氣大步向前走的樣子
3. **荒《あら》くれ者《もの》**：名 性情暴躁的人
4. **仕《し》留《と》める**：動 徹底打倒對方
5. **どこの馬《うま》の骨《ほね》とも分《わ》からぬ**：（「馬《うま》の骨《ほね》」指本性）完全不瞭解對方本性
6. **こぼれる**：動 缺損
7. **目《め》もくれない**：不屑一顧

句型

●**～にせよ**：**即便～** 普通形　にせよ

*「にしても」的文章表現

<例>実現《じつげん》が難《むずか》しいにせよ、やると決《き》めた以上《いじょう》、全力《ぜんりょく》でやりたいと思《おも》う。

即便很難實現，既然決定要做了就想全力以赴。

<例>負《ま》けるにせよ、最善《さいぜん》をつくすべきだ。

即便要輸了，也應該盡力而爲。

コラム

017

不良《ふりょう》？英雄《えいゆう》？古事記《こじき》で最《もっと》も個性的《こせいてき》な神《かみ》

須佐之男《すさのお》

須佐之男《すさのお》は常識外《じょうしきはず》れの荒《あら》くれ者《もの》だった。父親《ちちおや》からは海原《うなばら》を、姉《あね》からは高天《たかまが》原《はら》での居場所《いばしょ》を与《あた》えられたにもかかわらず、腕白小僧《わんぱくこぞう》のように悪《わる》さをして恩《おん》を仇《あだ》で返《かえ》し、高天原《たかまがはら》を追放《ついほう》されても平然《へいぜん》としていた。空腹時《くうふくじ》に食《た》べ物《もの》を恵《めぐ》んでくれた食物《しょくもつ》の神《かみ》を誤解《ごかい》し、刀《かたな》で斬《き》り殺《ころ》したりもした。まさに悪行三昧《あくぎょうざんまい》、クズな悪者《わるもの》だった。

須佐之男《すさのお》は弱《よわ》きを助《たす》ける真《しん》の英雄《えいゆう》でもあった。代償《だいしょう》は何《なに》か、敵《てき》はどんな敵《てき》かなどいちいち考《かんが》えなかった。櫛名田《くしなだ》比売《ひめ》の悲《かな》しそうな顔《かお》を見《み》ると、この悲運《ひうん》の美人《びじん》を救《すく》わねばならないと思《おも》った。自《みずか》らの宮殿《きゅうでん》に大国主《おおくにぬし》が八十神《やそがみ》の迫害《はくがい》から逃《のが》れて来《き》た時《とき》も、恐怖《きょうふ》に震《ふる》える弱々《よわよわ》しい子孫《しそん》が自《みずか》らに災《わざわ》いをもたらすのではないかとは考《かんが》えなかった。弱者《じゃくしゃ》の悲惨《ひさん》な運命《うんめい》は凶暴《きょうぼう》な須佐之男《すさのお》の強《つよ》く優《やさ》しい心《こころ》を掻《か》き立《た》てた。

須佐之男《すさのお》は真《ま》っ直《す》ぐな性格《せいかく》だった。父親《ちちおや》に反抗《はんこう》したのは、一度《いちど》も顔《かお》を見《み》たことのない母親《ははおや》に会《あ》いたかったからだ。娘《むすめ》が婿《むこ》と駆《か》け落《お》ちした時《とき》は、二人《ふたり》を未来永劫引《みらいえいごうひ》き離《はな》すことも可能《かのう》だったが、婿《むこ》の覚悟《かくご》を決《き》めた、恐《おそ》れのない表情《ひょうじょう》に、自分《じぶん》が騙《だま》されたことも忘《わす》れ、心《こころ》から二人《ふたり》の幸《しあわ》せを祝福《しゅくふく》した。

須佐之男《すさのお》は機転《きてん》が良《よ》く、八岐大蛇《やまたのおろち》を斬《き》り殺《ころ》す妙案《みょうあん》を簡単《かんたん》に思《おも》いついたり、大国主《おおくにぬし》が何《なん》とか突破《とっぱ》した試練《しれん》を少《すこ》し頭《あたま》をひねっただけで考《かんが》え出《だ》したりした。生《う》まれつき横暴《おうぼう》なところもあり、姉《あね》との誓約《うけい》では自分勝手《じぶんかって》な解釈《かいしゃく》で姉《あね》に負《ま》けを認《みと》めさせ、四《よっ》つの試練《しれん》を乗《の》り越《こ》えれば娘《むすめ》をやるとした約束《やくそく》を後《あと》から反故《ほご》にし、何《なん》ら悪《わる》びれなかった。

須佐之男《すさのお》は『ドラえもん』に出《で》てくるジャイアンのようだ。腹《はら》が立《た》つほど性格《せいかく》が悪《わる》い一方《いっぽう》で、涙《なみだ》が出《で》るほど感動的《かんどうてき》な正義感《せいぎかん》を発揮《はっき》することもある。感情豊《かんじょうゆた》かな性格《せいかく》で、心《こころ》の思《おも》うままに行動《こうどう》する。だからこそ、須佐之男《すさのお》は古事記《こじき》に登場《とうじょう》する神々《かみがみ》の中《なか》で最《もっと》も魅力的《みりょくてき》なのだ。

不良？英雄？古事記中最有個性的神：須佐之男

須佐之男是個離經叛道的暴走男。父親對他不薄，將海原賜與他。姊姊接納他，讓

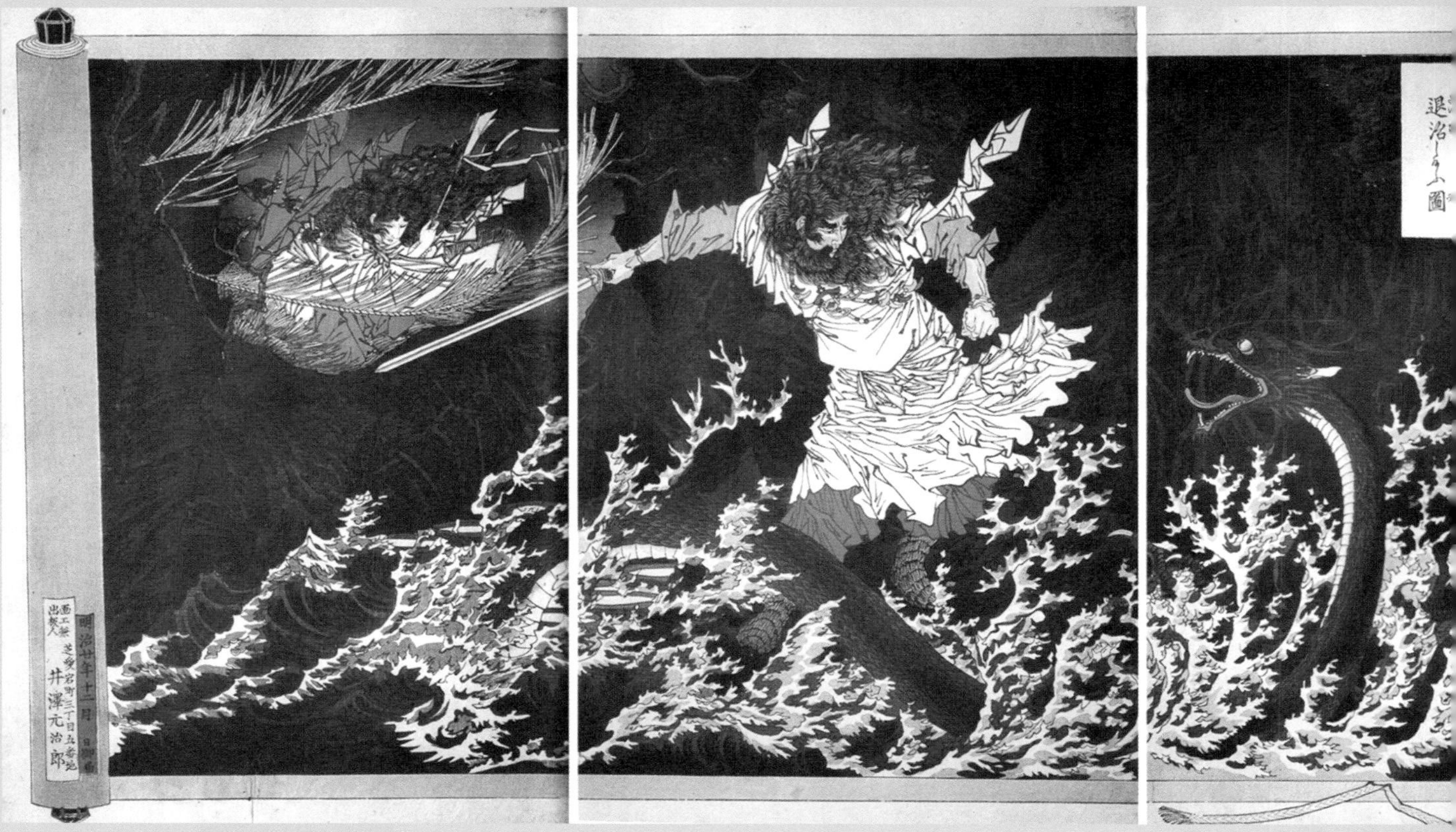

▲須佐之男與八岐大蛇（月岡芳年『日本略史 - 素戔嗚尊』）@Wikipedia

他在高天原有個立身之地。結果，他以頑童般的惡劣行徑給予回報，被逐出高天原後，他還是蠻不在乎。食物神看他飢腸轆轆，分口吃的給他，可他居然也能因爲誤會就一刀把人給砍了。劣跡斑斑，又壞又渣。

須佐之男是個濟弱扶傾的眞英雄。至於代價會是什麼，面對的會是什麼敵人，他根本懶得去算計。看到櫛名田比賣哀戚的神情，他想到的就是一定要救出這個悲運的美人。當大國主逃避八十神的追殺，躲到他的宮殿來時，他不會去尋思眼前這個弱小又顫抖的子孫會不會害他惹禍上身。悲慘的命運、弱小的身軀，總能在他狂暴的內心中激出鐵漢柔情的那一塊。

須佐之男是個凡事只問眞心的性情中人。之所以忤逆了父親，不過就是想看看出生後就未曾謀面的母親。女兒女婿私奔，他原可讓這兩人萬劫不復。但女婿堅定又無畏的神情，讓他可以忘卻自己曾被欺瞞的事實，並且衷心祝福兩人的幸福。

他富機智，隨手拈來就是斬殺八岐大蛇的妙計，稍加構思就讓大國主差點無法過關斬將。但他也是個天生的無賴，用個莫名其妙的誓約讓姊姊只好認栽。連過四關就能娶他女兒是須佐之男親口說的，但事後又不認帳，卻一點也不感到慚愧。

看須佐之男，就像看到哆啦A夢裡的胖虎。壞的時候讓人氣得牙癢癢，但當看到他發揮正義本色時，也會讓人不禁流下感動的眼淚。性格豐富，率性而爲，唯眞不破。正因爲如此，他散發出的魅力是無與倫比的。古事紀諸神中無人能敵。

018

大《おお》国《くに》主《ぬし》の国《くに》造《づく》りと国《くに》譲《ゆず》り

須《す》佐《さ》之《の》男《お》の子《し》孫《そん》で後《のち》に「大国主《おおくにぬし》」と呼《よ》ばれる男《お》神《がみ》がいた。幼《おさな》い頃《ころ》は特《とく》に注《ちゅう》目《もく》されることも可《か》愛《わい》がられることもなく、兄《あに》たちに下《げ》僕《ぼく》のように**こき使《つか》わ**1れていた。総《そう》称《しょう》して「八《や》十《そ》神《がみ》」と呼《よ》ばれる意《い》地《じ》の悪《わる》い兄《あに》たちは、大国主《おおくにぬし》をいじめるのが大《だい》好《す》きだった。八《や》十《そ》神《がみ》は近《きん》隣《りん》の因《いな》幡《ばの》国《くに》にいる絶《ぜっ》世《せい》の美《び》女《じょ》のところへ求《きゅう》婚《こん》の旅《たび》に出《で》掛《か》けることになり、大国《おおくに》主《ぬし》は荷《に》物《もつ》運《はこ》びを命《めい》じられた。

一《いっ》行《こう》が海《うみ》辺《べ》を歩《ある》いている時《とき》だった。皮《かわ》を剥《は》がされた赤《あか》裸《はだか》の白《しろう》兎《さぎ》が横《よこ》たわり、苦《くる》しそうに呻《うめ》き声《ごえ》を上《あ》げていた。ワニに悪《わる》ふざけをしたために、**仕《し》返《かえ》し**2に皮《かわ》を剥《は》がされたのだという。意《い》地《じ》悪《わる》な八《や》十《そ》神《がみ》は、海《うみ》に飛《と》び込《こ》んで海《かい》水《すい》を浴《あ》びれば傷《きず》は治《なお》ると助《じょ》言《げん》した。教《おし》えられた通《とお》りにした白《しろう》兎《さぎ》は、気《き》を失《うしな》わんばかりの痛《いた》みに苦《くる》しんだ。八《や》十《そ》神《がみ》がその場《ば》から去《さ》った後《あと》、大国主《おおくにぬし》は白《しろう》兎《さぎ》に傷《きず》を治《なお》す正《ただ》し

い方法《ほうほう》を教《おし》えた。その結果《けっか》、白兎《しろうさぎ》の傷《きず》は治《なお》り、白兎《しろうさぎ》は大国主《おおくにぬし》につき従《したが》うことを決《き》めた。さらに、因幡国《いなばのくに》の美女《びじょ》を娶《めと》るのは八十神《やそがみ》ではなく、大国主《おおくにぬし》だと予言《よげん》した。

　白兎《しろうさぎ》の予言《よげん》は的中《てきちゅう》した。八十神《やそがみ》の従者《じゅうしゃ》だった大国主《おおくにぬし》が結婚式《けっこんしき》の主役《しゅやく》になったのだ。自尊心《じそんしん》を傷《きず》つけられた八十神《やそがみ》は大国主《おおくにぬし》に殺意《さつい》を抱《いだ》き、大国主《おおくにぬし》を謀殺《ぼうさつ》しようとした。純粋無垢《じゅんすいむく》な大国主《おおくにぬし》は実際《じっさい》に二度《にど》謀殺《ぼうさつ》されたが、母親《ははおや》と親《した》しい高《たか》天原《まがはら》の神様《かみさま》の力《ちから》により二度《にど》生《い》き返《かえ》った。

　このままでは命《いのち》がいくつあっても足《た》りないと思《おも》った母親《ははおや》は、黄泉《よみ》の国《くに》（根《ね》の堅州国《かたすくに》）で隠居《いんきょ》している須佐之男《すさのお》に守《まも》ってもらうよう大国主《おおくにぬし》に告《つ》げた。

　須佐之男《すさのお》の住《す》む宮殿《きゅうでん》へやってきた大《おお》国主《くにぬし》は、須佐之男《すさのお》の娘《むすめ》に一目惚《ひとめぼ》れし、娘《むすめ》を娶《めと》ることにした。難《なん》を逃《のが》れるという本来《ほんらい》の目的《もくてき》を忘《わす》れてしまったようだ。

　無論《むろん》、難《なん》を逃《のが》れてきた子孫《しそん》を須佐之男《すさのお》があっさり婿《むこ》に迎《むか》えるはずはなかったが、四《よっ》つの試練《しれん》を乗《の》り越《こ》えられれば娘《むすめ》をやろうと約束《やくそく》した。頭《あたま》の回転《かいてん》が良《よ》く、試練《しれん》に強《つよ》い大国主《おおくにぬし》は、大国主《おおくにぬし》のことを大変《たいへん》気《き》に入《い》っている須佐之男《すさのお》の娘《むすめ》の陰《かげ》からの助《たす》けもあり、見事《みごと》四《よっ》つの試練《しれん》を突破《とっぱ》した。

　練《ね》りに練《ね》った試練《しれん》が**たやすく**[3]突破《とっぱ》されるとは予想《よそう》していなかった須佐之男《すさのお》は、自《みずか》らの約束《やくそく》を後悔《こうかい》した。しかし、そこは若《わか》い頃《ころ》から横暴《おうぼう》な須佐之男《すさのお》、顔《かお》を合《あ》わせなければ約束《やくそく》を果《は》たす必要《ひつよう》もないとして、大国主《おおくにぬし》を避《さ》けるようになった。

　ところが、青《あお》は藍《あい》より出《い》でて藍《あい》より青《あお》し、それならばと大国主《おおくにぬし》は須佐之男《すさのお》の娘《むすめ》と駆《か》け落《お》ちすることを決《き》め、須佐之《すさの》男《お》が眠《ねむ》っている間《あいだ》に逃《に》げ出《だ》した。だが、黄泉比良坂《よもつひらさか》の近《ちか》くまで来《き》たところで須《す》佐之男《さのお》に気付《きづ》かれてしまう。暴風《ぼうふう》の神《かみ》は激《はげ》しく怒《おこ》り、**すぐさま**[4]後《あと》を追《お》った。

　もう少《すこ》しで須佐之男《すさのお》に追《お》いつかれるというところで奇跡《きせき》が起《お》きた。須佐之男《すさのお》が急《きゅう》に足《あし》を止《と》めたのだ。それから若《わか》い大国主《おおくにぬし》の顔《かお》をじっと見《み》つめ、何《なに》かを悟《さと》ったのか、うーんと唸《うな》った後《あと》、こう言《い》い放《はな》った。「よかろう。貴様《きさま》は大国主神《おおくにぬしのかみ》と名乗《なの》り、我《わ》が娘《むすめ》を妻《つま》とし、出雲《いずも》に国《くに》をつくれ。八十神《やそがみ》など恐《おそ》れることはない。貴様《きさま》の武器《ぶき》で倒《たお》してしまえ」。そう言《い》い終《お》えると、須佐之男《すさのお》は**踵《きびす》を返《かえ》し**[5]て立《た》ち去《さ》った。

　岳父《がくふ》に認《みと》められた大国主《おおくにぬし》は国造《くにづく》りに励《はげ》み出《だ》したが、**いかんせん**[6]若《わか》くて経験《けいけん》が足《た》りないため、為《な》す術《すべ》なく困《こま》り果《は》てることもあった。幸《さいわ》い、人間界《にんげんかい》に自《みずか》らの政権《せいけん》を打《う》ち立《た》てようとする大国主《おおくにぬし》を高天原《たかまがはら》の神《かみ》が二度《にど》も助《たす》け、国造《くにづく》りは成《せい》功《こう》、出雲国《いずものくに》は人間界《にんげんかい》の中心《ちゅうしん》として大《おお》いに栄《さか》えた。

　しかし、輝《かがや》かしい成功《せいこう》を収《おさ》めると、それを妬《ねた》む者《もの》が出《で》てくるのが世《よ》の常《つね》。しかも、大国主《おおくにぬし》の成功《せいこう》を妬《ねた》んだのは、須《す》佐之男《さのお》が優《やさ》しいと言《い》っていた天照大御《あまてらすおおみ》神《かみ》なのだ。出雲国《いずものくに》の繁栄《はんえい》を見《み》た天照大御《あまてらすおおみ》神《かみ》は、自《みずか》らの尊《とうと》い血《ち》をひく直系《ちょっけい》の子孫《しそん》が統治《とうち》すべきであり、横暴《おうぼう》な弟《おとうと》の子孫《しそん》には分不相応《ぶんふそうおう》と考《かんが》えた。そこで、高天原《たかまがはら》の神《かみ》を次々《つぎつぎ》と遣《つか》わし、大国主《おおくにぬし》が身《み》のほどを**わきまえ**[7]て「国譲《くにゆず》り」をするよう交渉《こうしょう》に当《あ》たらせようとしたが、怖《こわ》くて交渉《こうしょう》に行《い》くことすらできない臆病《おくびょう》な神《かみ》や、行《い》ったはいいが人間界《にんげんかい》の快楽《かいらく》に溺《おぼ》れて帰《かえ》ってこなくなった神《かみ》もいた。

国譲《くにゆず》りを再三要求《さいさんようきゅう》されて嫌気《いやけ》がさしたのか、あるいは、天照大御神《あまてらすおおみかみ》の血《ち》をひいていないことに多少《たしょう》の引《ひ》け目《め》があったのか、大国主《おおくにぬし》は息子《むすこ》に意見《いけん》を聞《き》いた後《あと》、国《くに》を譲《ゆず》るのも悪《わる》くないと考《かんが》えるようになった。大国主《おおくにぬし》が国譲《くにゆず》りの条件《じょうけん》として求《もと》めたのは、隠居《いんきょ》後の住《す》まいとして天照大御神《あまてらすおおみかみ》の宮殿《きゅうでん》に匹敵《ひってき》するような神殿《しんでん》をつくってほしいという一点《いってん》だけだった。たったそれだけの要求《ようきゅう》を高《たか》天原側《まがはらがわ》が飲《の》まないはずがなかった。こうして、出雲国《いずものくに》は高天原側《たかまがはらがわ》に譲《ゆず》られ、神殿《しんでん》の建設《けんせつ》が始《はじ》まった。

その時《とき》つくられた立派《りっぱ》な神殿《しんでん》が、今《こん》日《にち》の「出雲大社《いずもたいしゃ》」である。

大國主的建國與讓國

須佐之男的子孫中，有位被後世稱作「大國主」的男神誕生了。在大國主年幼時，不但沒特別受矚目與疼愛，反而被兄長們當下人使喚。這些壞兄長們統稱「八十神」，特別愛欺負大國主。鄰近的因幡國有個絕世美女，八十神想前去提親，故命大國主揹著行李同行。

一行人走著，在海岸邊遇到一隻全身無皮的白兔，躺在地上痛苦地呻吟。原來白兔戲弄了鱷魚，才導致這樣殘酷的報復。八十神天生心眼壞，建議白兔跳進海中讓海水治癒傷口。這個惡作劇，害聽話的白兔痛到死去活來。趁八十神離開，大國主告訴白兔正確療傷方法，使白兔得到治癒。白兔從此成爲大國主跟班，並預言因幡國的美人不會嫁給八十神，而是嫁給大國主。

白兔的預言成眞了。跟班的大國主從配角成爲婚宴中的主角。自尊心受創的八十神心生殺意，打算謀害大國主。兩度謀殺[28]，皆成功地讓心思單純的大國主走向死亡陷阱，一命嗚呼。好在大國主的母親在高天原裡有熟人，施用法力兩度讓大國主復活。這樣下去不是辦法，母親趕緊讓大國主去找隱居黃泉國（根之堅州國）的須佐之男，尋求庇佑。

來到須佐之男宮殿的大國主，好像忘了自己是來避難的。因爲祂對須佐之男的女兒一見鍾情，當下決定取祂爲妻。落難的子孫想三級跳成爲乘龍快婿，須佐之男當然不會答應。祂設下四道難關，規定成功破解者才有當祂女婿的資格。大國主天生機智，善於應對任何難關。須佐之男的女兒也對大國主甚爲欣賞，偷偷給予不少幫忙，讓大國主順利連破四關，取得迎娶資格。

須佐之男沒料到祂精心設計的難關輕易被破解，對自己的承諾很是後悔。祂從年輕時就是無賴成性，所以想乾脆避不見面，就永遠無須兌現承諾了。沒想到自己的子孫

▲大國主神像
@Wikipedia／Flow in edgewise

青出於藍。既然老丈人都躲起來了，那就乾脆悄悄地帶祂女兒遠走高飛吧。兩人趁須佐之男熟睡時偷溜上路。行至黃泉比良坂附近時，還是讓須佐之男給發現了。憤怒的風暴之神二話不說立刻追上前去。

奇蹟發生了！只差一兩步就要追上的須佐之男，不知為何居然停了下來。祂再一次仔細端詳大國主年輕的臉龐，好像讀懂了些什麼。沉吟半晌後，祂說道：「去吧！帶著我的女兒，去建立自己的國度吧。你就自立為大國主神，在出雲一帶建國吧。至於跟你過不去的八十神，沒什麼好怕的。拿起你的武器趕走祂就行了」。語畢，轉身返去。

得到老丈人的首肯，大國主開始積極進行建國大業。但大國主終究年輕沒經驗，有些事仍讓祂束手無策。幸好這個自立門戶的人間政權，還是得到了來自高天原的幫助，高天原的神祇兩度加入建國大業，眾志成城，大國主所主持的「國造」大功告成，出雲國也變成人世間首屈一指的繁華富庶。

世間事總是如此。成果輝煌必引來心懷妒忌者意圖侵占。這回，妒忌者正是曾被須佐之男認為「溫柔善良」的天照大御神。祂看到出雲國繁華富庶，總覺得這樣的人間國度，得由繼承自己高貴血脈的嫡系子孫來統治。交給暴戾弟弟的後代…那真是暴殄天物呀！所以她陸續派了高天原神祇前去談判，希望大國主能識相地「國讓」。不料，高天原諸神有些太窩囊，連動身前往都不敢，還有些神居然眷戀人世間的燈紅酒綠，一去不復返。

或許三番兩次被要求讓國，大國主也有點煩了。也可能面對天照大御神的嫡系血脈，祂多少有點自卑。在詢問過自己兒子的意見後，想想將國家交出去給人接手也不錯。祂只要求要有一座足與天照大御神的宮殿比肩的神殿，作為自己隱居之所。只這麼點要求，高天原當然沒有不答應的道理。於是，大國主將出雲國讓給高天原，並開始營造神殿。

這個雄偉的神殿，就是「出雲大社」。

28. 第一次是誘騙大國主上山，卻將燒得通紅的大石滾下山，將大國主燒死。第二次則是將大國主塞進裂開的大樹之間，以其縫隙夾死大國主。

單字

1. **こき使《つか》う**：動 將對方視為奴僕似的任意差遣
2. **仕返《しかえ》し**：名 還手、報仇
3. **たやすい**：形 輕而易舉的
4. **すぐさま**：副 即刻
5. **踵《きびす》を返《かえ》す**：動 原地折返
6. **いかんせん**：連 可惜的是
7. **わきまえる**：動 清楚地認知瞭解與區辨

句型

●**～んばかり**：**～幾乎快／彷彿…的樣子**　動詞｛ない形｝　んばかり

＜例＞食《た》べすぎてお腹《なか》がはち切《き》れんばかりだ。
吃太多了肚子彷彿要裂開似的。

019

天孫降臨《てんそんこうりん》

高天原《たかまがはら》の勢力《せいりょく》が出雲《いずも》の大国主《おおくにぬし》に「国《くに》譲《ゆず》り」を迫《せま》ったのは、中央《ちゅうおう》の朝廷《ちょうてい》が地《ち》方《ほう》の豪族《ごうぞく》に帰順《きじゅん》を要求《ようきゅう》した事例《じれい》とみることができる。出雲国《いずものくに》など日本各地《にほんかくち》を治《おさ》める神々《かみがみ》は「国津神《くにつかみ》」と呼《よ》ばれ、それぞれ各地《かくち》の長《おさ》ではあるが、その位《くらい》は血筋《ちすじ》の面《めん》からも高《たか》くない。一方《いっぽう》、高天《たかま》原《はら》の神々《かみがみ》は「天津神《あまつかみ》」と呼《よ》ばれ、血筋《ちすじ》が尊《とうと》く、位《くらい》も高《たか》いが、いずれも高天原《たかまがはら》にいたため、俸給《ほうきゅう》や崇拝《すうはい》される度合《どあ》いは必《かなら》ずしも各地《かくち》の国津神《くにつかみ》より高《たか》くなかった。このため、優越意識《ゆうえついしき》の強《つよ》い高天《たかま》原《はら》の神々《かみがみ》は心中不満《しんちゅうふまん》で、各地《かくち》の王《おう》である国津神《くにつかみ》を征伐《せいばつ》したいと考《かんが》えていた。

そして今《いま》や国津神《くにつかみ》が治《おさ》める国《くに》の中《なか》で最《さい》大《だい》の勢力《せいりょく》を誇《ほこ》る出雲国《いずものくに》が高天原《たかまがはら》に屈服《くっぷく》したのだ。高天原側《たかまがはらがわ》はこの機《き》に乗《じょう》じて統治役《とうちやく》を人間界《にんげんかい》に降臨《こうりん》させ、各地《かくち》を平《へい》定《てい》しようと企《たくら》んだ。

その統治役《とうちやく》として最初《さいしょ》は天照大御神《あまてらすおおみかみ》

の直系《ちょっけい》の息子《むすこ》が選《えら》ばれたが、面倒《めんどう》が嫌《きら》いな息子《むすこ》はその任務《にんむ》を自分《じぶん》の息子《むすこ》、つまり天照大御神《あまてらすおおみかみ》の直系《ちょっけい》の孫《まご》「邇邇芸《ににぎ》」に押《お》し付《つ》けた。邇邇芸《ににぎ》は仕方《しかた》なく装備《そうび》を整《ととの》え、降臨《こうりん》しようとした。幸《さいわ》い出発前《しゅっぱつまえ》に、優《やさ》しい祖母《そぼ》の天照大御神《あまてらすおおみかみ》が統治者《とうちしゃ》の証《あかし》として「八尺瓊勾玉《やさかにのまがたま》」、「八咫鏡《やたのかがみ》」、「天叢雲劍《あめのむらくものつるぎ》」を授《さず》けてくれた。さらに、天照大御神《あまてらすおおみかみ》が天《あま》の岩屋戸《いわやど》に隠《かく》れた際《さい》に岩戸《いわど》の前《まえ》ではしゃいでいた配下《はいか》を護衛《ごえい》としてつけてくれた。

こうして、天照大御神《あまてらすおおみかみ》の直系《ちょっけい》の孫《まご》は三種《さんしゅ》の神器《じんぎ》とわずかな仲間《なかま》を**携《たずさ》え**[1]て地上《ちじょう》に降《お》り立《た》った。これがいわゆる「天孫降臨《てんそんこうりん》」だ。降《お》り立《た》った場所《ばしょ》は九州《きゅうしゅう》・日向《ひゅうが》（宮崎県《みやざきけん》）の高千穂《たかちほ》。「千里《せんり》の道《みち》も一歩《いっぽ》から」というように、天孫《てんそん》は各地《かくち》の平定《へいてい》に乗《の》り出《だ》すより足場《あしば》を固《かた》めるのが先決《せんけつ》と考《かんが》え、吉相《きっそう》の土地《とち》に拠点《きょてん》を築《きず》いた。

ある日《ひ》、天孫《てんそん》は海辺《うみべ》を散歩《さんぽ》している時《とき》に「木花之佐久夜毘売《このはなのさくやひめ》」という見目麗《みめうるわ》しい乙女《おとめ》に出会《であ》った。どれほど美《うつく》しい乙女《おとめ》だったかというと、古事記《こじき》に「美人《をとめ》」と記載《きさい》されているほどだ。古事記《こじき》で「美人《をとめ》」と形容《けいよう》されることが非常《ひじょう》に稀《まれ》なことを考《かんが》えると、**並外《なみはず》れ**[2]た美貌《びぼう》の持《も》ち主《ぬし》だったようだ。当然《とうぜん》、肉食系男子《にくしょくけいだんし》の邇芸《にぎ》はすぐさま乙女《おとめ》に結婚《けっこん》を申《もう》し出《で》た。地元《じもと》の豪族《ごうぞく》（国津神《くにつかみ》）である乙女《おとめ》の父親《ちちおや》は、天孫《てんそん》が地上《ちじょう》に来《き》たばかりでまだ何《なに》も成《な》し遂《と》げていない点《てん》が気《き》にはなったが、天照大御神《あまてらすおおみかみ》の直系《ちょっけい》の血《ち》をひく非常《ひじょう》に尊《とうと》い身分《みぶん》であることから快諾《かいだく》した。

なお、乙女《おとめ》には「石長比売《いわながひめ》」という容姿《ようし》の醜《みにく》い姉《あね》がいた。どれほど醜《みにく》かったのか古事記《こじき》にはっきり書《か》かれていないが、かなりの歳《とし》で結婚《けっこん》しておらず、一度《いちど》も婚約《こんやく》の申《もう》し出《で》を受《う》けたことがなかった。そのため乙女《おとめ》の父親《ちちおや》はこの機《き》に二人《ふたり》の娘《むすめ》をまとめて片付《かたづ》けてしまおうと姉《あね》も一緒《いっしょ》に差《さ》し出《だ》すことにした。

天孫《てんそん》は一挙両得《いっきょりょうとく》と喜《よろこ》んだが、結婚《けっこん》の日《ひ》にやって来《き》た姉《あね》の容姿《ようし》があまりに醜《みにく》かったので、美《うつく》しい妹《いもうと》だけを留《とど》めて、姉《あね》は親元《おやもと》へ返《かえ》してしまった。妹《いもうと》の名前《なまえ》には「花《はな》」の字《じ》があり、容姿《ようし》は花《はな》のように美《うつく》しいが、咲《さ》いた花《はな》がすぐ散《ち》るように寿命《じゅみょう》が**はかない**[3]ことを示唆《しさ》している。一方《いっぽう》、姉《あね》の名前《なまえ》には「石《いし》」の字《じ》があり、容姿《ようし》は醜《みにく》いが、石《いし》のように寿命《じゅみょう》が永遠《えいえん》に続《つづ》くことを示唆《しさ》している。天孫《てんそん》が美人《びじん》の妹《いもうと》を選《えら》んだことで、後《のち》の天皇《てんのう》は永遠《えいえん》の寿命《じゅみょう》を持《も》てなくなったのだ。理性《りせい》と欲望《よくぼう》の間《あいだ》で葛藤《かっとう》するとき、男《おとこ》は常《つね》に後者《こうしゃ》を選《えら》ぶようだ。男《おとこ》とはなんと悲《かな》しい生《い》き物《もの》なのか。

結婚初夜《けっこんしょや》の翌日《よくじつ》、美人《びじん》の妹《いもうと》は恥《は》ずかしそうに、「あなたの御子《みこ》を身《み》ごもりました。今《いま》すぐにでも生《う》めます」と天孫《てんそん》に告《つ》げた。天孫《てんそん》は自分《じぶん》の子《こ》ではないと疑《うたが》った。いくら自分《じぶん》が神《かみ》とはいえ、たった一夜《いちや》の関係《かんけい》で妻《つま》が孕《はら》むほど**神《かみ》がかっ**[4]ていないだろうと思《おも》ったのだ。天孫《てんそん》の疑《うたが》いに気《き》づいた妹《いもうと》は険《けわ》しい顔《かお》になり、こう言《い》った。「それでは、産屋《うぶや》に火《ひ》を放《はな》って生《う》むことにします。お腹《なか》の子《こ》が国津《くにつ》神《かみ》の子《こ》なら、私《わたし》も子供《こども》も焼《や》け死《し》ぬでしょう。もし天津神《あまつかみ》の御子《みこ》なら、無事《ぶじ》に生《う》まれるでしょう」。そう言《い》い置《お》くと、産屋《うぶや》に入《はい》り、戸《と》を閉《し》めて火《ひ》を放《はな》った。さすがにひど過《す》ぎたかもしれないと天孫《てんそん》は反省《はんせい》したが、このあまりの急展開《きゅうてんかい》に呆然《ぼうぜん》とするほかなかった。やがて、燃《も》え盛《さか》る産屋《うぶや》の中《なか》から赤子《あかご》の泣《な》き声《ごえ》が響《ひび》いてきた。三《み》つ子《ご》の男《おとこ》の子《こ》が生まれ、母子《ぼし》ともに無事《ぶじ》だった。美人《びじん》の妹《いもうと》は身《み》の潔白《けっぱく》を証明《しょうめい》したのだ。この前代未聞《ぜんだいみもん》の出産方法《しゅっさんほうほう》にちなんでか、三《み》つ子《ご》にはそれぞれ「火照命《ほでりのみこと》」、「火須勢命《ほすせりのみこと》」、「火遠理命《ほおりのみこと》」と「火《ひ》」のつく名《な》が付《つ》けられた。

子供達《こどもたち》はすくすくと成長《せいちょう》した。長男《ちょうなん》の火照命《ほでりのみこと》は海《うみ》で魚《さかな》を捕《と》るのが得意《とくい》だったので「海幸彦《うみさちひこ》」、末《すえ》っ子《こ》の火須勢命《ほすせりのみこと》は山狩《やまが》りが得意《とくい》だったので「山幸彦《やまさちひこ》」と呼《よ》ばれていた。なお、次男《じなん》のその後《ご》については残念《ざんねん》ながら古事記《こじき》に書《か》かれていない。

天孫降臨

高天原勢力向出雲的大國主要求「國讓」，可看成中央朝廷向地方豪族要求歸順。包括出雲國，全日本各地神祇位階屬於「國津神」。祂們統治各地富甲一方，但不論血統或地位，都算不上高。而高天原諸神則是血統尊貴、地位高人一等，屬於「天津神」。不過全都窩在高天原裡，受到的供俸及崇敬未必比得過各地的國津神。這讓自視甚高的高天原諸神忿忿不平，總想討伐在各地佔地爲王的國津神。出雲國是各地國津神中勢力最大的一個，都已向高天原臣服了，所以高天原打算再接再厲，再度派個代理人降臨人間，盪平各地割據勢力。

這個代理人，原本找上的是天照大御神的嫡系兒子[29]。不料祂居然畏苦怕難，將這差事甩鍋給兒子，也就是天照大御神的嫡系孫子「邇邇藝」。邇邇藝只好摸摸鼻子收拾裝備，做好降落準備。幸好，奶奶天照大御神從以前就以溫柔善良著稱，臨行前，賜予三樣可茲證明邇邇藝身分的神器：「八尺瓊勾御」、「八咫鏡」、「草薙劍」，並派些當時在天石岩戶前嘻笑打鬧的手下陪祂，有事護駕，沒事壯膽。

於是，天照大御神的直系孫子，帶著三樣神器及一些小夥伴，降臨到這個世間。這就是所謂的「天孫降臨」。降臨的地方爲位於九州的日向（宮崎縣）的高千穗。九層之臺，起於累土。所以天孫也不急著掃盪各地割據勢力，而是先將自己的身家顧好，相了個風水不錯的好地方當根據地。

有日，天孫到海邊散步。途中遇到一位美若天仙的女子，芳名「花木之佐久夜毘賣」。究竟有多美呢？古事記的原文直接記載爲「美人」。這可是了不得的殊榮，因爲能在古事記中獲得「美人」認證的還眞不多。不意外，肉食系男子邇邇藝當然是飛撲過去提親了。美人的父親是當地豪族（國津神）。在他看來，天孫雖然初來乍到尚不成氣候，卻是天照大御神直系血脈，貴種中的貴種，自然十分願意跟祂結親家。美人還有一個姐姐，叫做「石長比賣」，據說長得有些醜，有多醜古事記上沒有明載，但知道她年紀已大卻一直待字閨中，而且從來沒人來提親。所以美人的父親想藉此機會嫁一送一，辦一次婚宴便還清所有的兒女債。

有這樣好康的，原本天孫也答應。但新婚之日看到醜女姐姐後實在受不了，所以

▲位於鹿兒島，祭祀天孫邇邇藝之霧島神宮
@Shutterstock

留下美人妹妹，歸還醜女姐姐。美人妹妹的名字中有「花」，暗喻姿容曼妙如花，但花開花謝卻僅一夕之間。醜女姐姐名字裡有「石」，暗喻其貌不揚，卻能長長久久，與天地齊壽。天孫選擇了美人妹妹，就註定了爾後天皇的壽命有限，不能萬壽無疆。理智與慾望的拔河中，男人似乎永遠選擇後者。男人眞是個可悲的生物呀。

隔天，美人妹妹害羞地說她應該是有了，而且要生馬上可以生。天孫突然覺得自己綠光罩頂，想說自己雖然是個神，但也應該沒有那麼神才對。看出天孫的懷疑，於是美人妹妹嚴肅地對祂說道：「我將會把產房點火。若小孩是其他國津神的，那我跟孩子都將燒個精光。但若是天津神的血脈，則將母子均安」。語畢，進入產房，關門放火。天孫也覺得自己或許太過份了，但一切來得太突然，只能呆在一旁不知所措。不一會兒，燃燒中的產房內傳來嬰孩洪亮的哭聲，美人妹妹居然一次產下三胞胎，都是兒子，母子均安。烈女用烈火來證明了自己的貞節。或許爲了紀念這個前所未聞的生產方式，天孫的三個兒子都以「火」來命名。分別是「火照命」、「火須勢理命」及「火遠理命」。

兒子們逐漸長大。其中，老大「火照命」擅長捕魚，活躍於濱海一帶，所以人稱「海幸彥」。老么「火遠理命」則擅長捕獵，享受山林賜與的恩惠，所以人稱「山幸彥」。至於老二，很抱歉，古事記裡沒有交代。

29. 天忍穗耳命

單字

1. **携《たずさ》える**：動 帶著某人同行
2. **並外《なみはず》れる**：動 非比尋常
3. **はかない**：形 短暫、無常的
4. **神《かみ》がかる**：動 神靈附身；譬喻非常人能辦到的行為

句型

●**かというと**：**若要問～的話**　｛普通形｝かというと

＊な形容詞、名詞去掉「な」。句子前面常出現與疑問詞。

<例>どれぐらい仲良《なかよ》しかというと、毎日《まいにち》寝《ね》る前《まえ》に１時間《じかん》チャットしているのだ。

要說感情有多好，每天睡前都要聊一小時。

020

日向三代《ひゅうがさんだい》

ある日《ひ》のこと。末《すえ》っ子《こ》の山幸彦《やまさちひこ》が長《ちょう》兄《けい》の海幸彦《うみさちひこ》から借《か》りて遊《あそ》んでいた釣《つ》り針《ばり》をうっかり無《な》くしてしまった。最《もっと》も重要《じゅうよう》な商売道具《しょうばいどうぐ》を無《な》くされた海幸彦《うみさちひこ》は激怒《げきど》し、弟《おとうと》が何《なに》を言《い》おうと許《ゆる》さなかった。山幸彦《やまさちひこ》は海辺《うみべ》を探《さが》し回《まわ》ったが見《み》つからず、**途方《とほう》に暮《く》れ**[1]て泣《な》き出《だ》した。すると、その泣《な》き声《ごえ》を聞《き》いたある老神《おいがみ》が現《あらわ》れた。世《よ》の中《なか》のことは何《なん》でも知《し》っている**物知《ものし》り**[2]の老神《おいがみ》は山幸彦《やまさちひこ》に深《ふか》く同情《どうじょう》し、海底《かいてい》の竜宮《りゅうぐう》へ行《い》ってそこにいる海《かい》神《じん》に相談《そうだん》するよう助言《じょげん》した。

山幸彦《やまさちひこ》は竜宮《りゅうぐう》へ行《い》き、そこで海神《かいじん》の娘《むすめ》に一目惚《ひとめぼ》れした。竜宮《りゅうぐう》の姫《ひめ》も山幸彦《やまさちひこ》に恋情《れんじょう》を抱《いだ》き、二人《ふたり》は結婚《けっこん》した。だが、山幸彦《やまさちひこ》は地上《ちじょう》にいる家族《かぞく》のことが忘《わす》れられず、故郷《ふるさと》に帰《かえ》りたい気持《きも》ちは日《ひ》に日《ひ》に強《つよ》くなっていった。海神《かいじん》は娘婿《むすめむこ》を竜宮《りゅうぐう》に留《とど》めることはできないと諦《あきら》め、山幸彦《やまさちひこ》が無《な》くした釣《つ》り針《ばり》の在《あ》り処《か》を調《しら》べてみた。すると、針《はり》は一匹《いっぴき》の鯛《たい》の喉《のど》に引《ひ》っかかっていた。釣《つ》り針《ばり》を取《と》り戻《もど》した山幸彦《やまさちひこ》は姫《ひめ》と故郷《ふるさと》へ戻《もど》ろうとした。出発前《しゅっぱつまえ》に海神《かいじん》は海《うみ》を干潮《かんちょう》にできる「潮乾珠《しおふるたま》」と海《うみ》を満潮《まんちょう》にできる「潮盈珠《しおみつたま》」という二《ふた》つの秘宝《ひほう》を山幸彦《やまさちひこ》に授《さず》けた。海神《かいじん》はこの後何《あとなに》が起《お》こるか分《わ》かっていたのだろう。もし誰《だれ》かが**言《い》いがかり**[3]をつけてきたら、この二《ふた》つの秘宝《ひほう》を使《つか》いなさいと山幸彦《やまさちひこ》に告《つ》げた。

山幸彦《やまさちひこ》は地上《ちじょう》に戻《もど》り、釣《つ》り針《ばり》を兄《あに》に返《かえ》した。だが、心《こころ》の狭《せま》い兄《あに》は弟《おとうと》を許《ゆる》さず、どちらが上《うえ》か勝負《しょうぶ》をつけようと言《い》い出《だ》した。山幸彦《やまさちひこ》は仕方《しかた》なく岳父《がくふ》から授《さず》かった二《ふた》つの秘宝《ひほう》を取《と》り出《だ》し、まず「潮盈珠《しおみつたま》」を兄《あに》のほうへ投《な》げつけた。すると海水《かいすい》が一瞬《いっしゅん》で兄《あに》を呑《の》み込《こ》み、兄《あに》は助《たす》けてくれと叫《さけ》んだ。そこで今度《こんど》は潮乾珠《しおふるたま》を投《な》げると海水《かいすい》がひき、兄《あに》は九死《きゅうし》に一生《いっしょう》を得《え》た。恐怖《きょうふ》を味《あじ》わった兄《あに》は山幸彦《やまさちひこ》に服従《ふくじゅう》し、二度《にど》と山幸彦《やまさちひこ》を困《こま》らせることはなかった。

それから平穏《へいおん》な日々《ひび》を過《す》ごしているうちに、海神《かいじん》の娘《むすめ》のお腹《なか》が次第《しだい》に大《おお》きくなり、出産《しゅっさん》の時期《じき》を迎《むか》えた。山幸彦《やまさちひこ》は産屋《うぶや》を造《つく》り、屋根《やね》に鵜《う》の羽《はね》を葺《ふ》いたが、急《いそ》いで造《つく》ったからか、壁《かべ》にわずかな隙間《すきま》が残《のこ》っていた。海神《かいじん》の娘《むすめ》は夫《おっと》にこう言《い》った。「私《わたし》は本来《ほんらい》の姿《すがた》に戻《もど》って子《こ》を生《う》みますが、その姿《すがた》は誰《だれ》にも見《み》せられません。あなたもこの隙間《すきま》から覗《のぞ》き見《み》ないでください」。山幸彦《やまさちひこ》は見《み》ないと約束《やくそく》したが、好奇心《こうきしん》に勝《か》てず、約束《やくそく》を破《やぶ》ってしまった。山幸彦《やまさちひこ》の直系《ちょっけい》の祖先《そせん》、伊邪那岐《いざなぎ》にも同様《どうよう》のことがあったことを考《かんが》えると、「覗《のぞ》き見《み》る」ことはこの血筋《ちすじ》の本性《ほんしょう》なのかもしれない。山幸彦《やまさちひこ》は妻《つま》の出産《しゅっさん》を覗《のぞ》き見《み》た結果《けっか》、妻《つま》の本来《ほんらい》の姿《すがた》が大《おお》きなワニであることを知《し》ってしまった。覚悟《かくご》はしていたものの、やはり驚《おどろ》きは隠《かく》せなかった。海神《かいじん》の娘《むすめ》は夫《おっと》が約束《やくそく》を守《まも》らなかったことに怒《いか》りと恥《は》ずかしさと失望《しつぼう》を覚《おぼ》えた。

生《う》まれた子《こ》は男《おとこ》の子《こ》で、産屋《うぶや》の屋根《やね》に鵜《う》の羽《はね》が使《つか》われていたことから、「鵜《う》」の字《じ》のつく名前《なまえ》が付《つ》けられた。恥《は》ずかしさと失望《しつぼう》でいっぱいの母親《ははおや》は合《あ》わせる顔《かお》がないと思《おも》ったのだろう、海底《かいてい》の竜宮《りゅうぐう》に戻《もど》ることを決《き》め、出発前《しゅっぱつまえ》に息子《むすこ》を妹《いもうと》の玉依毘売《たまよりひめ》に託《たく》した。叔母《おば》と暮《く》らすことになった子供《こども》はやがて大人《おとな》になり、叔母《おば》から誰《だれ》かいい人《ひと》を見《み》つけて結婚《けっこん》するよう促《うなが》されたが、家《いえ》の中《なか》でしばらく考《かんが》えた後《あと》、自分《じぶん》の心《こころ》に正直《しょうじき》になることを決《き》め、叔母《おば》にこう言《い》った。「叔母《おば》さん、僕《ぼく》は叔母《おば》さんが好《す》きなんだ。僕《ぼく》と結婚《けっこん》してください」。

叔母《おば》は驚《おどろ》いたが、嬉《うれ》しさと照《て》れる気持《きも》ちもあった。考《かんが》えてみれば、自分《じぶん》は甥《おい》以外《いがい》の男性《だんせい》と接《せっ》したことがない。甥《おい》のことが好《す》きではないと言《い》えば嘘《うそ》になる。ただ、それが恋愛感情《れんあいかんじょう》なのか分《わ》からない。いや、もはや気《き》にすることはない。**役得《やくとく》**[4]と思《おも》われるかもしれないが、**申《もう》し**

開《ひら》き[5]はできるだろう。そう考《かんが》え、甥《おい》の求婚《きゅうこん》を受《う》け入《い》れることにした。こうして二人《ふたり》は結婚《けっこん》し、四人《よにん》の男《おとこ》の子《こ》をもうけた。

このように、天孫《てんそん》・邇邇芸《ににぎ》の降臨《こうりん》後《ご》、子孫《しそん》は増《ふ》え続《つづ》け、一族《いちぞく》の基盤《きばん》が固《かた》められていった。一族《いちぞく》はみな尊《とうと》い血《ち》をひく神《かみ》の末裔《まつえい》で、地上《ちじょう》で暮《く》らすうちに寿命《じゅみょう》がある、神通力《じんずうりき》が大幅《おおはば》に衰《おとろ》えるなど人間《にんげん》のようになっていったが、「人《にん》間界《げんかい》の神《かみ》」であることに変《か》わりはなく、高天原《たかまがはら》の神々《かみがみ》に言《い》い渡《わた》された使命《しめい》を果《は》たし、代々継承《だいだいけいしょう》していかなければならなかった。中《なか》でも邇邇芸《ににぎ》、山幸彦《やまさちひこ》、そして山幸彦《やまさちひこ》の息子《むすこ》の直系三代《ちょっけいさんだい》は日向国《ひゅうがのくに》を拠点《きょてん》としていたことから「日向三《ひゅうがさん》代《だい》」と呼《よ》ばれる。

山幸彦《やまさちひこ》の息子《むすこ》と叔母《おば》との間《あいだ》に四人《よにん》の男《おとこ》の子《こ》が生《う》まれたのだから「日向四《ひゅうがよん》代《だい》」ではないのかと思《おも》われるかもしれないが、その中《なか》の末《すえ》っ子《こ》が後《のち》に軍《ぐん》を率《ひき》いて日向《ひゅうが》を発《た》ち、奈良《なら》で天皇《てんのう》となって大和朝廷《やまとちょうてい》を開《ひら》くことになるため「日向《ひゅうが》四代《よんだい》」ではないのだ。

そして、その末《すえ》っ子《こ》の軍事行動《ぐんじこうどう》が、かの有名《ゆうめい》な「神武東征《じんむとうせい》」だ。

日向三代

有一天，么弟山幸彥向大哥海幸彥借了魚鉤來把玩，卻不慎遺失。這個魚鉤是海幸彥最重要的生財工具，所以大哥大發雷霆，說什麼也不原諒弟弟。山幸彥在海邊找了許久，卻一無所獲，不知如何是好，只能無助地哭了起來。這哭聲惹來了一個老頭[30]的關注。老頭博學多聞，上知天文下知地理，祂很是同情山幸彥，於是引薦他到海底龍宮，去向海神[31]問問看是否有解。

但山幸彥一到龍宮，就與海神的女兒[32]對上眼。公主也與山幸彥兩情相悅，於是結為連理。不過，山幸彥總想念還在人間的家人，回家的念頭日漸增強。海神無奈留不住女婿，只好幫他找回遺失的魚鉤。一查，原來一直卡在一條鯛魚的喉嚨裡。山幸彥取回魚鉤，帶著公主準備動身返家。臨行前，海神交給山幸彥兩顆秘密武器。分別是可招喚海水的「潮盈珠」及退去海水的「潮乾珠」。海神或許已算出之後會發生的事了，所以交代女婿，日後若有人來找碴，那就拿出這兩顆來對付他。

回到人間的山幸彥立刻將魚鉤還給哥哥。但哥哥心胸狹小，不想這樣就放過弟弟，所以跟弟弟叫囂，要來一決高下。山幸彥無可奈何，拿出岳父送他的兩顆秘密武器。先是用「潮盈珠」丟向哥哥，使他瞬間被海水吞噬。直到哥哥呼救討饒，再丟出「潮乾珠」，退去海水，讓哥哥死裡逃生。恐怖的瀕死經驗讓哥哥徹底臣服，再也不敢來找山幸彥的麻煩了。

平穩的生活日復一日，海神女兒的肚子

▲山幸彥之妻，龍宮公主豐玉毘賣 @Wikipedia

逐漸大了起來，差不多是臨盆時刻了。山幸彥趕緊幫她蓋產房，並把鵜鶘的羽毛拿來做屋頂。可能時間短促，產房並未完工，牆壁留有些許縫隙。海神的女兒向老公叮囑道：「我在出產時會變回原來的模樣，無論如何不能被人瞧見。你也不能利用這縫隙偷窺喔。」山幸彥雖然答應，但好奇心終究使他違背了諾言。話說，他的直系祖先伊耶那岐，當年也發生過同樣的情節。所以「偷窺」或許就是傳承這個血統的天性。山幸彥窺伺了老婆生產時的樣子，赫然發現老婆的原型是條大鱷魚。他雖然心理有所準備，卻還是驚駭不已。老婆發現老公沒有遵守諾言，又氣又羞又失望。

新生兒是個男兒。由於當時產房是用鵜鶘的羽毛做屋頂，所以名字中有個「鵜」[33]字。羞愧又失望的母親大概是覺得自己沒臉見人了，打算回到海底龍宮去。臨行前將兒子小鵜交給自己的妹妹「玉依毘売」扶養。之後，小鵜便和玉依阿姨一直生活著。小鵜逐漸長大，玉依阿姨鼓勵他去找個喜歡的姑娘結婚，成家立業。但他沒出門找，在家想了半天，決定眞誠地面對自己的感覺。小鵜對玉依阿姨說：「阿姨，我喜歡的姑娘就是妳。請跟我結婚吧！」

阿姨又驚又喜又羞。想想，自己所接觸過的男性也就眼前這位外甥而已。說沒有感情是騙人的，只是不很確定這份感情是不是男女之情。不管了，雖說是近水樓台先得月，但好像也說得過去。於是，便答應了外甥的求婚。兩人結婚後，生下了四個男孩。

從天孫邇邇藝降臨人間後，後代生息繁衍逐漸站穩根基。他們都是血統高貴的神祇後裔，但降臨人間後，逐漸有變成人類的傾向。例如壽命有限、神力大幅削減等。儘管如此，他們仍是「身在人間的神」，高天原諸神所賦予的使命，他們也要承擔並傳承下去。其中，天孫，山幸彥，小鵜可視爲直系的傳承。由於皆以日向國爲根據地，因此合稱「日向三代」。

咦！是不是有算錯？不是說小鵜也和玉依阿姨生了四個男孩，怎麼說也該是「日向四代」呀！不好意思，這四個不算在裡面。這四個男孩中的小兒子，長大後將會展開軍事行動，從日向出發，一路打到奈良去。在那裏登基成天皇，建立大和朝廷。

這一段，就是膾炙人口的「神武東征」。

30. 老頭其實是潮汐之神「鹽椎神」
31. 綿津見神
32. 豐玉毘賣
33. 天津日高日子波限建鵜葺草葺不合命

單字

1. **途方《とほう》に暮《く》れる**：用盡各種方法依舊不知如何是好
2. **物知《ものし》り**：名 博學多聞
3. **言《い》いがかり**：名 找碴的行為
4. **役得《やくとく》**：名 因為扮演該角色而獲得的好處或權利
5. **申《もう》し開《ひら》き**：名 辯解

コラム

021

末《すえ》っ子《こ》だけが大任《たいにん》を果《は》たせる？

古事記上巻《こじきじょうかん》は、どの時期《じき》も主役《しゅやく》は末《すえ》っ子《こ》という興味深《きょうみぶか》い特徴《とくちょう》がある。大任《たいにん》を果《は》たせるのは末《すえ》っ子《こ》というわけだが、末子相続《まっしそうぞく》の考《かんが》え方《かた》が強《つよ》かったからかもしれない。稲作《いなさく》が中心《ちゅうしん》の弥生時代《やよいじだい》以降《いこう》は過度《かど》に土地《とち》を分割《ぶんかつ》せず、なるべく全《すべ》てを長男《ちょうなん》に継《つ》がせていた。弥生時《やよいじ》代《だい》の前《まえ》は狩猟採集《しゅりょうさいしゅう》が中心《ちゅうしん》の縄文時代《じょうもんじだい》で、長子相続制《ちょうしそうぞくせい》が生《う》まれる必然性《ひつぜんせい》はなかったとはいえ、末子相続制《まっしそうぞくせい》が採用《さいよう》される理由《りゆう》もなかったはずだ。

末子相続《まっしそうぞく》はアジア大陸《たいりく》の遊牧民族《ゆうぼくみんぞく》の慣習《かんしゅう》だ。最《もっと》も有名《ゆうめい》なのはモンゴル人《じん》で、チンギス・カンは末《すえ》っ子《こ》トルイにモンゴルの本拠地《ほんきょち》を、兄《あに》たちに新《あら》たに獲得《かくとく》した巨大《きょだい》な領土《りょうど》を継承《けいしょう》させた。ただ、遊牧民族《ゆうぼくみんぞく》と日本《にほん》にどのような繋《つな》がりがあり、北東《ほくとう》アジアの島国《しまぐに》に末子相続制《まっしそうぞくせい》が誕生《たんじょう》するようになったのだろうか。

古事記《こじき》では八代《はちだい》（第二《だいに》～九代《きゅうだい》）の天《てん》皇《のう》についての記述《きじゅつ》が非常《ひじょう》に簡略化《かんりゃくか》されており、「欠史八代《けっしはちだい》」と呼《よ》ばれている。極《きわ》めて異常《いじょう》な空白《くうはく》であり、初代神武天《しょだいじんむてん》皇以降《のういこう》の日本《にほん》に別《べつ》の民族《みんぞく》の首領《しゅりょう》が登場《とうじょう》したのではないかと疑《うたが》ってしまう。また、古墳時代以降《こふんじだいいこう》の古墳《こふん》からは馬《うま》の埴《はに》輪《わ》が出土《しゅつど》しているが、それ以前《いぜん》の日本《にほん》に馬《うま》はいなかったようだ。これらの理《り》由《ゆう》から、欠史八代《けっしはちだい》の空白《くうはく》が存在《そんざい》するのは、アジア大陸《たいりく》から渡《わた》ってきた騎馬民《きばみん》族《ぞく》が日本《にほん》を征服《せいふく》したためで、その時《とき》に遊牧民族《ゆうぼくみんぞく》の馬《うま》と社会通念《しゃかいつうねん》（末子相続《まっしそうぞく》）がもたらされたとする「騎馬民族征服《きばみんぞくせいふく》王朝説《おうちょうせつ》」がある歴史家《れきしか》によって提唱《ていしょう》された。第十代崇神天皇《だいじゅうだいすじんてんのう》は日本《にほん》を征服《せいふく》した新政権《しんせいけん》の初代首領《しょだいしゅりょう》というわけだ。

無論《むろん》、それは天皇家《てんのうけ》と神話《しんわ》の繋《つな》がりを断《た》つ非常《ひじょう》に危険《きけん》な考《かんが》えだろう。また、その説《せつ》を裏付《うらづ》けるさらなる歴史的《れきしてき》な証《しょう》拠《こ》はないため、日本史《にほんし》の通説《つうせつ》にはなっていない。しかし、異端邪説《いたんじゃせつ》とされていた考《かんが》え方《かた》が今日《こんにち》の社会通念《しゃかいつうねん》になった例《れい》はいくつもある。そこが歴史論争《れきしろんそう》の魅力《みりょく》だろう。

只有末子方能堪當大任？

古事記上卷有個有趣的特徵：每個時期的主角，似乎都是排行老么，誠可謂末子堪當大任。這可能與末子繼承的觀念盛行有關。進入以稲作爲主的「彌生時代」後，講究不能過度分割土地，儘量全數交由長子繼

▲接受八咫烏島引的神武天皇（月岡芳年）@Wikipedia

承。但彌生時代之前的日本，是以採集狩獵為主的「繩文時代」。然而，雖沒有催生長子繼承制的必然性，但應該也不致於導致末子繼承的結論？

末子繼承其實慣行於亞洲大陸的遊牧民族。最有名的例子是蒙古人。例如成吉思汗的幾個兒子中，由末子托雷繼承蒙古本部，其它的兄長則各自獨立，繼承新打下的偌大疆土。只不過遊牧民族與日本有何關聯，使末子繼承制也出現在東北亞的島國？

古事記中，有八代天皇的記述非常簡略，簡略到讓史家稱之為「欠史八代」。這樣的空缺非常不尋常，讓人高度懷疑神武天皇之後的日本，是由另一個新民族新首領登場。進入古墳時代後，古墳上居然出現了馬形的埴輪[34]，但在此之前，馬這種動物似乎也不見其奔馳於日本大地。基於這些理由，有史家提出「騎馬民族征服王朝說」，認為之所以有欠史八代這段空缺，來是因為來自亞洲大陸的騎馬民族征服了日本，帶入遊牧民族的馬匹及社會觀念（末子繼承）。第十代崇神天皇，其實是征服日本的新政權的第一代首領。

當然，這樣的結論切斷了天皇家與神話的連結，似乎太具危險性。而且也欠缺更多歷史證據的支撐，因此並非日本史的通說。話說回來，今日的社會通念有多少是建立在當年的異端邪說呢？或許這就是歷史爭論的魅力所在吧！

34. 立於古墳的陶製裝飾品。除了較為簡單的圓筒形埴輪和形象埴輪外，還有房屋，農具，動物和武將的埴輪。

022

神武東征《じんむとうせい》

日向三代《ひゅうがさんだい》は日向国《ひゅうがのくに》（九州宮崎県《きゅうしゅうみやざきけん》）で長《なが》い時《とき》をかけて力《ちから》を**たくわえ**[1]ていった。日向国《ひゅうがのくに》は田舎《いなか》ではあったが、地元《じもと》の豪族《ごうぞく》は全《すべ》て降伏《こうふく》し、さらに気候《きこう》が温暖《おんだん》で物産《ぶっさん》が豊《ゆた》かだったことから、何《なん》のために天孫《てんそん》が人間界《にんげんかい》に降臨《こうりん》したのか忘《わす》れるくらい極《きわ》めて快適《かいてき》な日々《ひび》を過《す》ごしていた。だが、二代目《にだいめ》の山幸彦《やまさちひこ》の息子《むすこ》と叔母《おば》の玉依毘売《たまよりひめ》との間《あいだ》に生《う》まれた四《よ》人《にん》の息子《むすこ》の末《すえ》っ子《こ》は別《べつ》だった。家系《かけい》や一族《いちぞく》の歴史《れきし》を記《しる》したものを読《よ》むのが好《す》きだったからか、あるいは夢《ゆめ》の中《なか》で頻繁《ひんぱん》に先祖《せんぞ》のお告《つ》げを聞《き》いていたからか、日本各地《にほんかくち》の勢力《せいりょく》を平定《へいてい》し、天照大御神《あまてらすおおみかみ》の名《な》を世《よ》に**知《し》らしめる**[2]という一族《いちぞく》の神聖《しんせい》な使命《しめい》を忘《わす》れることはなかった。

大《おお》きくなった末《すえ》っ子《こ》はある日《ひ》、長男《ちょうなん》のところへ行《い》き、一族《いちぞく》の使命《しめい》を思《おも》い起《お》こさせるとともに、座《ざ》して待《ま》つより行動《こうどう》すべきだと訴《うった》えた。長男《ちょうなん》にも使命感《しめいかん》はあり、弟《おとうと》たちと兵《へい》を挙《あ》げる決意《けつい》をした。だが、どこへ進軍《しんぐん》すればいいのか分《わ》からなかった。その時《とき》、かつて山幸彦《やまさちひこ》に海神《かいじん》のところへ行《い》くよう助言《じょげん》したあの老神《おいがみ》が再《ふたた》び現《あらわ》れ、「東征《とうせい》」すればいいときっぱり言《い》った。

それから兄弟《きょうだい》たちは故郷《ふるさと》の高千穂《たかちほ》を発《た》ち、海辺《うみべ》から船《ふね》で現在《げんざい》の福岡《ふくおか》まで北上《ほくじょう》した後《あと》、広島《ひろしま》、岡山《おかやま》と瀬戸内海《せとないかい》を東《ひがし》へ進《すす》んだ。その途中《とちゅう》に滞在《たいざい》した場所《ばしょ》では、どこへ行《い》っても天照大御神《あまてらすおおみかみ》の末裔《まつえい》がやって来《き》たことを知《し》った地元《じもと》の豪族《ごうぞく》から酒《さけ》や料理《りょうり》の歓待《かんたい》を受《う》けたため、約十五《やくじゅうご》年《ねん》の時《とき》を経《へ》てようやく現在《げんざい》の大阪湾《おおさかわん》に到着《とうちゃく》した。だが、大阪《おおさか》の豪族《ごうぞく》は一行《いっこう》が天照大御神《あまてらすおおみかみ》の正統《せいとう》な子孫《しそん》であることも憚《はばか》らず、侵略者《しんりゃくしゃ》が来《き》たとして、一行《いっこう》を弓矢《ゆみや》で「歓迎《かんげい》」した。

この時長男《ときちょうなん》が矢《や》を受《う》けて**深手《ふかで》**[3]を負《お》ったため、東征軍《とうせいぐん》はいったん撤退《てったい》した。長男《ちょうなん》は弟《おとうと》たちに言《い》った。「我々《われわれ》は日《ひ》の神《かみ》（天照大御神《あまてらすおおみかみ》）の直系《ちょっけい》の子孫《しそん》なのだ。それなのに太陽《たいよう》の方向《ほうこう》に向《む》かって戦《たたか》ってしまった。だから矢《や》が見《み》えなかったのだ。今度《こんど》は太陽《たいよう》を背《せ》にして戦《たたか》おう」。長男《ちょうなん》の言《い》う通《とお》りだった。そこで、次《つぎ》は南《みなみ》から北《きた》へ太陽《たいよう》を背《せ》にして進撃《しんげき》できるよう、弟《おとうと》たちは船《ふね》を南《みなみ》の和歌山《わかやま》のほうへまわした。

しかし、長男《ちょうなん》は傷《きず》が深《ふか》かったため、次《つぎ》の戦《たたか》いを待《ま》たずに船《ふね》の上《うえ》で息《いき》を引《ひ》き取《と》った。「**卑《いや》しい**[4]者《もの》に傷《きず》を負《お》わされたせいで、私《わたし》は死《し》ななければならないのかっ」と憤《いきどお》り、雄叫《おたけ》びの声《こえ》を上《あ》げて亡《な》くなった兄《あに》の死《し》を一番下《いちばんした》の弟《おとうと》は深《ふか》く悲《かな》しみ、兄《あに》の霊《れい》を慰《なぐさ》めるためにも、天照大御神《あまてらすおおみかみ》の御光《みひかり》をさらに輝《かがや》かせるためにも、必《かなら》ず東征《とうせい》を果《は》たすと心《こころ》に誓《ちか》った。

使命感《しめいかん》が強《つよ》いだけでなく、軍事《ぐんじ》の才《さい》もあった末弟《まってい》は、南《みなみ》から北《きた》へ海《うみ》を船《ふね》で進撃《しんげき》するという兄《あに》の戦略《せんりゃく》を取《と》らないことにした。自分《じぶん》たちが苦手《にがて》とする海《うみ》で戦《たたか》うより、陸上《りくじょう》で敵《てき》を打《う》ち破《やぶ》ったほうがいいと判断《はんだん》したのだ。そこで、紀伊半島《きいはんとう》沿《ぞ》いに船《ふね》をさらに南《みなみ》へ進《すす》め、それから東《ひがし》へ向《む》かい、適当《てきとう》な上陸地点《じょうりくちてん》を探《さが》した。その時《とき》、陸地《りくち》の山奥《やまおく》に光《ひかり》が輝《かがや》くのを見《み》て、紀伊半島南端《きいはんとうなんたん》から上陸《じょうりく》することにした。後《のち》に、その光《ひかり》は太陽《たいよう》の光《ひかり》が那智《なち》の滝《たき》に反射《はんしゃ》したものであることが判明《はんめい》した。

東征軍《とうせいぐん》が上陸《じょうりく》し、熊野一帯《くまのいったい》まで来《き》た時《とき》のことだった。突然大熊《とつぜんおおくま》が現《あらわ》れ、雄叫《おたけ》びを上《あ》げると、またすぐに姿《すがた》を消《け》した。大熊《おおくま》は地元《じもと》に住《す》む荒《あら》ぶる神《かみ》の化身《けしん》だった。荒《あら》ぶる神《かみ》とは亡霊《ぼうれい》のようなもので、霊力《れいりょく》は強《つよ》くないが、一行《いっこう》の兵士《へいし》たちは気《き》を失《うしな》って倒《たお》れ込《こ》んでしまった。絶体絶命《ぜったいぜつめい》のその時《とき》、長《なが》い剣《つるぎ》を持《も》った一人《ひとり》の若者《わかもの》が現《あらわ》れ、大小様々《だいしょうさまざま》な荒《あら》ぶる神《かみ》を打《う》ち払《はら》った後《あと》、兵士《へいし》たちを呼《よ》び起《お》こした。若者《わかもの》の話《はなし》によれば、天照大御神《あまてらすおおみかみ》が天孫《てんそん》の末裔《まつえい》を助《たす》けるために配下《はいか》の者《もの》を遣《つか》わそうとしたが、あいにく配下《はいか》の者《もの》は他《ほか》のことで手《て》が回《まわ》らなかったため、若者《わかもの》の夢《ゆめ》の中《なか》に姿《すがた》を現《あらわ》し、その剣《けん》を持《も》って熊野《くまの》へ駆《か》けつけるよう告《つ》げたのだという。

「天照大御神《あまてらすおおみかみ》は常《つね》に我々《われわれ》を見守《みまも》ってくれていたのだな」。末弟《まってい》は両手《りょうて》を合《あ》わせ、天《てん》に向《む》かって一礼《いちれい》した。

天照大御神《あまてらすおおみかみ》は末弟《まってい》と東征軍《とうせいぐん》の兵士《へいし》たちを見守《みまも》っていただけでなく、実際《じっさい》に神《かみ》の使《つか》い「八咫烏《やたがらす》」を道案内《みちあんない》に遣《つか》わした。八咫烏《やたがらす》は三本足《さんぼんあし》の烏《からす》で、一行《いっこう》を熊野《くまの》から吉野《よしの》、宇陀《うだ》、忍坂《おさか》、そして今日《こんにち》の奈良県中部《ならけんちゅうぶ》まで的確《てきかく》に誘導《ゆうどう》した。途中《とちゅう》、豪族《ごうぞく》や荒《あら》ぶる神《かみ》に出《で》くわし、何度《なんど》も危《あぶ》ない目《め》に遭《あ》ったが、末弟《まってい》は**持《も》ち前《まえ》**[5]の機転《きてん》と強《つよ》さにより、**立《た》ちはだかる**[6]敵《てき》を打《う》ち破《やぶ》っていった。大阪湾《おおさかわん》で東征軍《とうせいぐん》を打《う》ち負《ま》かし、兄《あに》を死《し》なせた大阪《おおさか》の豪族《ごうぞく》も立《た》ち塞《ふさ》がったが、東征軍《とうせいぐん》は陸地《りくち》での本来《ほんらい》の強《つよ》みを発揮《はっき》し、敵軍《てきぐん》を壊滅《かいめつ》させて兄《あに》の仇《かたき》をとった。

東征軍《とうせいぐん》はついに大和国《やまとのくに》（奈良県《ならけん》）中部《ちゅうぶ》に辿《たど》り着《つ》いた。末弟《まってい》は畝傍山《うねびやま》の麓《ふもと》にある「橿原《かしはら》」という地《ち》に宮殿《きゅうでん》（橿原神宮《かしはらじんぐう》）を建造《けんぞう》し、初代天皇《しょだいてんのう》（神武天皇《じんむてんのう》）に即位《そくい》した。

神武東征

日向三代在日向國（九州宮崎縣）滋養生息已有多年。雖說這裡是鄉下，但當地豪族均已降伏，且氣候溫暖物產豐富，日子非常愜意。愜意到有時會讓人想不起當初為了什麼降臨人間。不過第三代小鵜與玉依阿姨所生的四個兒子中，么弟[35]卻是個例外。也許他愛讀族譜與家史，也許祖先常找他託夢。總之么弟從沒忘過他們家肩負的神聖使命——彰顯天照大御神之名，盪平割據各地的勢力。

么弟長大後，有天跑去找大哥[36]，幫他溫習了家族使命，並督促大哥「坐而言不如起而行」。大哥還算有使命感，揪了弟弟們，一夥人決定擇日起兵。雖說要起兵，卻不知道要往哪裡打去。這時，當年指引山幸彥去找海神幫忙的那位老頭又出現了。老頭斬釘截鐵地給了一個清楚的答案——「東征」。

決定揮軍東征後，他們從老家高千穗啓程，走到海邊後改搭船。一路向北航行至現在的福岡，又沿著瀨戶內海航行，途經廣島與岡山。停留各地時，豪族聽到來者是天照大御神後裔，紛紛拿出美酒佳餚熱情招待，所以四兄弟吃吃喝喝，走走停停，花了近十五年才抵達現在的大阪灣。不過這回遇上的大阪當地土豪有點不上道，不管眼前這批入侵者是正港天照大御神的子孫，就一股勁地用弓矢熱情招待。

弓矢無眼，正中大哥要害，所以東征軍勢先撤出戰場。大哥跟大家說道：「我們是太陽神（天照大御神）直系後代，怎麼上了戰場就沒去想想要怎麼善用太陽的助力！這次我們逆光，害我們眼睛睜不開、看不清弓矢。下回，我們一定順光進攻」。大哥是對的，弟弟們於是將戰船往南開往和歌山方向，以便下次進攻時可以順著日光由南而北打。

可惜大哥傷勢嚴重，等不及下回進攻，就在船上嚥下最後一口氣。臨終前悲憤大喊：「貴種豈有栽在賤民之手之理？真不

▲那智瀑布 @Shutterstock

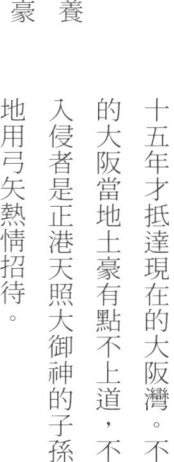

甘心啊！」大哥悲切的怨嘆，讓么弟很是難受，暗自決定要完成東征壯舉，以慰大哥之靈，以昭天照大御神之靈。

么弟除了有使命感，還富有軍事戰略之才。他不打算照著大哥的提案，在海上由南往北硬攻。既然我軍海上實力不強，何不儘早登陸，在陸上挫敗強敵呢？於是他指揮戰船更往南駛，之後往東，沿著紀伊半島找尋合適的登陸點。在海面上，他看到紀伊半島的深山中折射出閃亮的光，被這閃光給吸引，於是在紀伊半島南端登陸。後來發現，這是那智瀑布[37]折射陽光所發出的閃光。

登陸後，東征軍行至熊野一帶，突然有隻大熊現身，鬼叫一聲後隨即消失。其實大熊是當地荒神的化身。荒神類似我們熟知的孤魂野鬼，雖說法力不高卻讓東征軍暈厥倒地。危急之際突然出現一位年輕人手持長劍，千鈞一髮之際驅趕了大小荒神，並喚醒所有昏倒的將士。年輕人接著向么弟說明原委。原來是天照大御神要手下前來幫忙天孫後裔，但手下正在忙別的事，所以託夢給年輕人，讓他拿著這把長劍趕赴熊野。「原來天照大御神一直在看顧著我們呀！」么弟雙手合十，向天一拜。

天照大御神不但看顧著么弟及東征軍，甚至直接派出神使──「八咫烏」來引導他們。八咫烏是一隻三腳烏鴉。牠精準地引路，從熊野開始，途經吉野、宇陀、忍坂，進入到今日奈良縣的中部。這一路上凶險還眞不少，但么弟憑著天生的機智及狠勁，一路掃蕩擋路的豪族及荒神。當時在大阪灣打敗東征軍，害大哥喪命的大阪土豪也聞訊趕來阻擋東征軍。但東征軍在陸地上發揮了原有水準，殺得對方片甲不留，爲大哥報了一箭之仇。

最後，東征軍來到了大和國（奈良縣）中部。在畝傍山的山腳下，一個叫做「橿原」的地方，么弟在這裡建造了宮殿（橿原神宮）。他擇日[38]登基，成爲日本史上的初代天皇──神武天皇。

35. 伊波礼毘古命
36. 五瀨命
37. 即「那智大滝」。位於和歌山縣南方山中，從近海海面即可看到。與華嚴瀑布、袋田瀑布並稱爲日本三名瀑。但就高低落差及水量而言均爲日本第一。
38. 這一年，據日本書記上的紀載，爲紀元前六六〇年。附帶一提，依照這樣的紀載，一九四〇年（太平洋戰爭前一年）正值皇紀二六〇〇年。當時正是日本帝國最盛之時，全日本展開一系列慶祝活動。

單字

1. **たくわえる**：動 儲備
2. **知《し》らしめる**：動 推廣
3. **深手《ふかで》**：名 重傷
4. **卑《いや》しい**：形 身分地位低賤的、沒品的
5. **持《も》ち前《まえ》**：名 與生俱來
6. **立《た》ちはだかる**：動 阻擋眼前去路

句型

●**～とともに：** **隨著～、～的同時** 名詞／動詞、形容詞｛辭書形｝　とともに

<例>子供《こども》とともに成長《せいちょう》していきたい。
想要與孩子一同成長。

<例>風《かぜ》が強《つよ》くなるとともに、雨《あめ》も激《はげ》しくなってきた。
隨著風勢增強，雨勢也漸漸變大了。

023

疫病《えきびょう》を抑《おさ》え、領土《りょうど》を拡大《かくだい》

神武《じんむ》天皇《てんのう》が大和国《やまとのくに》（奈良県《ならけん》）に築《きず》いた統治機構《とうちきこう》は「大和朝廷《やまとちょうてい》」という。天皇《てんのう》、即位《そくい》、朝廷《ちょうてい》などの用語《ようご》が登場《とうじょう》するのは、古事記《こじき》の作者《さくしゃ》が当時《とうじ》（奈良時代《ならじだい》）最《もっと》も流行《りゅうこう》していた漢語風《かんごふう》の言葉《ことば》を使用《しよう》したためで、神武天皇《じんむてんのう》が意図《いと》して中国《ちゅうごく》の統治体制《とうちたいせい》を模倣《もほう》したとは限《かぎ》らない。

大和朝廷《やまとちょうてい》と聞《き》くと威厳《いげん》がありそうだが、実際《じっさい》の統治範囲《とうちはんい》は大和国《やまとのくに》と周辺《しゅうへん》の地域《ちいき》にすぎなかった。一帯《いったい》の豪族《ごうぞく》は服従《ふくじゅう》したとはいえ、全国《ぜんこく》から家臣《かしん》が拝謁《はいえつ》に来《く》る中央政権《ちゅうおうせいけん》と呼《よ》べるものではなかった。そのため、神武天皇《じんむてんのう》もその後継者《こうけいしゃ》も、天皇即位後《てんのうそくいご》の最重要任務《さいじゅうようにんむ》は領土拡大《りょうどかくだい》だと分《わ》かっていた。ただ、神武天皇《じんむてんのう》は幾多《いくた》の困難《こんなん》を克服《こくふく》し、新《あら》たな時代《じだい》を切《き》り開《ひら》くことに生涯《しょうがい》の力《ちから》を使《つか》い果《は》たしたため、領土拡張《りょうどかくちょう》の大任《たいにん》は後継者《こうけいしゃ》の手《て》に委《ゆだ》ねられた。

だが、神武天皇《じんむてんのう》に続《つづ》く第二《だいに》〜九代《きゅうだい》の天《てん》

皇《のう》については氏名《しめい》などの基本的《きほんてき》な情報《じょうほう》以外《いがい》は古事記《こじき》に詳《くわ》しく書《か》かれておらず、これら八代《はちだい》の天皇《てんのう》は「欠史八代《けっしはちだい》」と呼《よ》ばれる。また、中《なか》には百二十八歳《ひゃくにじゅうはっさい》まで生《い》きた天皇《てんのう》もいたと記《しる》されていることから、これら八代《はちだい》の天皇《てんのう》の存在《そんざい》を疑《うたが》う研究者《けんきゅうしゃ》もいる。ただ、第十代《だいじゅうだい》の崇神天皇《すじんてんのう》から急《きゅう》に逸話《いつわ》が豊富《ほうふ》になるため、崇神天皇《すじんてんのう》は実在《じつざい》したとされる。神武天皇《じんむてんのう》が大和《やまと》朝廷《ちょうてい》を築《きず》き、崇神天皇《すじんてんのう》が領土拡大《りょうどかくだい》の大任《たいにん》を引《ひ》き継《つ》いだと理解《りかい》していいだろう。問題《もんだい》は、そのように理解《りかい》した場合《ばあい》、その間《あいだ》に約四百年《やくよんひゃくねん》の空白《くうはく》が生《う》まれることになる。この点《てん》は歴史《れきし》の謎《なぞ》ではあるが、それは一旦脇《いったんわき》に置《お》き、物語《ものがたり》の続《つづ》きを見《み》ていこう。

崇神天皇《すじんてんのう》の即位後間《そくいごま》もなく、領土拡張《りょうどかくちょう》のための出兵《しゅっぺい》より先《さき》に、大和国《やまとのくに》で深刻《しんこく》な疫病《えきびょう》が流行《りゅうこう》し、人口《じんこう》が激減《げきげん》した。外《そと》を攻《せ》める前《まえ》に内《うち》を固《かた》めなければならないのは昔《むかし》も同《おな》じで、崇神天皇《すじんてんのう》はまず疫病《えきびょう》を抑《おさ》えることにした。当時《とうじ》はまだ神《かみ》が活躍《かつやく》していた時代《じだい》で、崇神天皇《すじんてんのう》が最終的《さいしゅうてき》に取《と》った手《て》は、マスク着用《ちゃくよう》やワクチン接種《せっしゅ》を強制《きょうせい》することはでなく、疫病《えきびょう》を鎮《しず》める神様《かみさま》を祀《まつ》ることだった。

崇神天皇《すじんてんのう》が疫病《えきびょう》を前《まえ》に為《な》す術《すべ》なく困《こま》っていた時《とき》のこと。大物主神《おおものぬしのかみ》と名乗《なの》る神様《かみさま》が夢《ゆめ》に現《あらわ》れ、天皇《てんのう》に「人間界《にんげんかい》にいる私《わたし》の息子《むすこ》を探《さが》し出《だ》し、神職《しんしょく》に就《つ》かせ、三輪山《みわやま》に私《わたし》を祀《まつ》らせれば、疫病《えきびょう》は収《おさ》まります」と告《つ》げた。天皇《てんのう》は半信半疑《はんしんはんぎ》だったが、他《ほか》に手《て》もなかったので、配下《はいか》に探《さが》させたところ、なんと本当《ほんとう》に大物主神《おおものぬしのかみ》の息子《むすこ》が見《み》つかった。天皇《てんのう》は**俄然**《がぜん》[1]その気《き》になり、直《ただ》ちに神託《しんたく》の通《とお》り、大物主神《おおものぬしのかみ》の息子《むすこ》に三輪山《みわやま》の前《まえ》に大神神社《おおみわじんじゃ》を建《た》てさせ、大物主神《おおものぬしのかみ》を祀《まつ》らせた。その結果《けっか》、疫病《えきびょう》は次第《しだい》に収《おさ》まり、世間《せけん》に活気《かっき》が戻《もど》った。

大物主神《おおものぬしのかみ》が古事記《こじき》に登場《とうじょう》するのは今回《こんかい》が初《はじ》めてではない。高天原《たかまがはら》から遣《つか》わされた神《かみ》が大国主《おおくにぬし》の国造《くにづく》りを助《たす》けたことは覚《おぼ》えているだろうか。その時《とき》に前後《ぜんご》して派遣《はけん》された二柱《ふたはしら》の神《かみ》のうち、二柱目《ふたはしらめ》が大物主神《おおものぬしのかみ》だ。大物主神《おおものぬしのかみ》は見返《みかえ》りとして自《みずか》らを奈良《なら》の三輪山《みわやま》に祀《まつ》るよう大国主《おおくにぬし》に求《もと》めた。だが、いつになっても祀《まつ》られず、大物主神《おおものぬしのかみ》は寂《さび》しかったのだろう、今回《こんかい》の疫病《えきびょう》を好機《こうき》とし、ついでに息子《むすこ》に仕事《しごと》を与《あた》えるため、自《みずか》らを祀《まつ》る神社《じんじゃ》を三輪山《みわやま》に建《た》てさせたのだ。欲深《よくぶか》く、計算高《けいさんだか》い神《かみ》である。

大物主神《おおものぬしのかみ》には、自分《じぶん》の身《み》を矢《や》に変《か》え、恋《こ》い慕《した》う娘《むすめ》に家《うち》へ持《も》ち帰《かえ》らせたという逸話《いつわ》もある。そして頃合《ころあ》いを見計《みはか》らって娘《むすめ》の陰部《いんぶ》を突《つ》き刺《さ》し、既成事実《きせいじじつ》をつくった上《うえ》で娘《むすめ》を娶《めと》ったのだ。また、美男子《びなんし》に姿《すがた》を変《か》え、別《べつ》の美《うつく》しい娘《むすめ》の心《こころ》を奪《うば》ったこともある。その娘《むすめ》との間《あいだ》に生《う》まれた息子《むすこ》が、崇神天皇《すじんてんのう》が探《さが》していた人物《じんぶつ》だ。その娘《むすめ》は、夜這《よば》いに来《き》ては朝《あさ》になると姿《すがた》を消《け》す美男子《びなんし》の**素性**《すじょう》[2]を探《さぐ》るため、ある晩《ばん》、**睦み合っ**《むつあ》[3]た後《あと》に麻糸《あさいと》を通《とお》した針《はり》を男《おとこ》の着物《きもの》の裾《すそ》に刺《さ》した。翌朝《よくあさ》、例《れい》の如《ごと》く男《おとこ》の姿《すがた》はなかったが、糸《いと》を追《お》っていくと、三輪山《みわやま》に辿《たど》り着《つ》き、そこで大《おお》物主神《ものぬしのかみ》の姿《すがた》を認《みと》めた娘《むすめ》は、自分《じぶん》が神《かみ》の女《おんな》になったことを悟《さと》ったのだ。大物主《おおものぬしの》神《かみ》は欲深《よくぶか》いだけでなく、女《おんな》をものにする腕《うで》はまさに神《かみ》レベルだったようだ。

崇神天皇《すじんてんのう》は疫病収束後《えきびょうしゅうそくご》も、大和朝廷《やまとちょうてい》の基盤《きばん》を広《ひろ》げるという任務《にんむ》を忘《わす》れていなかった。四人《よにん》の将軍《しょうぐん》をそれぞれ東《ひがし》は北陸道《ほくりくどう》（福井《ふくい》、石川《いしかわ》、富山《とやま》、新潟県《にいがたけん》など）と東海道《とうかいどう》（愛知《あいち》、静岡《しずおか》、神奈川県《かながわけん》など）、西《にし》は山陽道《さんようどう》（吉備《きび》＝岡山県《おかやまけん》）と山陰道《さんいんどう》（丹波《たんば》＝兵庫県北部《ひょうごけんほくぶ》）へ派遣《はけん》し、各地《かくち》を平定《へいてい》させた。現代《げんだい》の視点《してん》から見《み》れば、これらの地域《ちいき》を制圧《せいあつ》しても全国統一《ぜんこくとういつ》とは言《い》えないが、二千年以上《にせんねんいじょう》前《まえ》の当時《とうじ》の状況《じょうきょう》を考《かんが》えれば、人口《じんこう》の多《おお》くと重要《じゅうよう》な産業《さんぎょう》が集《あつ》まる地域《ちいき》を支配《しはい》したことになる。四人《よにん》の将軍《しょうぐん》の活躍《かつやく》により、大和朝廷《やまとちょうてい》は中央政権《ちゅうおうせいけん》と呼《よ》ぶにふさわしいものになったのだ。崇神天皇《すじんてんのう》が果《は》たした確固《かっこ》たる実績《じっせき》を知《し》れば、「崇《す》神天皇《じんてんのう》こそ初代天皇《しょだいてんのう》」という気《き》もしてくる。

先防疫後擴張

神武天皇在大和國（奈良縣）建立的統治機構，稱為「大和朝廷」。出現了皇帝、登基、朝廷等用語，是因為在古事記書寫當時（奈良時代），作者用上了當時最流行的漢風詞彙，未必就是神武天皇有意識地去仿效中國的統治架構。

大和朝廷聽起來非常威風，其實統治範圍不過就大和國及其周邊。就算這一帶的土豪已然臣服，但要說這是一個四方來朝的中央政府，還差遠了。所以神武天皇及其繼承人都知道，登基後的首要任務便是向外擴張。然而神武天皇披荊斬棘開創了新時代，已然用盡畢生精力，所以開疆闢土的重責大任，便交由繼任者接手。

無奈，繼任的第二代到第九代天皇，在古事記中並無詳細記載，僅有姓名等基本資料，故稱為「欠史八代」。其中有些天皇居然還長壽到一百二十八歲，令後世研究者很是懷疑這八位天皇存在的真實性。不過，到了第十代「崇神天皇」，記載的事蹟突然又豐富起來，因此公認這是一位實際存在的天皇。不妨理解成神武天皇建立大和朝廷後，就是由崇神天皇接手開疆闢土的大業。但如此一來中間出現約四百年的空白……這是個無解的歷史謎題，姑且擱置，把故事看下去吧。

崇神天皇上任不久，還來不及派兵向外擴張，就先遇上了蔓延整個大和國的瘟疫。這場瘟疫非常嚴重，導致人口大量減少。攘外需先安內，自古皆然。崇神天皇於是把平息瘟疫當成首要任務。不過當時，是神祇依舊活躍的神奇年代，所以崇神天皇平息瘟疫的方法，不會是強制人民戴口罩打疫苗，而是積極尋找有辦法驅趕瘟疫的神祇加以祭祀。

就在崇神天皇一籌莫展時，一位自稱「大物主神」的神祇出現在天皇的夢中。祂告訴天皇，只要去找出祂留在人間的兒子，讓兒子擔任神官，在三輪山[39]建廟祭祀，則瘟疫自然結束。天皇半信半疑，但想想反正也沒其他好方法，便派人依夢中指示前去尋找。不料還真找到了。崇神天皇士氣大振，立刻命令大物主神的兒子按照夢中神諭，在三輪山前建造大神神社[40]，祭祀大物主神。果然瘟疫逐漸消失，人民恢復生機。

其實這位大物主神也不是新面孔。還記得當年大國主在出雲建國後，高天原曾經派

▲三輪山，大物主神命崇神天皇建造神社之地
@Wikipedia

人前去幫忙，輔佐國造大業嗎？當時先後派了兩位，後一位便是大物主神。作爲回報，便要求大國主差人在奈良的三輪山祭祀祂。或許時隔太久沒人祭祀，大物主神有些寂寞，所以趁這次的瘟疫，要求在三輪山正式建廟，順便幫自己兒子找了份差事。眞是位物慾極重又精打細算的神祇呀！

大物主神曾化身爲一支箭，讓心儀女子帶回家，找到好機會時刺進女子陰部，生米煮成熟飯後順勢娶了人家。也曾經化身爲美男子，偷走另一位美女的心。兩人生下的兒子，便是上述崇神天皇找尋的人了。這位美女覺得來去無蹤的心上人很是可疑，某次溫存後，將針插在美男子的袖口。針上還帶著麻線。天亮後，美男子照例消失，美女沿著麻線，一直走到三輪山。在那裏發現了大物主神，美女才知道自己成了神的女人。看來，大物主神不只物慾重，連泡妞功力都堪稱神界高手。

瘟疫退散後，崇神天皇沒忘記向外出兵，擴張大和朝廷的基盤。他派遣了四位將軍，往東，攻向北陸道（福井、石川、富山、新潟等縣）及東海道（愛知、靜岡、神奈川等縣）。往西，山陽道一路打到吉備（岡山縣）一帶。山陰道則征服丹波（兵庫縣北）一帶。以現代眼光看來，打下這些區域或許稱不上統一日本，但在兩千多年前，這已囊括人口密集及重要產業的區域了。四道將軍的功績，讓大和朝廷足以堪稱當時日本的中央政權。具體而紮實的統治實績，不禁讓人感嘆道：「或許，崇神天皇才是眞正的第一代天皇吧！」

39. 位於奈良縣中部。櫻井市東部。
40. 這個神社沒有本殿，因爲整座三輪山即被視爲神的本體，本身即是祭拜對象。

單字

1. **俄然**《がぜん》：
副 瞬間
2. **素性**《すじょう》：
名 本性
3. **睦**《むつ》**み合**《あ》**う**：
動 雙方相處親密關係融洽

句型

●**～とは限**《かぎ》**らない**：**不見得～**　｛普通形｝　とは限《かぎ》らない
＊な形、名詞的狀況「～だ」可有可無
＜例＞お金《かね》さえあれば幸《しあわ》せとは限《かぎ》らない。
不見得只要有錢就幸福。

●**～にすぎない**：：**只不過是～**　｛普通形｝　にすぎない
＊な形、名詞的狀況「～だ」要去掉，而「である」「だった」可使用
＜例＞今時《いまどき》、結婚《けっこん》は人生《じんせい》の選択肢《せんたくし》の一《ひと》つであるにすぎない。
在現代，結婚只不過是人生當中眾多選擇的其中之一罷了。

●**～とはいえ**：**雖說～但…**　｛普通形｝　とはいえ
＜例＞親《した》しい関係《かんけい》だとはいえ、最低限《さいていげん》の礼儀《れいぎ》はきちんと守《まも》ってほしい。
雖說是很親近的關係，但也希望你能保持基本的禮儀。

024

兄《あに》と妹《いもうと》の不義《ふぎ》の恋《こい》

崇神天皇《すじんてんのう》の崩御後《ほうぎょご》、跡《あと》を継《つ》いだのは垂仁天皇《すいにんてんのう》だ。垂仁天皇《すいにんてんのう》は幸運《こううん》だった。即位《そくい》した時《とき》、世《よ》は既《すで》に平穏《へいおん》で、内憂外患《ないゆうがいかん》に頭《あたま》を悩《なや》ませる必要《ひつよう》がなかったからだ。そのため、垂仁天皇《すいにんてんのう》に関《かん》する古事記《こじき》の記述《きじゅつ》は后《きさき》を立《た》てる話《はなし》から始《はじ》まる。

天孫降臨《てんそんこうりん》の代《だい》から数《かぞ》えると、天皇家《てんのうけ》は垂仁天皇《すいにんてんのう》で十四代目《じゅうよんだいめ》となった。その間《かん》、天皇《てんのう》の神性《しんせい》は薄《うす》れていった。理論《りろん》上《じょう》、天皇《てんのう》は人間界《にんげんかい》に身《み》を置《お》く神《かみ》なのだが、海底《かいてい》の竜宮《りゅうぐう》に長《なが》く暮《く》らす、百二十《ひゃくにじゅっ》歳《さい》まで生《い》きるといった神《かみ》がかり的《てき》なことは少《すく》なくなり、愛《あい》する女性《じょせい》の微笑《ほほえ》みに至福《しふく》を感《かん》じたり、愛《あい》する女性《じょせい》との別《わか》

れに心《こころ》を痛《いた》め、何《なに》もかも破壊《はかい》するほどの怒《いか》りを燃《も》やしたりするなど、愛《あい》と憎《にく》しみに**果《は》てしなく**[1]苦《くる》しむ凡人《ぼんじん》のようになっていった。

垂仁天皇《すいにんてんのう》をそのようにさせた女性《じょせい》は、皇后《こうごう》の沙本毘売《さほひめ》（以下《いか》「沙本姫《さほひめ》」）だった。古事記《こじき》には沙本姫《さほひめ》に関《かん》する記述《きじゅつ》が少《すく》ないが、垂仁天皇《すいにんてんのう》の沙本姫《さほひめ》を失《うしな》った後《あと》の行動《こうどう》から、天皇《てんのう》に寵愛《ちょうあい》されていたことは明《あき》らかだ。沙本姫《さほひめ》は大和朝廷《やまとちょうてい》に服従《ふくじゅう》した地方豪族《ちほうごうぞく》の娘《むすめ》とされる。天皇《てんのう》家《け》と親族《しんぞく》になるのは大変名誉《たいへんめいよ》なことだ。その豪族《ごうぞく》には沙本毘古《さほひこ》（以下《いか》「沙本王子《さほおうじ》」）という息子《むすこ》もいた。

沙本王子《さほおうじ》は沙本姫《さほひめ》の実《じつ》の兄《あに》で、二人《ふたり》は恋愛関係《れんあいかんけい》にあった。今日《こんにち》の道徳《どうとく》の基準《きじゅん》に照《て》らせば、不義《ふぎ》の関係《かんけい》と見做《みな》されるが、当時《とうじ》は天《てん》の理《り》に反《はん》した不道徳《ふどうとく》なことでもなかったようだ。兄《あに》は妹《いもうと》が皇后《こうごう》の立場《たちば》に徹《てっ》することができるよう、妹《いもうと》への愛《あい》を諦《あきら》めるべきだったが、そうはせず、**あろうことか**[2]、妹《いもうと》を奪《うば》われたとして天皇《てんのう》に仕返《しかえ》しを**企《くわだ》て**[3]た。宮廷《きゅうてい》に妹《いもうと》を訪《たず》ねたある日《ひ》、沙本王子《さほおうじ》はこの恋争《こいあらそ》いにおける自分《じぶん》の順位《じゅんい》を確《たし》かめるため、妹《いもうと》に「お前《まえ》は私《わたし》と天皇《てんのう》と、どちらを愛《いと》おしく思《おも》うか」と尋《たず》ねた。

もし沙本姫《さほひめ》が全《すべ》ての愛《あい》を夫《おっと》である天皇《てんのう》に捧《ささ》げていれば、後《のち》の悲劇《ひげき》は起《お》こらなかっただろう。だが、沙本姫《さほひめ》は兄《あに》の意図《いと》ある質問《しつもん》に「兄上《あにうえ》かもしれません」と答《こた》えてしまった。自分《じぶん》のほうが勝《か》っていると気《き》を良《よ》くした沙本王子《さほおうじ》は追撃《ついげき》に出《で》る。妹《いもうと》に短刀《たんとう》を渡《わた》し、それで天皇《てんのう》を殺《ころ》してから生家《せいか》の稲城《いなぎ》に戻《もど》ってくるよう命《めい》じたのだ。そうすれば二人《ふたり》は二度《ふたど》と離《はな》れ離《ばな》れになることはないという**わけだ**。

沙本姫《さほひめ》は兄《あに》の質問《しつもん》に「兄上《あにうえ》でないかもしれません」とも言《い》うつもりだったのかもしれない。実際《じっさい》、沙本姫《さほひめ》は迷《まよ》っていた。夫《おっと》の天皇《てんのう》に対《たい》する思《おも》いも強《つよ》かったからだ。その日《ひ》の夜《よる》、沙本姫《さほひめ》の頬《ほお》からこぼれた涙《なみだ》が天皇《てんのう》の寝顔《ねがお》に落《お》ちて流《なが》れた。天皇《てんのう》は驚《おどろ》いて目《め》を覚《さ》ました。そして、手《て》に短刀《たんとう》を持《も》ち、涙《なみだ》を浮《う》かべる妻《つま》の顔《かお》を見《み》て、おおよその見当《けんとう》がついた。天皇《てんのう》はただちに恋敵《こいがたき》の沙本王子《さほおうじ》を討伐《とうばつ》しようとした。一方《いっぽう》、自分《じぶん》を刺《さ》し殺《ころ》そうとした妻《つま》については水《みず》に流《なが》した。妻《つま》が心変《こころが》わりした可能性《かのうせい》はあるが、天皇《てんのう》にとって妻《つま》は自《みずか》らの全《すべ》てだったからだ。妻《つま》が迷《まよ》いから手《て》を下《くだ》せなかったのも、妻《つま》の中《なか》にまだ自分《じぶん》を思《おも》う気持《きも》ちがある証《あかし》だと考《かんが》えた。

ただちに朝廷《ちょうてい》から稲城《いなぎ》に向《む》けて兵《へい》が出《だ》された。危険《きけん》にさらされた兄《あに》を救《すく》うことができない沙本姫《さほひめ》は、考《かんが》え抜《ぬ》いた末《すえ》に兄《あに》を慕《した》う気持《きも》ちのほうが強《つよ》いことに気《き》づいたのだろうか、稲城《いなぎ》に忍《しの》び込《こ》み、兄《あに》と心中《しんじゅう》する覚悟《かくご》を決《き》めた。だが、城《しろ》に入《はい》ってから、沙本姫《さほひめ》は天皇《てんのう》の子《こ》を身《み》ごもっていることに気《き》づいた。そのことが**知《し》れ渡《わた》る**[4]と、朝廷軍《ちょうていぐん》は攻撃《こうげき》をやめ、皇后《こうごう》を返《かえ》すよう稲城側《いなぎがわ》に命《めい》じた。沙本王子《さほおうじ》は応《おう》じなかったが、沙本姫《さほひめ》は城《しろ》の外《そと》へ抜《ぬ》け出《だ》し、朝廷軍《ちょうていぐん》と共《とも》に宮廷《きゅうてい》へ戻《もど》っていった。

宮廷《きゅうてい》に戻《もど》った沙本姫《さほひめ》は無事《ぶじ》、皇子《おうじ》を出産《しゅっさん》した。それから皇子《おうじ》を天皇《てんのう》に渡《わた》し、再《ふた》び兄《あに》の元《もと》へ帰《かえ》らせてほしいと願《ねが》った。兄《あに》を慕《した》う気持《きも》ちのほうがはるかに強《つよ》いとますます確信《かくしん》するようになっていたのだ。だが、夫《おっと》が認《みと》めてくれるはずはなかったので、今回《こんかい》は万全《ばんぜん》の準備《じゅんび》をせねばならなかった。髪《かみ》を剃《そ》り落《お》とし、その髪《かみ》で頭《あたま》を覆《おお》い、着物《きもの》の紐《ひも》を緩《ゆる》めておいた。このため、逃《に》げ出《だ》す沙本《さほ》姫《ひめ》を護衛《ごえい》が捕《つか》まえようとしたが、護衛《ごえい》の手《て》には髪《かみ》と服《ふく》しか残《のこ》らなかった。こうして、覚悟《かくご》を決《き》めた沙本姫《さほひめ》は大勢《おおぜい》の前《まえ》で裸《はだか》を見《み》せることも**憚《はばか》ら**[5]ず、稲城《いなぎ》へ走《はし》っていった。

それから何《なに》が起《お》きたかは想像《そうぞう》に難《かた》くないだろう。天皇《てんのう》は、手《て》に入《はい》らないなら壊《こわ》すとばかりに稲城《いなぎ》の全《すべ》てを滅《ほろ》ぼすことにした。城《しろ》が落《お》とされ、火《ひ》に囲《かこ》まれる中《なか》、沙本王子《さほおうじ》と沙本姫《さほひめ》は笑顔《えがお》で見《み》つめ合《あ》っていた。一緒《いっしょ》に心中《しんじゅう》できることを運命《うんめい》の神様《かみさま》に感謝《かんしゃ》していたのかもしれない。あるいは、来世《らいせ》は普通《ふつう》の恋《こい》人同士《ひとどうし》となり、普通《ふつう》の恋《こい》ができますようにと神様《かみさま》に祈《いの》っていたのかもしれない。

古事記《こじき》の中《なか》で最《もっと》も詳細《しょうさい》に描《えが》かれた恋《こい》物語《ものがたり》はここで幕《まく》を閉《と》じる。**なんとも**[6]心《こころ》を打《う》つ話《はなし》である。

親兄妹的不倫戀

崇神天皇辭世後，繼任者是「垂仁天皇」。他相當幸福，因爲他接手的是一個比較平穩的局面，朝廷不用爲內憂外患而發愁。所以古事記中關於垂仁天皇的記述，從他娶親立后開始。

從天孫降臨開始起算，天皇家已有十四代的傳承了。這一大段時間裡，很明顯地天皇們的神性越來越稀薄。理論上天皇是活在人間的神，但卻越來越少發功顯神蹟（例如長住海底龍宮、長壽到呷百二……），而是像個凡人般，被無止盡的愛恨情仇所折騰。他會爲了心愛的女性的回眸一笑而感覺幸福萬分，也會爲了這位女性的轉身離去而心痛不已，甚至燃起摧毀一切的怒火。

這位女性不是別人，就是垂仁天皇的皇后「沙本毘売」[41]（以下簡稱沙本姬）。古事記裡關於沙本姬的記述不多，但從垂仁天皇失去她之後的反應，可以確定天皇一定很愛她。沙本姬應該是臣服於大和朝廷的土豪之女，能與天皇家結親是莫大的光榮。土豪還有一子，叫做「沙本毘古」[42]（以下簡稱爲沙本王子）。

沙本王子與沙本姬是親兄妹，而且是一對有戀愛關係的兄妹。這樣的關係在今天的道德標準下被定義成亂倫，但在當時，這似乎不是什麼天理不容的背德情事。照說，妹妹立后進宮後，哥哥理應徹底忘掉放手，讓妹妹全心全意地成爲王的女人。可惜，哥哥不但不放手，忘了對妹妹的愛慾，甚至將奪走妹妹的這筆感情帳，記在天皇頭上。趁某次進宮探視妹妹的機會，沙本王子想確認

▲被火焰包圍的沙本姬（月岡芳年）
@Shutterstock

自己在這場愛情競賽中的地位，於是問了妹妹：「我與天皇，妳愛誰比較多？」。

若是沙本姬把全部的愛都給了天皇老公，接下來的悲劇也就無從發生。可惜對哥哥不懷好意的問題，她的回答是：「可能是你」。沙本王子春風得意，確認自己的領先地位後，想趁勝追擊。他將一把匕首交給妹妹，要她以此奪走老公的命，然後回來老家「稻城」找他。兩人相伴，永不分開。

或許沙本姬要給哥哥的回答，沒說出的下一句是：「也可能不是你」，因爲她確實很猶豫。天皇老公在她的心中，還是佔了很大的一片。當晚，沙本姬的眼淚滴在熟睡中天皇的臉上，天皇因此驚醒。看到手持匕首，淚流滿面的沙本姬，也大概知道是怎麼一回事了。天皇的處置明確又快速。討伐情敵沙本王子，饒恕刺殺未遂的老婆，甚至當作一切沒發生過。因爲他很清楚，眼前這個疑似移情別戀的女人，就是他心中的全部。沙本姬遲遲未著手的猶豫，說明了老婆心中還是有屬於自己的那一片。

41. 古事記中有甚多女性角色的名字是「〇〇毘売」，因爲「毘売」即是「ひめ」（姬）對應的漢字。可理解爲身分高貴的女性貴族。

42. 古事記中男性角色的名字若是是「〇〇毘古」，則可理解爲身分高貴的男性貴族。因爲「毘古」是「ひこ」（彥）對應的漢字。「彥」是對男子的美稱。

朝廷立刻出兵稻城。看到哥哥危在旦夕，沙本姬也無力拯救，或許仔細掂量後，發現哥哥在心中的份量還是比較重，所以沙本姬決定偷偷潛入稻城，與哥哥共生死。但是進城後，沙本姬赫然發現自己有孕，是天皇的。消息傳開，朝廷立刻放棄進攻，並要求返還皇后。沙本王子雖不答應，但輪不到他決定，因爲沙本姬已經出城隨軍回宮。

回宮後，沙本姬順利生出一位皇子。她將皇子交給天皇，但要求再度回到哥哥身邊。她越來越清楚，心中愛哥哥的那塊，遠比愛天皇老公的多。老公一定不會允許，所以這次必須做足準備。她剃掉頭髮，戴上假髮。並將衣服上的衣帶鈕扣弄得不甚牢靠。所以當侍衛攔阻時，只捉到了她的假髮及衣裳。沙本姬，就這樣在眾人眼前金蟬脫殼，意志堅定地直奔稻城。

之後的劇情不難猜，得不到乾脆摧毀掉的天皇決定消滅稻城裡的一切。城破之時，燃起熊熊烈火。沙本王子與沙本姬互相含笑地凝視對方。或許此時，他們感謝命運之神最終願意讓他們一起毀滅，永不分開。同時他們也向命運之神祈求，來生，就讓他們當一對最平凡的戀人，成就一段最簡單的戀情就好。

古事記中關於愛情最詳盡的記述到此告一段落。眞的是讓人揪心的一段啊。

單字

1. **果《は》てしない**：形 永無止境的
2. **あろうことか**：連 竟然
3. **企《くわだ》てる**：動 策畫
4. **知《し》れ渡《わた》る**：動 廣為流傳
5. **憚《はばか》る**：動 忌諱、介意
6. **なんとも**：副 多麼

句型

●～わけだ：**也就是說～**　｛普通形｝　わけだ／というわけだ

＊な形：去掉「～だ」＋「な」、名詞：去掉「～だ」＋「の」

<例>時給千円《じきゅうせんえん》で、一日八時間働《いちにちはちじかんはたら》くとすれば、週《しゅう》に四万円稼《よんまんえんかせ》げるわけだ。
時薪一千日幣、一天工作八小時的話，也就是說一週可以賺四萬日幣。

<例>いつも身《み》だしなみを気《き》にしている彼女《かのじょ》。どうりで綺麗《きれい》なわけだ。
她總是很注重服裝與言行舉止。難怪看起來總是那麼令人賞心悅目。

025

倭建命《やまとたけるのみこと》の西征《せいせい》

妻《つま》を殺《ころ》した垂仁天皇《すいにんてんのう》と背徳《はいとく》の沙本姫《さほひめ》に対《たい》する天罰《てんばつ》か、二人《ふたり》の間《あいだ》に生《う》まれた皇子《おうじ》は大《おお》きくなっても口《くち》がきけなかった。ある夜《よる》、垂仁天皇《すいにんてんのう》の夢《ゆめ》に神《かみ》が現《あらわ》れ、こう告《つ》げた。「御子《みこ》の口《くち》がきけないのは出雲系《いずもけい》の神《かみ》の祟《たた》りによるものだ。その神《かみ》を祀《まつ》れば、口《くち》がきけるようになる」。天皇《てんのう》が出雲系《いずもけい》の神《かみ》を祀《まつ》るのは**いささか**[1]屈辱的《くつじょくてき》ではあるが、亡《な》き妻《つま》に対《たい》する後《うし》ろめたさからか、あるいは亡《な》き妻《つま》を思《おも》う気持《きも》ちがまだあったからか、垂仁天皇《すいにんてんのう》は神託《しんたく》の通《とお》りにした。すると不思議《ふしぎ》なことに、皇子《おうじ》は口《くち》がきけるようになった。

　しかし悲運《ひうん》の皇子《おうじ》は垂仁天皇《すいにんてんのう》の跡《あと》を継《つ》げなかった。跡《あと》を継《つ》いだのは第十二《だいじゅうに》

代景行天皇《だいけいこうてんのう》だ。景行天皇《けいこうてんのう》は先代《せんだい》から始《はじ》まった天下泰平《てんかたいへい》の時代《じだい》も受《う》け継《つ》いだ。そのため、景行天皇《けいこうてんのう》の治世《ちせい》に特筆《とくひつ》すべきことは少《すく》なく、景行天皇《けいこうてんのう》の皇太子《こうたいし》の一人《ひとり》が脚光《きゃっこう》を独《ひと》り占《じ》めし、古事記《こじき》の重《じゅう》要《よう》な部分《ぶぶん》を占《し》めることになる。その皇《こう》太子《たいし》とは倭健命《やまとたけるのみこと》だ。

日本《にほん》の神話《しんわ》に倭健命《やまとたけるのみこと》という重要人物《じゅうようじんぶつ》がいたのかと思《おも》った読者《どくしゃ》も多《おお》いだろう。倭健命《やまとたけるのみこと》は古事記《こじき》での呼《よ》び名《な》で、日本書《にほんしょ》紀《き》で使用《しよう》される「日本武尊《やまとたけるのみこと》」の表記《ひょうき》のほうがよく知《し》られているだろう。多《おお》くの台湾人《たいわんじん》が訪《おとず》れる金沢《かなざわ》の兼六園《けんろくえん》や静岡《しずおか》の日本平《にほんだいら》には倭健命《やまとたけるのみこと》の銅像《どうぞう》があり、日《に》本《ほん》で大人気《だいにんき》の神話《しんわ》の人物《じんぶつ》だ。

倭健命《やまとたけるのみこと》は景行天皇《けいこうてんのう》の三人目《さんにんめ》の皇太子《こうたいし》だった。直系長男《ちょっけいちょうなん》が跡《あと》を継《つ》ぐという考《かんが》えはまだ根深《ねぶか》くなかったため、功績《こうせき》を積《つ》めば天皇《てんのう》になることができた。だが、父《ちち》の景行天皇《けいこうてんのう》は倭健命《やまとたけるのみこと》に名状《めいじょう》し難《がた》い嫌《けん》悪感《おかん》を抱《いだ》いていた。いや、嫌悪《けんお》と恐怖《きょうふ》を抱《いだ》いていたと言《い》ったほうが正確《せいかく》だ。

それには理由《りゆう》があった。精力旺盛《せいりょくおうせい》で多《おお》くの后《きさき》を娶《めと》った景行天皇《けいこうてんのう》がある美《うつく》しい姉妹《しまい》を**見初《みそ》め**[2]た時《どき》のこと。天皇《てんのう》は倭《やまと》健命《たけるのみこと》の同母兄《どうぼけい》に姉妹《しまい》を宮中《きゅうちゅう》に迎《むか》えるよう命《めい》じたのだが、その兄《あに》も姉妹《しまい》を気《き》に入《い》ってしまい、早《はや》い者《もの》勝《が》ちとばかりに横取《よこど》りした上《うえ》で、別《べつ》の姉妹《しまい》を宮中《きゅうちゅう》に差《さ》し出《だ》した。女《おんな》を見《み》る目《め》だけはあった景《けい》行天皇《こうてんのう》は一目《ひとめ》で別人《べつじん》と見抜《みぬ》いたが、息《むす》子《こ》との関係《かんけい》を悪《わる》くしたくなかったのか、不満《ふまん》を押《お》し隠《かく》し、その結果《けっか》、親不孝者《おやふこうもの》の息子《むすこ》と距離《きょり》ができていった。

倭健命《やまとたけるのみこと》の同母兄《どうぼけい》はやがて宮中《きゅうちゅう》の朝《あさ》の食膳《しょくぜん》に顔《かお》を出《だ》さなくなり、天皇《てんのう》は機嫌《きげん》を悪《わる》くした。「親不孝《おやふこう》な行為《こうい》を見逃《みのが》してやったのに、親《おや》に挨拶《あいさつ》する義務《ぎむ》まで**免《まぬが》れ**[3]ようとするとはどこまで図々《ずうずう》しいのか、全《まった》く道理《どうり》を弁《わきま》えておらん」。そう思《おも》った天皇《てんのう》は倭健命《やまとたけるのみこと》を呼《よ》んでこう言《い》った。「お前《まえ》の兄《あに》は人《ひと》としてどう振《ふ》る舞《ま》うべきか分《わ》かっていないようだ。ひとつ、お前《まえ》から『教《おし》え諭《さと》し』てやりなさい」。

それから数日経《すうじつた》っても、親不孝者《おやふこうもの》の息《むす》子《こ》は顔《かお》を見《み》せなかった。そこで、天皇《てんのう》は倭健命《やまとたけるのみこと》を呼《よ》び、兄《あに》を「**教《おし》え諭《さと》し**[4]」たのかと尋《たず》ねた。すると、倭健命《やまとたけるのみこと》はこう答《こた》えた。「はい。兄《あに》の手足《てあし》と頭《あたま》をもぎ取《と》り、死体《したい》を薦《こも》に包《つつ》んで捨《す》てておきました」。天皇《てんのう》は仰天《ぎょうてん》した。倭健命《やまとたけるのみこと》が天皇《てんのう》の言葉《ことば》の意味《いみ》を**取《と》り違《ちが》え**[5]たのか、意図的《いとてき》に殺《ころ》したのかは分《わ》からないが、いずれにしても身《み》の毛《け》がよだつことをやったのだ。だが、勅命《ちょくめい》を受《う》けてしたことである以《い》上《じょう》、倭健命《やまとたけるのみこと》を罰《ばっ》することはできない。しかし、できることなら顔《かお》を合《あ》わせなくて済《す》むよう、遠《とお》くへ追《お》い払《はら》いたかった。

もちろん、それは可能《かのう》だった。天下泰《てんかたい》平《へい》の世《よ》とはいえ、九州鹿児島《きゅうしゅうかごしま》には大和《やまと》朝廷《ちょうてい》に服従《ふくじゅう》しない部族《ぶぞく》「熊襲《くまそ》」があり、出雲《いずも》の勢力《せいりょく》も大和朝廷《やまとちょうてい》に服従《ふくじゅう》はしたが、不穏《ふおん》な動《うご》きを見《み》せていた。景行天皇《けいこうてんのう》は自《みずか》らに嫌悪《けんお》と恐怖《きょうふ》を抱《いだ》かせる凶暴《きょうぼう》な倭健《やまとたけるの》命《みこと》にそれら地域《ちいき》の平定《へいてい》に行《い》かせたのだ。熊襲軍《くまそぐん》は朝廷軍《ちょうていぐん》よりはるかに強大《きょうだい》で、平定《へいてい》できるに越《こ》したことはないが、仮《かり》に失敗《しっぱい》しても、その時《とき》は凶暴《きょうぼう》な息子《むすこ》を始末《しまつ》できるのだ。

倭健命《やまとたけるのみこと》は天皇《てんのう》の目的《もくてき》を理解《りかい》していた。筋肉隆々《きんにくりゅうりゅう》で怪力《かいりき》を持《も》ち、権謀術数《けんぼうじゅっすう》にも長《た》けた倭健命《やまとたけるのみこと》は熊襲《くまそ》と真正面《ましょうめん》から戦《たたか》うことはせず、麗《うるわ》しい少女《しょうじょ》に扮《ふん》して熊襲軍《くまそぐん》の本拠地《ほんきょち》で行《おこな》われていた宴会《えんかい》に紛《まぎ》れ込《こ》んだ。案《あん》の定《じょう》、熊襲《くまそ》の首領《しゅりょう》の**目《め》に止《と》まり**[6]、寝所《ねどこ》に導《みちび》かれた。その後《ご》、倭健命《やまとたけるのみこと》は酔《よ》って眠《ねむ》りに落《お》ちた首領《しゅりょう》を一息《ひといき》に刀《かたな》で刺《さ》し殺《ころ》した。現代《げんだい》の「斬《ざん》首作戦《しゅさくせん》」にも似《に》たこの見事《みごと》な暗殺《あんさつ》により、長《なが》きにわたって大和朝廷《やまとちょうてい》に屈《くっ》しなかった熊襲《くまそ》を征伐《せいばつ》したのだ。使命《しめい》を果《は》たして大和《やまと》へ帰《かえ》る途中《とちゅう》、倭健命《やまとたけるのみこと》は出雲《いずも》の首長《しゅちょう》を訪《たず》ね、決闘《けっとう》を申《もう》し入《い》れた。そして、手下《てした》に首長《しゅちょう》の太刀《たち》を木刀《ぼくとう》に取《と》り替《か》えさせておき、一刀《いっとう》のもとに相手《あいて》を斬《き》り伏《ふ》せた。それを見《み》ていた出雲《いずも》の武将《しょう》たちは倭健命《やまとたけるのみこと》を神《かみ》の化身《けしん》と勘違《かんちが》いし、すぐさま跪《ひざまず》いて服従《ふくじゅう》を誓《ちか》った。

立派《りっぱ》な勝《か》ち方《かた》とは言《い》えないが、戦《たたか》わずして勝《か》つのが最善《さいぜん》の兵法《へいほう》だ。それに、倭健命《やまとたけるのみこと》にはこの後《あと》さらに大《おお》きな舞台《ぶたい》が待《ま》ち受《う》けている。

倭建命！西征

似乎是上天要懲罰殺妻的垂仁天皇以及背德的沙本姬，他們生下的皇子，居然在成人後仍無法言語。某天，神諭出現在垂仁天皇夢中，表示皇子無法說話是因爲出雲系[43]的神祇在搞怪，只要加以祭祀即可解決。讓天皇祭祀出雲系的神祇，確實有些紆尊降貴。但或許是天皇對亡妻有種虧欠，也或許迄今心中仍有亡妻的一席之地，總之，天皇按神諭完成祭祀。神奇地，皇子開口說話了。

但即便這位悲運的皇子終於能說話，之後繼承皇位的並非他，而是成爲第12代天皇的「景行天皇」。景行天皇還繼承了上一代就開始的天下太平。因此他的治世中，並沒有太多值得一提。不過，他生下的子嗣之中，有位皇子將會搶走所有光彩，佔據古事記中重要的篇幅。他就是「倭建命」。

至此，許多讀者可能表示疑惑。倭建命？沒聽過啊！日本神話中的重要人物怎有這咖？倭建命是古事記對這位仁兄的稱呼，但他的名字在「日本書紀」中，就記成「日本武尊」[44]。這個名字稱得上家喻戶曉了吧。台灣旅客常造訪的金澤兼六園或靜岡日本平，都有他的銅像，在日本算是人氣滿點的神話人物。

倭建命是第三皇子。在那個嫡長子繼承原則尚未根深蒂固的年代，他確實有機會憑藉之後累積的功績，成爲下一代天皇。可惜父親景行天皇對這個孩子有著莫名的厭惡感。更精準地說，是帶有厭惡感的懼怕。

事出必有因。景行天皇精力充沛，娶了許多后妃。這回他看上的是一對美人姊妹。

▲男扮女裝的倭建命（月岡芳年）
@Wikipedia

倭建命上面還有一個同母哥哥，所以天皇令哥哥去籌辦迎娶事宜，但哥哥居然也看上這對姊妹，先下手爲強，再另找一對姊妹送進宮中交差了事。景行天皇無其他長才，但對女人的眼光精準到位，一眼便識破。但或許爲了父子和諧，他隱忍不發，心中卻與這個不肖子漸行漸遠。

哥哥之後就沒再參加過例行的皇家早餐會。天皇覺得這個不肖子實在是登鼻子上臉。自己隱忍不發，他居然還敢免了每天問安的義務，眞是不識大體至極！所以天皇對倭建命說：「他是你親哥，既然親哥不知道什麼是做人的分寸。親弟的理應『好好地』告誡他，讓他知道。」

過了數天，還是不見不肖子前來。於是天皇問倭建命有無「好好地」告誡親哥？倭建命說他的確「好好地」教訓了哥哥，折斷他的四肢及頭顱。再「好好地」用草蓆裹住屍體丟棄。天皇驚呆了。不論眼前這兒子是搞錯意思，還是有意謀殺，都教人不寒而慄！倭建命是奉聖旨行動，所以無法懲罰他。但若可能，眞想將他攆走，眼不見爲淨。

當然有可能。雖說天下承平，但遠在九州鹿兒島的部族「熊襲」仍與大和朝廷對抗中。出雲的在地勢力雖說已臣服於大和朝廷，但亦有蠢動跡象。景行天皇於是派這位令他厭惡又懼怕的暴戾子前去平亂。熊襲軍的戰力高出朝廷軍一大截，能平定最好。若出兵失敗，或許也可順便解決掉這個暴戾子⋯⋯。

倭建命當然知悉其中奧妙。他除了全身肌肉與怪力之外，其實也不乏機智謀略。他不打算與熊襲硬拚。而是換上女裝，打扮成妖嬌美少女，混入熊襲軍大本營所舉辦的宴會中。熊襲首領看上了僞娘倭建命，將他帶回寢室。倭建命便趁首領醉倒大睡之際將其一刀斃命。一場近乎現代戰爭中斬首行動的完美刺殺，就將長久不肯臣服的熊襲打趴在地。班師回朝的路上，他順路拜訪出雲的首領，約他比武定勝負。倭建命卻令手下偷偷地將出雲首領的長刀換成木刀，以致比武之時一刀便斬了對方。這讓出雲的將領們誤以爲眼前這傢伙是神的化身，嚇到立刻跪地臣服。

好像不是很光彩的贏法。無所謂，不戰而屈人之兵乃戰爭的最高藝術。不久，還有個更大的舞台等著這位名將登場亮相。

43. 以大國主所代表，在出雲地方所祭祀的神祇。天皇家所祭祀的神祇則爲高天原系。
44. 倭建命刺死熊襲國首領時，瀕死的首領想知道究竟是栽在誰手中。倭建命自報名號後，首領讚嘆其機智英勇，稱其爲「倭建御子」。日本書記則將此名記爲「日本武皇子」，或稱「日本武尊」。

單字

1. **いささか**：副 些許
2. **見《み》初《そ》める**：動 一見鍾情
3. **免《まぬが》れる**：動 逃避
4. **教《おし》え諭《さと》す**：動 教訓
5. **取《と》り違《ちが》える**：動 誤解對方的意思
6. **目《め》に止《と》まる**：動 吸引了對方的目光

句型

●～に越《こ》したことはない：

能～是再好不過　動詞、い形｛普通形｝／な形、名詞（＋である）　に越《こ》したことはない

<例>一緒《いっしょ》に働《はたら》く部下《ぶか》は優秀《ゆうしゅう》であるに越《こ》したことはない。
一起工作的部下如果能夠很優秀是再好不過了。

コラム

026

神《かみ》の特権《とっけん》？神話《しんわ》第《だい》一章《いっしょう》から登場《とうじょう》する兄妹《あにといもうと》の恋《こい》

古事記《こじき》では天地創造《てんちそうぞう》の章《しょう》から早《はや》くも道徳《どうとく》の限界《げんかい》に挑《いど》むかのように伊邪那岐《いざなぎ》と伊邪那美《いざなみ》が日本列島《にほんれっとう》と八百万《やおよろず》の神《かみ》を生《う》む話《はなし》が登場《とうじょう》する。この夫婦神《めおとがみ》は同《おな》じ神《かみ》から生《う》まれた兄妹《あにといもうと》あるいは姉弟《あねとおとうと》の神《かみ》だが、人間《にんげん》のように肉体《にくたい》の交《まじ》わりを通《つう》じてしか国生《くにう》みの使命《しめい》を果《は》たせない。

作者《さくしゃ》のふとした閃《ひらめ》きからそのような設定《せってい》になったのではなく、兄妹《あにといもうと》あるいは姉弟《あねとおとうと》の恋《こい》は神代《かみよ》からありふれていて、神《かみ》や貴族《きぞく》の特権《とっけん》とされていたことを表《あらわ》している。理由《りゆう》は簡単《かんたん》で、純粋《じゅんすい》な血統《けっとう》を維持《いじ》するために数《かず》の限《かぎ》られた貴族同士《きぞくどうし》で結婚《けっこん》する必要《ひつよう》があったからだ。そのため、貴族同士《きぞくどうし》の近親婚《きんしんこん》は道徳批判《どうとくひはん》の対象外《たいしょうがい》だった。

古事記《こじき》が編纂《へんさん》された頃《ころ》の日本《にほん》は文明化《ぶんめいか》が進《すす》み、古代《こだい》の皇室《こうしつ》で行《おこな》われていた近親婚《きんしんこん》を不適切《ふてきせつ》と考《かんが》える見方《みかた》が多少出《たしょうで》てきた。古事記《こじき》で日本《にほん》と神々《かみがみ》は近親婚《きんしんこん》の産物《さんぶつ》という設定《せってい》がなされたのは、その慣習《かんしゅう》を合理化《ごうりか》するためだったのかもしれない。近親婚《きんしんこん》が神々《かみがみ》の特権《とっけん》ならば、人間界《にんげんかい》に暮《く》らす神《かみ》である天皇《てんのう》が近親婚《きんしんこん》を行《おこな》っても異常《いじょう》と感《かん》じる理由《りゆう》はないのだ。

ただ、垂仁天皇《すいにんてんのう》の皇后《こうごう》の沙本姫《さほひめ》は、朝夕《あさゆう》を共《とも》にする兄《あに》との間《あいだ》に真《しん》の愛《あい》が芽生《めば》え、そこから不道徳《ふどうとく》な恋《こい》に発展《はってん》し、最後《さいご》は自《みずか》らの心《こころ》に従《したが》って兄《あに》と心中《しんじゅう》する道《みち》を選《えら》んだ。王族《おうぞく》が神《かみ》の計《はか》らいにより禁忌《きんき》の相手《あいて》に情欲《じょうよく》を感《かん》じるようになった場合《ばあい》、王家《おうけ》に生《う》まれたことを嘆《なげ》くしかない。第十九代允恭天皇《だいじゅうきゅうだいいんぎょうてんのう》の長男《ちょうなん》は朝廷中《ちょうていじゅう》から有望視《ゆうぼうし》されていたが、実《じつ》の妹《いもうと》を愛《あい》してしまい、流刑《るけい》の途中《とちゅう》に心中《しんじゅう》するという悲劇《ひげき》を迎《むか》えることになった。

古事記《こじき》に登場《とうじょう》するこれらの逸話《いつわ》は、神代《かみよ》からずいぶん後《あと》の時代《じだい》の記録《きろく》であるため、実話《じつわ》と思《おも》われる。王家《おうけ》に生《う》まれたら恋《こい》に深入《ふかい》りしてはならないと言《い》うほかない。深入《ふかい》りする場合《ばあい》は慎重《しんちょう》に相手《あいて》を選《えら》び、不幸《ふこう》にも禁断《きんだん》の恋《こい》に落《お》ちてしまったなら、来世《らいせ》で結《むす》ばれることを願《ねが》うしかないだろう。

神的特權？神話第一章即出現的兄妹戀

從天地初發的章節開始，就彷彿刻意挑

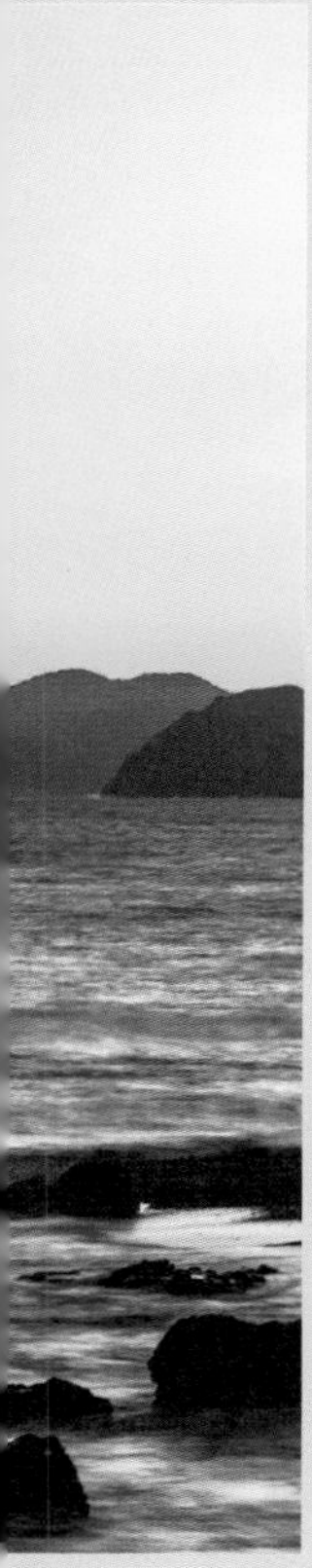

▲三重縣，被注連繩纏繞著的夫婦岩 @Shutterstock

戰道德底線般地，設定了依邪那岐與依邪那美共同生下日本列島與八百萬神的情節。這對夫妻神系出同源，本質上屬於親兄妹或親姊弟。但卻必須如人類般，經過生理上的結合，才能完成造物的使命。

這樣的設定恐怕不是天外飛來一筆。這反映出從神代開始，兄妹戀或姊弟戀就是一個普遍現象，甚至視之爲專屬於神或貴族的特權。理由很簡單，爲了維持血統的純正性，讓人數有限的貴族相互通婚，實有其必要性。因此將貴族間的近親通婚排除於亂倫這條道德界線之外。

到了編纂古事記的年代，日本的文明發展，或多或少對於存在於古代日本皇室的近親通婚現象覺得不妥。於是乎，將日本與諸神的誕生設定爲近親通婚的產物，或許可看成對這種習慣的合理化。既然這是諸神的特權，那活在人間之神的天皇，又有何理由感到排斥？

不過，垂仁天皇的皇后沙本姬，則是基於朝夕相處所生的眞愛，而與親哥哥發展出不倫戀。最後她選擇忠誠於自己的所愛，與哥哥共赴毀滅之路。若蒙上天安排個禁忌的對象做爲情慾出口，也只好怨嘆奈何生在帝王家。還有，第十九代的允恭天皇留下的子女中，原本頗爲朝野看好的大兒子偏偏愛上自己的親妹妹。最終只能迎來流放途中雙雙殉情的悲劇收場。

古事記中的這幾個實例，都已是脫離神話時代甚久的紀錄，應該確有其事。只能說，生在帝王家，就別愛得太眞。要愛得眞，就務必愼選對象。若不幸愛出了禁斷之戀，那……只能與愛人共許下輩子了吧。

027

倭建命《やまとたけるのみこと》の東征《とうせい》

倭建命《やまとたけるのみこと》は征西《せいせい》を成功《せいこう》させ、大和《やまと》へ凱《がい》旋《せん》したが、父《ちち》の息子《むすこ》に対《たい》する嫌悪感《けんおかん》は変《か》わらず、むしろより遠《とお》く、危険《きけん》な場《ば》所《しょ》へ**遠《とお》ざけ**[1]たくなった。**折《おり》しも**[2]、関《かん》東《とう》、東北《とうほく》を支配《しはい》する蝦夷《えみし》が不審《ふしん》な動《うご》きを見《み》せ、大和朝廷《やまとちょうてい》に属《ぞく》する東方十二《とうほうじゅうに》カ《か》国《こく》の情勢《じょうせい》が不穏《ふおん》になっている時《とき》だった。

天皇《てんのう》は倭建命《やまとたけるのみこと》に東征《とうせい》を命《めい》じた。

西征《せいせい》から帰《かえ》ってくるや東征《とうせい》を命《めい》じられるのは、父《ちち》に良《よ》く思《おも》われていないからだろうと倭建命《やまとたけるのみこと》は察《さっ》していたが、どれほど辛《つら》くても耐《た》えるしかなかった。

出立《しゅったつ》[3]にあたり、倭建命《やまとたけるのみこと》は叔母《おば》「倭姫《やまとひめ》」のいる伊勢神宮《いせじんぐう》へ立《た》ち寄《よ》った。皇室《こうしつ》の祖先《そせん》、天照大御神《あまてらすおおみかみ》を祀《まつ》る伊勢神宮《いせじんぐう》の斎王《さいおう》を務《つと》める倭姫《やまとひめ》は優《やさ》しい言葉《ことば》で倭健命《やまとたけるのみこと》を慰《なぐさ》めた後《あと》、東方《とうほう》の動乱《どうらん》を鎮《しず》める英雄《えいゆう》にふさわしいとして、保管《ほかん》していた「天《あめの》叢雲剣《むらくものつるぎ》」を授《さず》けた。

東征《とうせい》に兵士《へいし》だけを連《つ》れていけば寂《さび》しくなると思《おも》った倭健命《やまとたけるのみこと》は、妻《つま》の弟橘姫《おとたちばなひめ》を同伴《どうはん》させていた。やがて尾張《おわり》に到着《とうちゃく》した倭健命《やまとたけるのみこと》は、そこで一人《ひとり》の美《うつく》しい娘《むすめ》を見初《みそ》め、その娘《むすめ》も連《つ》れていこうと思《おも》ったが、妻《つま》が目《め》で不満《ふまん》を訴《うった》えてきたので諦《あきら》め、東《とう》国平定後《ごくへいていご》に迎《むか》えに来《く》るから待《ま》っていてほしいと娘《むすめ》に言《い》った。それから一行《いっこう》は東海道《とうかいどう》を先《さき》へと進《すす》み、焼津《やいづ》（静岡県《しずおかけん》）に辿《たど》り着《つ》いた。

強力《きょうりょく》な東征軍《とうせいぐん》に敵《かな》わないと分《わ》かっていた焼津《やいづ》の豪族《ごうぞく》は、大将《たいしょう》の首《くび》を取《と》り、東《とう》征軍《せいぐん》を自滅《じめつ》させる作戦《さくせん》に出《で》た。友好的《ゆうこうてき》な態度《たいど》を装《よそお》って倭健命《やまとたけるのみこと》を歓迎《かんげい》し、近《ちか》くの野原《のはら》には縁起《えんぎ》の良《よ》い白《しろ》い鹿《しか》が出没《しゅつぼつ》すると伝《つた》えたのだ。興味津々《きょうみしんしん》となった倭健命《やまとたけるのみこと》はその鹿《しか》を狩《か》りに出掛《でか》けるが、白《しろ》い鹿《しか》の姿《すがた》はなく、人《ひと》より背《せ》の高《たか》いススキだけが一面《いちめん》に広《ひろ》がっていた。その時《とき》、ススキが突然《とつぜん》燃《も》え出《だ》し、一面《いちめん》火《ひ》の海《うみ》となった。倭健命《やまとたけるのみこと》はとっさにある考《かんが》えを閃《ひらめ》き、火《ひ》が迫《せま》ってこないように天叢雲剣《あめのむらくものつるぎ》でまわりのススキを**薙《な》ぎ倒《たお》し**[4]た。さらに、安全《あんぜん》な場所《ばしょ》をつくり、そこで火《ひ》が収《おさ》まるのを待《ま》った。その間《かん》、なぜこのような目《め》に遭《あ》ったのかと考《かんが》えていた。

その後《ご》、無事《ぶじ》に野原《のはら》を抜《ぬ》け出《で》た倭健命《やまとたけるのみこと》は、焼津《やいづ》の豪族《ごうぞく》を殺《ころ》して復讐《ふくしゅう》し、さらに先《さき》へと道《みち》を進《すす》んだ。「これから先《さき》もあのような**悪巧《わるだく》み**[5]の豪族《ごうぞく》ばかりなら、いつまでたっても東征《とうせい》は終《お》わらず、あの娘《むすめ》を娶《めと》りに行《い》けない」。そう思《おも》った倭健命《やまとたけるのみこと》は、船《ふね》で上総国《かずさのくに》（千葉県《ちばけん》）まで行《い》くことにした。だが、走水海《はしりみずのうみ》を渡《わた》ろうとした時《とき》、突然《とつぜん》波風《なみかぜ》が激《はげ》しくなり、船《ふね》は今《いま》にも海《うみ》に呑《の》み込《こ》まれそうになった。それは海神《かいじん》が怒《おこ》っているからであり、血筋《ちすじ》も身《み》分《ぶん》も人並《ひとな》み以上《いじょう》の人間《にんげん》が生贄《いけにえ》とならねば鎮《しず》まらないと分《わ》かっていた弟橘姫《おとたちばなひめ》は、躊躇《ためら》うことなく、その身《み》を海《うみ》に投《な》げた。すると、荒《あ》れていた海《うみ》は**途端《とたん》に**[6]穏《おだ》やかになった。

なぜ妻《つま》は躊躇《ちゅうちょ》なく入水《にゅうすい》したのか、倭健《やまとたけるの》命《みこと》には理解《りかい》できなかったが、夫《おっと》のために犠牲《ぎせい》になった妻《つま》のことを倭健命《やまとたけるのみこと》は悲《かな》しんだ。その後《ご》、東国《とうごく》を平定《へいてい》し、足柄山《あしがらやま》に登《のぼ》った時《とき》、眼下《がんか》に広《ひろ》がる領土《りょうど》も自《みずか》らの功績《こうせき》も全《すべ》て妻《つま》の犠牲《ぎせい》があったからだと妻《つま》を偲《しの》び、「あづまはや」と悲壮《ひそう》な声《こえ》で叫《さけ》んだ。「あづま」とは「我《わ》が妻《つま》」（弟《おと》橘姫《たちばなひめ》）を意味《いみ》する「吾妻《あづま》」だったのか、眼下《がんか》の「東国《あづまのくに》」のことだったのかは分《わ》からない。両方《りょうほう》だったのかもしれない。

妻《つま》を亡《な》くした悲《かな》しみを経《へ》て、倭健命《やまとたけるのみこと》はさらに闘志《とうし》を燃《も》やしたようだ。蝦夷《えみし》の部族《ぶぞく》は降伏《こうふく》し、東方諸国《とうほうしょこく》は再《ふたた》び忠誠《ちゅうせい》を誓《ちか》い、東征《とうせい》の大業《たいぎょう》はあっという間《ま》に完成《かんせい》した。少《すこ》し前《まえ》までは妻《つま》を亡《な》くした悲《かな》しみに暮《く》れていた倭健命《やまとたけるのみこと》も、今《いま》や自《みずか》らの功《こう》績《せき》に陶酔《とうすい》している様子《ようす》だった。大和《やまと》へ帰《かえ》る道中《どうちゅう》は愉快《ゆかい》に過《す》ごし、尾張《おわり》に着《つ》くと、例《れい》の美《うつく》しい娘《むすめ》と結婚《けっこん》した。そして「父《ちち》がそんなに自分《じぶん》のことが嫌《きら》いなら…」という考《かんが》えから、しばらくそこで美《うつく》しい妻《つま》と楽《たの》しく暮らすことにした。

ある日《ひ》のこと。倭建命《やまとたけるのみこと》の元《もと》に伊服岐《いぶき》山《やま》で荒《あら》ぶる神《かみ》が悪《わる》さをしているとの知《し》らせが入《はい》った。数多《あまた》の修羅場《しゅらば》をくぐり抜《ぬ》けてきた倭建命《やまとたけるのみこと》は、地方《ちほう》の荒《あら》ぶる神《かみ》など恐《おそ》れるに足《た》らんとして、天叢雲剣《あめのむらくものつるぎ》を持《も》たずに山《やま》へ討《う》ち取《と》りに行《い》った。そして、山《やま》で暴《あば》れ回《まわ》る白《しろ》い猪《いのしし》に出会《であ》ったのだが、倭建命《やまとたけるのみこと》は「こいつは荒《あら》ぶる神《かみ》の使《つか》いの者《もの》だろう」と考《かんが》え、相手《あいて》にしなかった。だが、このことが荒《あら》ぶる神《かみ》の誇《ほこ》りを傷《きず》つけてしまった。その猪《いのしし》は荒《あら》ぶる神自身《かみじしん》だったのだ。怒《おこ》った神《かみ》は倭建命《やまとたけるのみこと》に毒《どく》の雹《ひょう》を浴《あ》びせ、深手《ふかで》を負《お》わせた。

窮地《きゅうち》を脱《だつ》した倭建命《やまとたけるのみこと》だったが、自分《じぶん》の余命《よめい》は幾許《いくばく》もないと悟《さと》った。その時《とき》の倭建命《やまとたけるのみこと》の最大《さいだい》の望《のぞ》みは故郷《こきょう》へ帰《かえ》ることだった。父《ちち》が自分《じぶん》にどんな**わだかまり**[7]を持《も》っていようとも、大和《やまと》へ帰《かえ》りたいと思《おも》った。倭建命《やまとたけるのみこと》は病身《びょうしん》を押《お》して故郷《こきょう》へ向《む》かったが、伊勢《いせ》の能褒野《のぼの》でついに動《うご》けなくなった。日本中《にほんじゅう》を駆《か》け巡《めぐ》った時代《じだい》の英雄《えいゆう》も、故郷《こきょう》で最期《さいご》を迎《むか》えるという簡単《かんたん》な願《ねが》いは叶《かな》わぬ夢《ゆめ》となった。

倭建命！東征

倭建命西征順利，凱旋歸來。然而，他立下的功績非但沒讓父皇盡棄前嫌，反倒想將他輾去更遠更兇險的地方。這時，正好盤據關東及東北的蝦夷[45]蠢動，以致隸屬大和朝廷的東邊十二國情勢不穩。於是，天皇命倭建命即刻東征。

倭建命明白，馬不停蹄地東征西討與父親對他的態度有關。但再怎麼委屈，也只能將眼淚往肚裡吞。軍勢出了奈良，他先前往伊勢神宮找姑姑「倭姬」。倭姬奉命在伊勢神宮擔任齋王，祭祀皇家先祖天照大御神。她先是好言安慰他，並將自己保管的「天叢雲劍」交給倭建命，讓他寶劍配英雄，遏平東方的動亂。

征途寂寞，一路只有披甲人相伴而已，所以倭建命出發時也把老婆「弟橘姬」帶上。走沒幾步來到尾張[46]時，倭建命相中了一位地方美人，本來也想帶著她同行。弟橘姬默默看在眼中，沒表示什麼，只不過眼神中透著些許哀怨。倭建命想想還是作罷，不過他向美人保證，遏平東國後，回程一定來迎娶，請她稍安勿躁。之後便帶著大隊人馬繼續趕路。一行人沿著東海道走到燒津（靜岡縣）。

在燒津，當地土豪自知敵不過來勢洶洶的東征軍，所以也想來個斬首戰，讓東征軍群龍無首，不攻自破。土豪假意迎接倭建命，並告訴他附近原野出沒著象徵吉祥的白鹿。倭建命一聽便興致勃勃地衝去獵鹿。沒看到白鹿，只發現這一帶芒草比人高。突然間，芒草整片燒了起來。倭建命急中生智，

▲以天叢雲劍斬斷芒草求生的倭建命（月岡芳年）@Wikipedia

拿出天叢雲劍砍倒附近的芒草[47]，以免大火延燒過來。他清出一片安全區域，在此一邊等著大火熄滅，一邊想想是怎麼吃了這個虧的。

回去後，倭建命先收拾了土豪報了仇，之後繼續趕路。倭建命思考了一下，若前面盡是這種不懷好意的小土豪，那這趟東征何時才能結束啊！自己可是還急著回程時娶親耶！所以他決定搭船走海路，直奔上總國（千葉縣）。船行至走水海[48]時，突然變得風大浪大，眼看就要將整艘船捲進海中。弟橘姬知道這是海神在發怒，一定要個血統身分都不一般的活人當祭品才能平息，於是二話不說縱身跳進海中。凶險的海象居然就立刻風平浪靜。

倭建命不解老婆為什麼可以這麼果決地縱身跳海，但終究是為了夫君而犧牲的，這讓他悲痛至極。日後，他平定東國，登上足柄山。看著眼下所打下的江山及創建的功績，想到這都是拜老婆當日的犧牲所致，不禁悲愴地呼喊道：「吾妻啊！吾妻～」。「吾妻」讀作「あづま」。倭建命口中的「あづま」，究竟是吾妻弟橘姬？或是眼下東方的這片江山呢[49]？也許都是吧。

喪妻的打擊似乎激發出倭建命更高的戰鬥力。蝦夷部落降伏、東邊諸國再度效忠，東征大業須臾之間便完成了。即便不久前仍為亡妻傷心難過，現在似乎也為自己的功績而飄飄然。回程路上，他邊走邊享受，回到了尾張也沒忘記立刻與地方美人完婚。想想父皇既然這麼討厭我，乾脆就先在這裡住一段，每天與美人耳鬢廝磨，樂不思蜀。

某日，倭建命獲報「伊服岐山」[50]有荒神作亂。他是經歷大風大浪之人，想說這回對手不過是個地方小荒神，不足為懼，所以連「天叢雲劍」都沒帶上便攻上山。突然看到一隻白色山豬亂竄，倭建命認為這是荒神派出的神使[51]，沒放在心上，但此舉卻讓荒神玻璃心碎。因為那頭白山豬就是荒神的正體。惱羞成怒的荒神於是招來一場含有毒氣的冰雹，讓倭建命身受重創。

死命逃脫的倭建命，意識到自己時日無多。此時心之所嚮，莫過回家二字。無論父皇對他有什麼芥蒂，也一定要回到大和。他努力拖著病軀朝故鄉前進，到伊勢的能須野[52]時，卻已動彈不得。魂歸故土如此簡單的心願，對這位縱橫日本的一代英雄而言，終究只是個遙不可及夢想。

45. 當時的蝦夷是對未受大和朝廷統治的部族之蔑稱，集中於關東延伸至東北的廣大地域。並非只指今日的北海道愛奴族。
46. 愛知縣名古屋市一帶。
47. 由於這段用劍砍草的經歷，天叢雲劍又有「草薙劍」之稱。
48. 神奈川縣橫須賀市附近海面。
49. 「あづま」的漢字可表記成「吾妻」，也可表記成「東」。
50. 即今日的伊吹山。位於滋賀縣。
51. 神的使者。座前小嘍囉。
52. 位於今日的三重縣。

單字

1. **遠《とお》ざける**：動 遠離
2. **折《おり》しも**：副 正好當時
3. **出立《しゅったつ》**：名 出發；開始
4. **薙《な》ぎ倒《たお》す**：動 撥開；擊潰
5. **悪巧《わるだく》み**：名 奸計
6. **途端《とたん》に**：副 瞬間
7. **わだかまり**：名 心結

句型

●～にあたり：在～之前、～之際　名詞／動詞｛辭書形｝　にあたり

<例>海外旅行《かいがいりょこう》をするにあたり、ネットでその国《くに》の気候《きこう》や風習《ふうしゅう》などを調《しら》べておいたほうがいい。
要前往國外旅遊之前，建議先網路調查好該國的天氣與風俗習慣。

●～に足《た》らん：不足以～　名詞／動詞｛辭書形｝　に足《た》らない

*同「に足《た》りない・に足《た》らない」，「に足《た》りる」之否定

<例>そんな失敗《しっぱい》、誰《だれ》にでもあるもので、取《と》るに足《た》らないことなので気《き》にすることはない。
那種失敗誰都經歷過，是不足掛心的事，毋須在意。

028

海外《かいがい》遠征《えんせい》に勝利《しょうり》した神功皇后《じんぐうこうごう》

倭健命《やまとたけるのみこと》死去《しきょ》後《ご》のある日《ひ》、慟哭《どうこく》に暮《く》れる妻子《さいし》たちの元《もと》に一羽《いちわ》の白鳥《はくちょう》が舞《ま》い降《お》りた。白鳥《はくちょう》は妻子《さいし》たちの元《もと》にしばらく留《とど》まった後《あと》、大和《やまと》の方《ほう》へ飛《と》んでいった。人々《ひとびと》は、白鳥《はくちょう》は倭健命《やまとたけるのみこと》の化身《けしん》であり、生前《せいぜん》に果《は》たせなかった故郷《こきょう》の大和《やまと》に帰《かえ》るという最後《さいご》の願《ねが》いを叶《かな》えるために現《あらわ》れたのだと信《しん》じた。白鳥《はくちょう》が大和《やまと》へ飛《と》び去《さ》ってから間《ま》もなく、父《ちち》の景行天皇《けいこうてんのう》も崩御《ほうぎょ》した。跡《あと》を継《つ》いだのは第十三代《だいじゅうさんだい》成務天皇《せいむてんのう》だ。だが、成務天皇《せいむてんのう》は跡継《あとつ》ぎが生《う》まれる前《まえ》に没《ぼっ》した。臨終《りんじゅう》の直前《ちょくぜん》、成《せい》務天皇《むてんのう》は血縁《けつえん》と年齢《ねんれい》を考慮《こうりょ》して、ある兄弟《きょうだい》の息子《むすこ》を後継者《こうけいしゃ》に選《えら》んだ。

その兄弟《きょうだい》とは倭健命《やまとたけるのみこと》だ。倭健命《やまとたけるのみこと》の息《むす》子《こ》が第十四代天皇《だいじゅうよんだいてんのう》（仲哀天皇《ちゅうあいてんのう》）となった。倭健命《やまとたけるのみこと》の家系《かけい》に皇位《こうい》が継承《けいしょう》され、倭健命《やまとたけるのみこと》の苦労《くろう》は天《てん》に報《むく》われたといえる。仲哀天皇《ちゅうあいてんのう》は即位《そくい》後《ご》、皇室《こうしつ》の遠《とお》い親戚《しんせき》に当《あ》たる女性《じょせい》を皇后《こうごう》とした。

ある日《ひ》、仲哀天皇《ちゅうあいてんのう》は軍事会議《ぐんじかいぎ》で西《にし》の熊《くま》襲討伐《そとうばつ》を決定《けってい》した。その時《とき》、皇后《こうごう》が突《とつ》然気《ぜんき》を失《うしな》った。その後《ご》、目《め》を覚《さ》ました皇后《こうごう》は神《かみ》を名乗《なの》り、次《つぎ》のようなお告《つ》げをした。「貧《まず》しい熊襲《くまそ》を討伐《とうばつ》しても何《なん》の得《とく》にもならない。それよりも西《にし》の方《ほう》にある金銀財宝《きんぎんざいほう》に満《み》ちた豊《ゆた》かな国《くに》を攻《せ》めよ」。皇后《こうごう》の身《み》に**乗《の》り移《うつ》っ**[1]た神《かみ》のお告《つ》げだったため、天皇《てんのう》は多少《たしょう》は信《しん》じたが、高《たか》い所《ところ》から西《にし》の方《ほう》を眺《なが》めやってもそのような国《くに》は見《み》えなかったので、お告《つ》げの内容《ないよう》に消極的《しょうきょくてき》になった。すると、その態度《たいど》が神《かみ》の**逆鱗《げきりん》に触《ふ》れ**[2]たのか、仲《ちゅう》哀天皇《あいてんのう》は**ほどなく**[3]不審《ふしん》な死《し》を遂《と》げた。

朝廷中《ちょうていじゅう》が騒然《そうぜん》となる中《なか》、神《かみ》は再《ふたた》び皇后《こうごう》の身《み》に乗《の》り移《うつ》り、改《あらた》めて西《にし》の国《くに》を攻《せ》めよと告《つ》げた上《うえ》で、その豊《ゆた》かな国《くに》は朝鮮《ちょうせん》半島《はんとう》の新羅《しらぎ》であることと、新羅《しらぎ》の攻《せ》め方《かた》を伝《つた》えた。神《かみ》がそこまで明言《めいげん》した以《い》上《じょう》、信《しん》じるしかなかった。皇后《こうごう》は自《みずか》ら総大将《そうだいしょう》となり、夫《おっと》の代《か》わりに遠征《えんせい》に出《で》ると申《もう》し出《で》た。幼少《ようしょう》から聡明《そうめい》で身分《みぶん》も申《もう》し分《ぶん》ない皇后《こうごう》が軍《ぐん》を統率《とうそつ》することに誰一人《だれひとり》反対《はんたい》する者《もの》はいなかった。だが、遠征《えんせい》に向《む》け軍隊《ぐんたい》の準備《じゅんび》が進《すす》められる中《なか》、皇后《こうごう》は自《みずか》らの体《からだ》の変化《へんか》に気《き》づいた。

皇后《こうごう》は**身《み》ごもっ**[4]ていたのだ。そのため、この度《たび》の遠征《えんせい》が**立《た》ち消《ぎ》え**[5]になり、再《ふたた》び神《かみ》の怒《いか》りを招《まね》くのではないかという不安《ふあん》が群臣《ぐんしん》の間《あいだ》に広《ひろ》がった。今《いま》は人心《じんしん》を安定《あんてい》させねばならないと考《かんが》えた皇后《こうごう》は、精進潔斎《しょうじんけっさい》を行《おこな》い、海水《かいすい》で髪《かみ》をすすいだ。すると髪《かみ》が二《ふた》つに分《わ》かれたので、皇后《こうごう》は髪《かみ》を束《たば》ねて男子《だんし》の髪型《かみがた》にした。そして群臣《ぐんしん》に向《む》かって「これも天意《てんい》だ。身《み》ごもった体《からだ》ではあるが、私《わたし》はこの髪型《かみがた》で男《おとこ》となり、夫《おっと》に代《か》わって遠征《えんせい》に出《で》る」と宣言《せんげん》した。

皇后《こうごう》の決意《けつい》は群臣《ぐんしん》を奮《ふる》い立《た》たせ、風《かぜ》と海《うみ》の魚《さかな》をも動《うご》かした。朝廷軍《ちょうていぐん》の船《ふね》に追《お》い風《かぜ》が吹《ふ》き、さらに海原《うなばら》を泳《およ》ぐ魚《さかな》が集《あつ》まって来《き》て、船《ふね》を背負《せお》って走《はし》った。**あたかも**[6]高速《こうそく》ホバークラフトのように波《なみ》の上《うえ》をグングンと朝鮮半島《ちょうせんはんとう》まで進《すす》んだのだ。その勢《いきお》いに新羅《しらぎ》の人々《ひとびと》は**恐《おそ》れをなし**[7]、抵抗《ていこう》することなく降伏《こうふく》した。大喜《おおよろこ》びの皇《こう》后《ごう》は新羅王《しらぎおう》を許《ゆる》し、年貢納入《ねんぐのうにゅう》だけを命《めい》じた。その寛大《かんだい》な対応《たいおう》に同《おな》じ朝鮮半島《ちょうせんはんとう》の百済《くだら》と高句麗《こうくり》も降伏《こうふく》し、年貢納入《ねんぐのうにゅう》を誓《ちか》った。皇后《こうごう》の軍隊《ぐんたい》は船《ふね》を高速《こうそく》で走《はし》らせただけで豊《ゆた》かな朝鮮半島《ちょうせんはんとう》の三国《さんごく》を配《はい》下《か》に収《おさ》め、朝貢《ちょうこう》を約束《やくそく》させたのだから、非常《ひじょう》に得《とく》をしたと言《い》える。

皇后《こうごう》は大和《やまと》へ戻《もど》る途中《とちゅう》、九州北部《きゅうしゅうほくぶ》に立《た》ち寄《よ》った。身《み》ごもっている子《こ》が生《う》まれそうになったため、先《さき》に出産《しゅっさん》を済《す》ませようと思《おも》ったのだ。皇后《こうごう》は天《てん》のご加《か》護《ご》により、遠征《えんせい》からの凱旋《がいせん》を果《は》たし、皇子《おうじ》を出産《しゅっさん》することもできた。亡《な》き天《てん》皇《のう》の直系長男《ちょっけいちょうなん》であり、輝《かがや》かしい戦果《せんか》を上《あ》げた母《はは》から生《う》まれた皇子《おうじ》は、次《つぎ》の天《てん》皇《のう》になることが約束《やくそく》されていた。だが、皇子誕生《おうじたんじょう》の知《し》らせに、皇位継承《こういけいしょう》の可能《かのう》性《せい》があった皇族《こうぞく》は脅威《きょうい》を抱《いだ》き、皇后《こうごう》と皇子《おうじ》が大和《やまと》へ戻《もど》ってこれないように画策《かくさく》した。

しかし、修羅場《しゅらば》を経験《けいけん》してきた聡明《そうめい》な皇后《こうごう》にとって、そのような企《たくら》みなど何《なん》でもなかった。皇后《こうごう》はまず「皇子逝去《おうじせいきょ》」の偽情報《にせじょうほう》を流《なが》し、敵《てき》の警戒心《けいかいしん》を解《と》いた。それから海上《かいじょう》の封鎖網《ふうさもう》を突破《とっぱ》し、あっという間《ま》に大和《やまと》入《い》りを果《は》たした。皇子死去《おうじしきょ》の情報《じょうほう》が嘘《うそ》だったこと、皇后《こうごう》が既《すで》に大和《やまと》に戻《もど》り朝廷《ちょうてい》を掌握《しょうあく》したことを知《し》った敵対勢力《てきたいせいりょく》は敗北《はいぼく》を認《みと》めた。こうして、皇位継承《こういけいしょう》を巡《めぐ》る争《あらそ》いは終止符《しゅうしふ》が打《う》たれた。

皇子《おうじ》は皇位《こうい》を継承《けいしょう》し、天皇《てんのう》（応神天皇《おうじんてんのう》）となった。応神天皇即位《おうじんてんのうそくい》まで摂政《せっしょう》を務《つと》めた皇后《こうごう》は、応神天皇《おうじんてんのう》の良《よ》き母《はは》であり、仲哀天皇《ちゅうあいてんのう》の良《よ》き妻《つま》であったが、それ以上《いじょう》に、朝鮮半島《ちょうせんはんとう》を征服《せいふく》し、大和《やまと》朝廷《ちょうてい》の威信《いしん》を最大限《さいだいげん》に高《たか》めた人物《じんぶつ》であり、その位置《いち》づけは西征《せいせい》・東征《とうせい》を果《は》たした義父《ぎふ》の倭健命《やまとたけるのみこと》に匹敵《ひってき》する。その比類《ひるい》のない功績《こうせき》が讃《たた》えられ、皇后《こうごう》には死後《しご》、「神功《じんぐう》」の諡号《しごう》が送《おく》られた。そう、皇后《こうごう》は歴史《れきし》に名《な》を馳《は》せる「神功皇后《じんぐうこうごう》」だったのだ。

出國比賽得冠軍的神功皇后

倭建命辭世後某日，一隻白天鵝飛降到慟哭的遺孀子息身旁，陪伴了他們一陣子後，再度展翅高飛，往大和方向飛去。衆人深信，這是倭建命靈魂的化身，爲的是完成他在人世間的最後心願：回到魂牽夢引的故鄉——大和。白天鵝飛回大和後不久，父親景行天皇也駕崩了。繼位者是第十三代的「成務天皇」。但這位天皇還來不及生下繼承人便駕崩了。臨終前，他考量血緣親疏及年紀長幼，選出了某位兄弟的兒子繼任。

這個某位兄弟不是別人，正是我們的老熟人，倭建命。由他兒子成爲第十四代的「哀仲天皇」。皇位的傳承最終還是回到倭建命這一系。看來，天道還是願意回報他的汗馬功勞。哀仲天皇繼位後，便從皇室遠親中挑了一位女子成親，立爲皇后。

某日，天皇召開軍事會議，打算出兵討伐西邊的熊襲。霎時，皇后突然昏厥。甦醒後自稱是某神祇，告訴衆人熊襲一窮二白，打贏了也撈不到油水。倒是其西還有一國，遍地黃金珠寶，富得流油。神明知道要找皇后附體，這讓天皇有點相信。但登高望遠，卻怎麼也看不到熊襲西邊還有什麼富國，態度也就轉爲消極。或許是因爲天皇忽視神諭惹怒了神明，不久後哀仲天皇也莫名其妙地駕崩了。

滿朝文武驚慌失措之餘，神明再度前來附體。這次除了再度強調西征的旨意外，還乾脆明指那個西邊富國就是朝鮮半島上的新羅，順道還指點了攻略方法。都講到這麼清楚了，由不得衆人不信。皇后自願代夫出

▲『名高百勇傳』中的「神功皇后」(歌川国芳)@Wikipedia

征，擔任總指揮。皇后自幼即以聰慧著稱，且以其身分統軍滿朝無人不服。就在眾人忙著整軍建武，擇日出征之時，皇后突然發現自己的身子有些尷尬。

原來皇后有了身孕。眾人又擔心這次出征會無疾而終，再度惹怒神明。皇后知道現在一定要做點什麼來安定人心。她齋戒沐浴，並以海水洗髮。長髮被海水分爲兩邊，正好可以如男子般綁成髮髻垂於耳前。她告訴眾人，此乃天意。就算有了身孕，她也將綁成男人的髮髻，扮成男相代夫出征。

這樣的決心不但激勵了士氣，甚至感動了風向及魚蝦。大和朝廷的船隊不但能順風航行，海裡的魚群還輪流拱著船底，讓船隊像是高速氣墊船般乘風破浪，平穩地衝向朝鮮半島。這氣勢讓新羅人看傻了，直接喪失抵抗意志要求投降。皇后鳳心大悅，饒恕新羅王，只要求年年入貢。如此宅心仁厚的戰後處置，讓半島上的百濟及高句麗也甘拜下風，願意按時納貢。皇后的軍隊打都沒打，只在公海上表演一段海上高速行軍就讓富到流油的半島三國願意稱臣納貢。大和朝廷這次眞是撿到了大便宜！

皇后凱旋回國，駛到北九州停靠。原來皇后感覺產期已至，先找地方生孩子比較重要。承蒙上天庇佑，皇后帶球出征不但凱旋而歸，上天還加碼讓她產下皇子。既是已故天皇的嫡長子，又有母親耀眼的戰功加持，這孩子一出生便註定要成爲下任天皇。但這消息讓朝廷中原本有望繼承皇位的皇族惶惶不安。他們密謀對策，結論是乾脆趁皇后皇子還在半路，就讓他們永遠回不了京。

皇后無比聰慧。她是見過大場面的人，這點小伎倆她根本不看在眼裡。她先是對外宣布皇子夭折，以麻痺敵人戒心。自己則想辦法穿越海上封鎖線，迅速回京。當敵對勢力知道皇子去世是假新聞的同時，也知道了皇后已回京重掌朝廷。大勢已去，只能認栽。一場政變消失於無形。

皇子繼位爲「應神天皇」。皇后攝政了一段時間後，將政權奉還。她是應神天皇的好母親，哀仲天皇的賢內助。更重要的，她征服朝鮮半島，將大和朝廷的威望推向高峰，地位足以比肩她那東征西討的公公倭建命。立下如此神聖無比的功績，使這位皇后逝後得到的諡號爲「神功」。是的。她就是名聞遐邇的「神功皇后」。

單字

1. **乗《の》り移《うつ》る**：動 神靈附身
2. **逆鱗《げきりん》に触《ふ》れる**：動 冒犯了上位者
3. **ほどなく**：副 不久之後
4. **身《み》ごもる**：動 懷孕
5. **立《た》ち消《ぎ》え**：名 計劃中斷
6. **あたかも**：副 彷彿；正值當時（此處解釋為前者）
7. **恐《おそ》れをなす**：敬而遠之

029

戦《たたか》わずに勝《か》った後継者《こうけいしゃ》

第十五代《だいじゅうごだい》応神天皇《おうじんてんのう》には三人《さんにん》の重要《じゅうよう》な皇子《おうじ》がいた。歳《とし》の順《じゅん》に上《うえ》から「大山《おおやま》」、「大雀《おおさざき》」、「宇治《うじ》」（略称《りゃくしょう》）だ。本来《ほんらい》なら応神天皇《おうじんてんのう》も日本中《にほんじゅう》を討伐《とうばつ》した祖父《そふ》（倭健命《やまとたけるのみこと》）、輝《かがや》かしい功績《こうせき》を立《た》てた母《はは》親《おや》に続《つづ》いて歴史《れきし》に偉大《いだい》な一頁《いちぺーじ》を刻《きざ》んで**然《しか》るべき**[1]だが、応神天皇《おうじんてんのう》の治世《ちせい》には特《とく》筆《ひつ》すべきことが少《すく》ない。応神天皇《おうじんてんのう》の特《とく》徴《ちょう》は、宇治《うじ》を寵愛《ちょうあい》していたことだ。

どれほど寵愛《ちょうあい》していたかというと、宇治《うじ》を皇太子《こうたいし》にしたほどだ。その頃《ころ》は直系長男《ちょっけいちょうなん》が跡《あと》を継《つ》ぐという考《かんが》え方《かた》が確《かく》立《りつ》していなかったため、天皇《てんのう》は自由《じゆう》に皇位継承者《こういけいしょうしゃ》を決《き》められた。とはいえ、

情理《じょうり》に反《はん》することをしてしまったのだ。

ある日《ひ》、天皇《てんのう》は大山《おおやま》と大雀《おおさざき》を呼び、こう尋《たず》ねた。「父親《ちちおや》にとって、年上《としうえ》の子《こ》と年《とし》下《した》の子《こ》と、どちらが可愛《かわい》いと思《おも》うか」。単刀《たんとう》直入《ちょくにゅう》に聞《き》かれた以上《いじょう》、遠回《とおまわ》しに答《こた》える必要《ひつよう》はない。大山《おおやま》は父《ちち》の質問《しつもん》の意図《いと》を悟《さと》った。「年上《としうえ》の子《こ》です。年上《としうえ》の子《こ》は親《おや》と苦労《くろう》を分《わ》かち合《あ》えますから」と答《こた》えた。すると、天皇《てんのう》は**眉根《まゆね》を寄《よ》せ**[2]、それからゆっくりと大雀《おおさざき》に視線《しせん》を移《うつ》した。大雀《おおさざき》は落《お》ち着《つ》いてこう答《こた》えた。「どちらが頼《たの》もしいかではなく、どちらが可愛《かわい》いかという質問《しつもん》でしたら、年下《としした》の子《こ》だと思《おも》います。年下《としした》の子《こ》は親《おや》をハラハラさせることもありますが、一挙一動《いっきょいちどう》が可愛《かわい》らしいですから」。その答《こた》えに満足《まんぞく》した天皇《てんのう》は大雀《おおさざき》に笑顔《えがお》を見《み》せた。

それから間《ま》もなく、天皇《てんのう》は次《つぎ》の決定《けってい》を下《くだ》した。予想通《よそうどお》り、最《もっと》も可愛《かわい》がる宇治《うじ》が皇太子《こうたいし》に選《えら》ばれ、大雀《おおさざき》は皇太子《こうたいし》の補佐《ほさ》を任《にん》じられた。父親《ちちおや》の意図《いと》を読《よ》み間違《まちが》えた大山《おおやま》は山林《さんりん》の管理《かんり》を命《めい》じられた。

全《すべ》ての段取《だんど》りが整《ととの》った翌年《よくとし》、応神天皇《おうじんてんのう》は**思《おも》い残《のこ》す**[3]ことなく息《いき》を引《ひ》き取《と》った。

宇治《うじ》が父《ちち》の葬儀《そうぎ》と自《みずか》らの即位《そくい》の準備《じゅんび》を進《すす》めていた時《とき》のこと。大雀《おおさざき》が慌《あわ》てた様子《ようす》でやって来《き》た。大山《おおやま》が天皇《てんのう》を自称《じしょう》し、軍隊《ぐんたい》を集《あつ》めて宇治《うじ》を殺害《さつがい》しようとしているというのだ。大山《おおやま》が素直《すなお》に山林管理《さんりんかんり》の任《にん》に赴《おもむ》いたことを怪《あや》しんだ大雀《おおさざき》は大山《おおやま》を監視《かんし》していた。すると、大山《おおやま》が密《ひそ》かに軍勢《ぐんぜい》を集《あつ》めていることが明《あき》らかになり、応神天皇《おうじんてんのう》が逝去《せいきょ》した今《いま》、弟《おとうと》を倒《たお》そうとしているというわけだ。驚《おどろ》いた宇治《うじ》は「兄《にい》さん、なんとかしてください」と頭脳明晰《ずのうめいせき》な大雀《おおさざき》の裾《すそ》に**すがって**[4]助《たす》けを求《もと》めた。「大丈夫《だいじょうぶ》だ。手《て》は打《う》ってある。逆賊《ぎゃくぞく》め、後悔《こうかい》させてやる」。大雀《おおさざき》はニヤリと笑《わら》った。

権力闘争《けんりょくとうそう》を描《えが》いた宮廷《きゅうてい》ドラマに馴染《なじ》みの読者《どくしゃ》は既《すで》にお察《さっ》しだろう。大雀《おおさざき》は腹黒策士《はらぐろさくし》に違《ちが》いない。時機《じき》を見《み》て、相手《あいて》が先《さき》に動《うご》くまで手《て》を出《だ》さないのがこの手《て》の人物《じんぶつ》の**やり口《くち》**[5]だ。父《ちち》が弟《おとうと》を可愛《かわい》がっていた時《とき》は手《て》が出《だ》せなかったが、父《ちち》が亡《な》くなるや監視《かんし》の目《め》を張《は》り巡《めぐ》らせ、罠《わな》を仕掛《しか》けた。大山《おおやま》が本当《ほんとう》に謀反《むほん》したのか、大雀《おおさざき》が**でっち上《あ》げ**[6]たのかは不明《ふめい》だが、兄弟《きょうだい》の分断《ぶんだん》を図《はか》ったのは確《たし》かだ。

いずれにせよ、歴史《れきし》とは勝者《しょうしゃ》が記《しる》すものだ。勝者《しょうしゃ》が裏《うら》でどれほど汚《きたな》い真似《まね》をしていたかなど歴史書《れきししょ》を隅《すみ》から隅《すみ》まで調《しら》べても出《で》てこない。

何《なに》はともあれ[7]、「忠義深《ちゅうぎぶか》い」補佐役《ほさやく》の大雀《おおさざき》が、大山《おおやま》が謀反《むほん》したと皇太子《こうたいし》に知《し》らせた。皇太子《こうたいし》としては補佐役《ほさやく》が反逆者《はんぎゃくしゃ》を討伐《とうばつ》することを期待《きたい》するしかなかった。大義名分《たいぎめいぶん》を得《え》た大雀《おおさざき》は憚《はばか》ることなく朝廷《ちょうてい》の権力《けんりょく》を利用《りよう》し、最大《さいだい》の政敵《せいてき》の除去《じょきょ》に動《うご》いた。その結果《けっか》、大山《おおやま》は罠《わな》にかかり、溺死《できし》した。皇太子《こうたいし》は大雀《おおさざき》に感謝《かんしゃ》し、ますます大雀《おおさざき》を信頼《しんらい》するようになった。

以上《いじょう》がこの権力闘争《けんりょくとうそう》の大要《たいよう》であり、古《こ》事記《じき》にそれ以上《いじょう》の記述《きじゅつ》はない。

恐《おそ》ろしい権力闘争《けんりょくとうそう》を経《へ》て、皇太子《こうたいし》は皇位継承《こういけいしょう》に自信《じしん》と関心《かんしん》を失《うしな》ったようだ。

単純《たんじゅん》な性格《せいかく》で、政治《せいじ》や争《あらそ》いに疎《うと》かったから、父親《ちちおや》に可愛《かわい》がられていたのだろう。皇室《こうしつ》に生《う》まれ、後継者《こうけいしゃ》に選《えら》ばれたために、兄弟同士《きょうだいどうし》が争《あらそ》うことになり、その影響《えいきょう》で厭世的《えんせいてき》になった。そして、政治《せいじ》や争《あらそ》いに長《た》け、皇位《こうい》にも関心《かんしん》がありそうな大雀《おおさざき》に皇位《こうい》を譲《ゆず》れば、命《いのち》を救《すく》ってくれた恩返《おんがえ》しにもなると考《かんが》えた。

大雀《おおさざき》がただの忠実《ちゅうじつ》な補佐役《ほさやく》に満足《まんぞく》していなかったのは事実《じじつ》だ。ただ、「戦《たたか》わずして勝《か》つ」を人生訓《じんせいくん》とする権力闘争《けんりょくとうそう》の達人《たつじん》の大雀《おおさざき》は、自《みずか》ら皇位《こうい》を求《もと》めたのでなく、皇位《こうい》を押《お》し付《つ》けられたのだと人々《ひとびと》に思《おも》わせる必要《ひつよう》があった。そのため、皇太子《こうたいし》が皇位《こうい》を大雀《おおさざき》に譲《ゆず》ろうとすればするほど、大雀《おおさざき》は皇位《こうい》を望《のぞ》まない振《ふ》りをした。そんなことを三年《さんねん》ほど繰《く》り返《かえ》し、後継者《こうけいしゃ》が決《き》まらないうちに、皇太子《こうたいし》は逝去《せいきょ》した。皇太子《こうたいし》の死《し》にも怪《あや》しい点《てん》はあったのだが、もはや気《き》にする者《もの》はいなかった。大雀《おおさざき》は皆《みな》にこう宣言《せんげん》した。「国家《こっか》には主君《しゅくん》がなくてはならない。不才《ふさい》ながら、私《わたし》が**やむをえず**[8]皇位《こうい》を引《ひ》き継《つ》ぐことにした」。

こうして大雀《おおさざき》は天皇《てんのう》に即位《そくい》した。第《だい》十六代仁徳天皇《じゅうろくだいにんとくてんのう》の誕生《たんじょう》だ。

不爭是爭的繼承人

第十五代「應神天皇」的皇子中，重要的有三位。老大「大山」[53]，老二「大雀」[54]，老么姑且稱「小宇」[55]。應神天皇有個建立神聖功績的母親，又有個打遍全日本的武尊爺爺，理應承先啓後，親自在史書中寫下不朽的一頁。可惜他的治世有些乏善可陳。讓人印象深刻的，是他超級寵愛么兒「小宇」。

有多寵呢？寵到直接立爲皇太子。照說在嫡長子繼承還沒確立的年代，天皇要傳給誰本來就隨他高興。但天皇卻做了一件頗不近人情的事。某日，他把大山與大雀叫過來詢問：你們覺得，有一堆兒子的父親，會覺得年長的可愛呢？還是最年幼的可愛？

大山當然知道父皇問這題是在盤算些什麼。既然您都開門見山了，那我也不兜圈子。「當然是年長的可愛，因爲年長的能爲父母分憂解勞。」大山朗聲答道。父親眉頭一皺，緩緩將視線移向大雀。「您問的是可愛，不是可靠。最年幼的兒子有時會讓父母心急如焚，行爲舉止卻又能讓父母噗哧一笑。所以我想是最年幼的可愛。」大雀平靜地答道。父親聽完，滿意地對他笑了笑。

不久，天皇公布了他的決斷。最受寵的么兒小宇不意外地被封爲皇太子。次子大雀被封爲太子的輔佐。至於無法察顏悅色的長子大山，則被派去看守大山，管理林木。一切都安排妥當後的隔年，應神天皇便無牽無掛地走了。

某日，小宇一邊治喪、一邊著手登基準備，大雀急急忙忙進宮向他報告。原來大雀早就覺得大山會這麼順從地前去守大山，一定大有問題。他佈下眼線，果然發現大山一直在招兵買馬。現在父皇駕崩，他已準備好帶著部隊殺下山，自立爲天皇。小宇一聽六

▲『東錦昼夜競』中的「仁德天皇」(部分)(楊洲周延)@Wikipedia

神無主，拉拉大雀的衣角道：「哥！怎麼辦？你智略過人，一定要幫幫我啊！」「弟弟別擔心！哥已經幫你佈置好了。就任憑逆賊攻過來吧！我保證他會後悔！」大雀說完，留下一抹神秘的微笑。

至此，熟悉宮鬥劇的讀者大概都了然於心了。大雀肯定是個超級腹黑的宮鬥高手。這種人會看準時機才出手，而且前奏一定是「對方先的」這四字。父皇在世時屬意小弟，所以大雀不出手。父皇走後，大雀趕緊佈下眼線及陷阱。或許大山眞的想謀反，也或許大雀親自加工，他藉此秘密挑撥離間。反正史書是勝利者所寫。至於勝利者有沒有暗中幹盡齷齪事，翻遍史書你也看不到。

總之，逆賊大山謀反了。輔佐人大雀忠義，向皇太子通風報信。皇太子只能指望輔佐人平叛。大雀得到大義名分，豪不客氣地使用公家資源除去自己的頭號政敵。之後就是大山中計，溺水而亡。皇太子對大雀感激涕零，益發信任有加。大致上就是這場宮鬥的始末，也是古事記上看的到的部分。

皇太子或許經歷此次驚滔駭浪後，對繼位這檔事失去了信心及興趣。他可能只是個心性單純，不諳政治與鬥爭的孩子，所以父皇才覺得他特別可愛吧。無奈生在帝王家，又被指名繼任皇位，所以搞到兄弟反目，搞得他厭世。剛好大雀不只諳於政治與鬥爭，還皇位特別感興趣，那乾脆就讓給他吧。再怎麼說，自己這條命確實是大雀救的，讓位給他也算是還他恩情。

大雀確實不只想當一個忠心耿耿的輔佐人。「爭是不爭，不爭是爭」這八字在別人看來是繞口令，但他看來就是奧義。像大雀這樣的宮鬥高手還有一個特性。一定要讓所有人看起來會覺得，皇位是別人想丟給他，而不是自己想撿。皇太子越想讓，他就表現得越不想接。一推一辭的戲碼演了三年，還沒讓出個結論，皇太子居然就先走一步了。雖說仔細想想，皇太子的死因也是有些可疑，但這時已經沒人在意了。大雀向全天下表示：國不可一日無君。在下雖不才，但也只好勉爲其難地接受了。

大雀繼位。第十六代的「仁德天皇」是也。

53. 古事記中表記爲「大山守命」。
54. 古事記中表記爲「大雀命」。
55. 古事記中表記爲「宇遲能和紀郎子」，日本書記中則表記爲「菟道稚郎子」。無論何者，前兩字的發音均爲「うぢ」或「うじ」。意指今日的「宇治」。

單字

1. 然《しか》るべき：連 理所當然的
2. 眉根《まゆね》を寄《よ》せる：動 皺眉，意即感到不悅
3. 思《おも》い残《のこ》す：動 毫無眷戀
4. すがる：動 緊抓住、求助於對方
5. やり口《ぐち》：名 手法
6. でっち上《あ》げる：動 憑空捏造
7. 何《なに》はともあれ：總之
8. やむをえず：逼不得已只好

コラム

030

野心《やしん》と執念《しゅうねん》？捏造《ねつぞう》の人物《じんぶつ》も征韓《せいかん》か？

歴史上《れきしじょう》、日本《にほん》は幾度《いくど》となく朝鮮半島《ちょうせんはんとう》に干渉《かんしょう》し、出兵《しゅっぺい》したこともある。日本《にほん》は長《なが》きにわたり朝鮮半島《ちょうせんはんとう》を足掛《あしが》かりにアジア大陸進出《たいりくしんしゅつ》を狙《ねら》っていたというのが主流《しゅりゅう》の考《かんが》え方《かた》だが、神功皇后《じんぐうこうごう》の征韓《せいかん》も大陸進出《たいりくしんしゅつ》が目的《もくてき》だったとするのは偏《かたよ》った見方《みかた》だろう。

神功皇后《じんぐうこうごう》の時代《じだい》、ユーラシア大陸《たいりく》の先端技術《せんたんぎじゅつ》は朝鮮《ちょうせん》を経由《けいゆ》して日本《にほん》に伝《つた》えられた。朝鮮《ちょうせん》で動乱《どうらん》があればその経路《けいろ》が断《た》たれ、日本《にほん》は耐《た》え難《がた》い損失《そんしつ》を被《こうむ》る。今日《こんにち》で言《い》えば、エネルギー、原料輸送《げんりょうゆそう》のための海《うみ》の生命線《せいめいせん》が断《た》たれるのと同《おな》じことだ。いかなる国《くに》であろうと、国力《こくりょく》さえあれば、他国《たこく》に軍事介入《ぐんじかいにゅう》してでもそのような生命線《せいめいせん》を確保《かくほ》しようとする。

古代日本史《こだいにほんし》の研究《けんきゅう》によると、神功皇后《じんぐうこうごう》は実在《じつざい》の人物《じんぶつ》ではなかったようだ。ある学者《がくしゃ》によれば、神功皇后《じんぐうこうごう》の事績《じせき》は斉明天皇《さいめいてんのう》をモデルに作《つく》られたもので、神功皇后《じんぐうこうごう》の征韓《せいかん》を実証《じっしょう》する権威《けんい》ある歴史的《れきしてき》な記録《きろく》はないという。ただ、神功皇后《じんぐうこうごう》が捏造《ねつぞう》された人物《じんぶつ》だとしても、神功皇后《じんぐうこうごう》が古事記《こじき》に登場《とうじょう》することは、少《すく》なくとも以下《いか》の二《ふた》つの事実《じじつ》を示《しめ》している。

一《ひと》つは、大和朝廷《やまとちょうてい》が朝鮮半島《ちょうせんはんとう》に出兵《しゅっぺい》したことがあるということだ。前述《ぜんじゅつ》した先端技術《せんたんぎじゅつ》の伝来《でんらい》ルート確保《かくほ》という目的《もくてき》に加《くわ》え、朝鮮半島《ちょうせんはんとう》には「任那府《みまなふ》」という大和朝廷《やまとちょうてい》の植民地《しょくみんち》のような「飛《と》び地《ち》」があったため、そこの安全《あんぜん》を守《まも》るために出兵《しゅっぺい》するのはごく自然《しぜん》なことだ。二《ふた》つ目《め》は、大和朝廷《やまとちょうてい》と朝鮮半島《ちょうせんはんとう》の政権《せいけん》との間《あいだ》には元々密接《もともとみっせつ》な関係《かんけい》があったということだ。天皇《てんのう》の多《おお》くが朝鮮系《ちょうせんけい》の血《ち》をひく妃《きさき》から生《う》まれており、大和朝廷《やまとちょうてい》の統治者《とうちしゃ》が朝鮮半島《ちょうせんはんとう》に目《め》を向《む》けていたのは当然《とうぜん》のことだ。現代《げんだい》の民族国家《みんぞくこっか》の観点《かんてん》から一概《いちがい》に侵略《しんりゃく》と決《き》めつけることはできない。

朝鮮出兵《ちょうせんしゅっぺい》はあった。ただ、その目的《もくてき》がアジア大陸侵略《たいりくしんりゃく》だったかといえば、答《こた》えはノーだろう。少《すく》なくとも日本古代史《にほんこだいし》からそのような結論《けつろん》は出《で》てこない。

野心與執念？即使捏造的人物也要征韓？

歴史上，日本多次插手朝鮮半島的事務，更不乏直接出兵干預的實例。主流觀點認爲，這是因爲長久以來，日本意欲以朝鮮半島爲跳板進軍亞洲大陸，進出朝鮮只爲取道。若依這樣的觀點，則神功皇后的征韓也是爲了進軍大陸，恐怕失之偏頗之嫌。

▲朝鮮遠征（月岡芳年）@Wikipedia

在神功皇后時代的日本，朝鮮是歐亞大陸先進技術進入日本的必經途徑。只要朝鮮發生動亂，這條渠道就會中斷，對日本而言是無法承受的損失。以今日觀念而言，如同被切斷了運送能源及原料的海上生命線。因此，任何國家只要實力許可一定會加以確保，即便以軍事干涉他國也在所不惜。

在古代日本史的研究中，神功皇后似乎不是一個實存人物。有學者認爲她的事蹟是以齊明天皇[56]爲模型所塑造的，而她的征韓之舉，似乎也找不到權威的歷史紀錄予以證實。即便這眞的是一個捏造的人物，但她出現於古事記中，至少揭露了以下兩個事實。

其一，大和朝廷確實曾出兵朝鮮半島。除了上述的確保先進技術管道這個理由，大和朝廷也曾在朝鮮半島上有個類似殖民地的「飛び地」[57]，名爲「任那府」。爲確保任那的安全，大和朝廷會出兵朝鮮半島，也是極其自然的結論。其二，大和朝廷與朝鮮半島上的政權，本來就有著千絲萬縷的關係。許多天皇是由朝鮮血統的妃子所生[58]，所以大和朝廷的統治者很自然會將視野擴及朝鮮半島。我們無法以現代民族國家的概念，一概認定這是侵略。

出兵朝鮮是事實，但目的是爲了侵略亞洲大陸而借道朝鮮？恐怕答案是否定的，至少就日本古代史，看不出這樣的結論。

56. 齊明是繼推古之後的第二位女性天皇。第一次登基爲第三十五代的皇極天皇，第二次登基爲第三十七代的齊明天皇。西元六百年，應百濟的要求，出兵朝鮮半島以支援。她御駕親征，但在北九州的筑紫朝倉宮病逝。

57. 「飛び地」意即與主要領土沒有任何連接，宛若飛出去而自行獨立的一塊領土。

58. 例如依據古事記的紀載，神功皇后的先祖也具有來自新羅的王子之血緣。神功皇后所生的天皇及後代，亦可謂具有朝鮮血統。明仁天皇也曾公開承認直系先祖桓武天皇的生母是百濟妃子。

031

本当《ほんとう》に聖帝《ひじりのみかど》？

　大阪府堺市《おおさかふさかいし》にある大仙陵古墳《だいせんりょうこふん》。秦《しん》の始皇帝陵《しこうていりょう》、エジプトのピラミッドより大《おお》きい世界最大《せかいさいだい》の古墳《こふん》だ。宮内庁《くないちょう》によれば、大仙陵古墳《だいせんりょうこふん》には第十六代仁徳天皇《だいじゅうろくだいにんとくてんのう》が眠《ねむ》っているという。

　奈良《なら》を中心《ちゅうしん》に勢力《せいりょく》を誇《ほこ》った大和朝廷《やまとちょうてい》の仁徳天皇《にんとくてんのう》の陵墓《りょうぼ》がなぜ大阪《おおさか》にあるのだろうか。実《じつ》は、仁徳天皇《にんとくてんのう》は即位後《そくいご》、何《なに》かから逃《に》げるように都《みやこ》を難波《なんば》（大阪《おおさか》）の高津宮《たかつのみや》に移《うつ》したのだ。亡《な》き兄弟《きょうだい》の亡《ぼう》霊《れい》から逃《のが》れたかったのだろうか。歴史《れきし》書《しょ》に関連《かんれん》の記述《きじゅつ》がないため、真相《しんそう》は知《し》る由《よし》もない。

　難波《なんば》に都《みやこ》が移《うつ》された後《あと》のある日《ひ》のこ

と。仁徳天皇《にんとくてんのう》が高台《たかだい》から遠《とお》くを眺《なが》めやったところ、家々《いえいえ》の竈《かまど》から食《た》べ物《もの》を煮《に》炊《た》きする煙《けむり》が殆《ほとん》ど立《た》ち上《のぼ》っていなかった。多《おお》くの民《たみ》が毎日《まいにち》の食事《しょくじ》も**ままならない**[1]状態《じょうたい》だったのだ。倭健命《やまとたけるのみこと》と神宮皇后《じんぐうこうごう》の代《だい》に大和朝廷《やまとちょうてい》が戦費《せんぴ》調達《ちょうたつ》のために毎年《まいとし》増《ぞう》税《ぜい》をしていたためで、このままでは国《くに》の根幹《こんかん》が崩《くず》れると懸念《けねん》した天皇《てんのう》は、税《ぜい》の徴収《ちょうしゅう》を三年間《さんねんかん》やめることにした。また、自《みずか》らも生活《せいかつ》を**切《き》り詰《つ》め**[2]、日々《ひび》の支出《ししゅつ》を大幅《おおはば》に削減《さくげん》した。

その間《かん》は皇居《こうきょ》が雨漏《あまも》りしても修繕《しゅうぜん》しなかったという。こうして三年《さんねん》が過《す》ぎた後《あと》、天皇《てんのう》が再《ふたた》び国見《くにみ》をすると、家々《いえいえ》の竈《かまど》から立《た》ち上《のぼ》る炊事《すいじ》の煙《けむり》が三年前《さんねんまえ》と比《くら》べて**見違《みちが》える**[3]ように増《ふ》えていた。喜《よろこ》んだ天皇《てんのう》は再《ふたた》び税《ぜい》を課《か》したが、税金《ぜいきん》が重《おも》くなりすぎないように注意《ちゅうい》し、徴収《ちょうしゅう》した税《ぜい》も軍事《ぐんじ》ではなく、大規模《だいきぼ》な治水事業《ちすいじぎょう》に充《あ》てた。そして、その治水事業《ちすいじぎょう》の成《せい》功《こう》により河内平野《かわちへいや》の開発《かいはつ》が可能《かのう》となり、食糧《しょくりょう》の収穫《しゅうかく》が増《ふ》えたことで、国全体《くにぜんたい》の経《けい》済《ざい》が良《よ》い方向《ほうこう》に回《まわ》るようになり、朝廷《ちょうてい》と民《たみ》の双方《そうほう》が恩恵《おんけい》を受《う》けた。民《たみ》を大切《たいせつ》にし、民《たみ》のための政治《せいじ》を行《おこな》った仁徳天《にんとくてん》皇《のう》は、その諡号《しごう》に恥《は》じない天皇《てんのう》だった。

仁徳天皇《にんとくてんのう》の陵墓《りょうぼ》が世界最大《せかいさいだい》だからといって、仁徳天皇《にんとくてんのう》の虚栄心《きょえいしん》が強《つよ》かったと決《き》めつけてはならない。現代《げんだい》の学者《がくしゃ》によれば、仁徳天皇《にんとくてんのう》が生《い》きた古墳時代《こふんじだい》の統治《とうち》者《しゃ》の墓《はか》は外国《がいこく》に国力《こくりょく》を示《しめ》すための存在《そんざい》だったという。難波《なんば》は古来《こらい》、朝鮮半島《ちょうせんはんとう》や大陸《たいりく》からの多《おお》くの船《ふね》が着《つ》く場所《ばしょ》であり、大阪湾《おおさかわん》から巨大《きょだい》な古墳《こふん》を眺《なが》めさせて圧《あっ》倒《とう》させるという心理戦《しんりせん》が展開《てんかい》されていた。どのみち陵墓《りょうぼ》を築《きず》かねばならないのなら、国威発揚《こくいはつよう》にも生《い》かそうというわけだ。大胆《だいたん》かつ緻密《ちみつ》な戦略《せんりゃく》の持《も》ち主《ぬし》で、国《くに》と民《たみ》に尽《つ》くしたために「聖帝《ひじりのみかど》」と讃《たた》えられる仁徳天皇《にんとくてんのう》は、名実《めいじつ》ともに名君《めいくん》だった。

ただ、公私《こうし》ともに立派《りっぱ》だったわけではない。仁徳天皇《にんとくてんのう》には腹黒《はらぐろ》く計算高《けいさんだか》い一面《いちめん》があった上《うえ》、天性《てんせい》の好色《こうしょく》で、驚《おどろ》くべきとしか言《い》いようがないほど多彩《たさい》な女性関係《じょせいかんけい》を持《も》っていた。出自《しゅつじ》が良《よ》いので**気位《きぐらい》**[4]が高《たか》く、妬《ねた》み深《ぶか》いところもあった皇后《こうごう》との間《あいだ》には結婚後《けっこんご》、四人《よにん》の皇子《おうじ》が生《う》まれたが、しばらくすると好色家《こうしょくか》としての本《ほん》能《のう》が**うずき**[5]出《だ》し、目《め》をつけていた黒姫《くろひめ》という女性《じょせい》を宮中《きゅうちゅう》に召《め》し出《だ》して身辺《しんぺん》の補佐《ほさ》をさせた。そのような女性《じょせい》がどういう立場《たちば》なのか妻《つま》なら誰《だれ》でも分《わ》かるが、皇后《こうごう》の怒《いか》りは普通《ふつう》の妻《つま》と違《ちが》ってすさまじく、その女性《じょせい》が恐怖《きょうふ》のあまり天皇《てんのう》に一言《ひとこと》もなく故郷《こきょう》へ逃《に》げ帰《かえ》るほどだった。

仁徳天皇《にんとくてんのう》は苦笑《くしょう》していたが、内心《ないしん》は相《そう》当《とう》な恐怖《きょうふ》を感《かん》じていた。しかし、しばらくしないうちに好色家《こうしょくか》としての本能《ほんのう》が再《ふたた》び顔《かお》を出《だ》した。次《つぎ》に惚《ほ》れ込《こ》んだのは八《や》田若郎女《たのわかいらつめ》という異母妹《いぼまい》に当《あ》たる女性《じょせい》で、出自《しゅつじ》が良《よ》かったので、天皇《てんのう》はその女性《じょせい》を側室《そくしつ》に迎《むか》えた。皇后《こうごう》がそのことを知《し》ったのは船《ふね》で大阪《おおさか》に戻《もど》る途中《とちゅう》だった。皇后《こうごう》の務《つと》めとして、宮中《きゅうちゅう》の宴会《えんかい》に使《つか》う柏《かわ》の葉《は》を和歌山《わかやま》まで採《と》りに行《い》っていたのだ。

自分《じぶん》の留守《るす》の間《あいだ》に夫《おっと》が側室《そくしつ》を迎《むか》えたことを知《し》った皇后《こうごう》は、ただ笑《わら》っただけで何《なに》も言《い》わなかった。それから、柏《かわ》の葉《は》を全《すべ》て海《うみ》に投《な》げ捨《す》て、船《ふね》の進路《しんろ》を変《か》えさせて生《う》まれ故郷《こきょう》へ帰《かえ》った。

仁徳天皇《にんとくてんのう》はまたも恐怖《きょうふ》を感《かん》じたが、今回《こんかい》はそれだけではなかった。名君《めいくん》としてのイメージと評判《ひょうばん》を大事《だいじ》にする天皇《てんのう》の皇后《こうごう》が生家《せいか》に戻《もど》り、宮中《きゅうちゅう》の宴会《えんかい》に出《で》ないとなれば、面目《めんぼく》を失《うしな》うことになる。天皇《てんのう》は詫《わ》びる気持《きも》ちを込《こ》めた和歌《わか》を次々《つぎつぎ》とつくり、それを使者《ししゃ》に持《も》たせて皇后《こうごう》の元《もと》へ送《おく》ったが、皇后《こうごう》は無視《むし》した。最後《さいご》は天皇自《てんのうみずか》ら謝罪《しゃざい》に行《い》ったが、皇后《こうごう》は理由《りゆう》をつけて家《いえ》を留守《るす》にし、夫《おっと》と会《あ》おうとしなかった。そんな状態《じょうたい》が何年《なんねん》も続《つづ》いたある日《ひ》、天皇《てんのう》は「誠意《せいい》は尽《つ》くした。それに、いつまでも皇后《こうごう》不在《ふざい》というわけにはいかない」と考《かんが》え、八田若郎女《やたのわかいらつめ》を皇后《こうごう》に立《た》てた。

古事記《こじき》のこの物語《ものがたり》を読《よ》んでいると、まるで昼《ひる》ドラを見《み》ているような錯覚《さっかく》を抱《いだ》く。ひょっとすると、古事記《こじき》が伝《つた》えたかったのは、天皇《てんのう》は理論上《りろんじょう》は神《かみ》の末裔《まつえい》で、人間界《にんげんかい》に暮《く》らす神《かみ》なのだが、仁徳天皇《にんとくてんのう》の頃《ころ》から天皇《てんのう》はあらゆる情欲《じょうよく》を持《も》つ生身《なまみ》の人間《にんげん》になってしまったということなのかもしれない。

聖帝！聖帝？

位在大阪府堺市的大仙陵古墳，是世界最大級的古墳。這可是大過中國始皇陵及埃及金字塔的世界第一。據宮內廳的比對，躺在大仙陵的，就是第十六代的「仁德天皇」。

不是說大和朝廷的活動範圍都在奈良一帶嗎？怎麼仁德天皇的陵寢會出現在大阪？話說天皇一繼位，就像在躲什麼一般，將宮殿搬到難波（大阪），稱爲「高津宮」。爲什麼要搬呢？該不會是在躲亡兄亡弟的鬼魂吧？史書無載，一切無從知悉。

遷到難波後的某日，仁德天皇登高望遠。他發現從民家升起的炊煙少趨近於零。很明顯地，這代表多數人民處於三餐不繼的狀態。畢竟大和朝廷在倭建命與神宮皇后的時代，就是年年增稅用於軍事行動。天皇覺得這樣下去會動搖國本，於是下令免徵錢糧三年，與民休息。並大幅削減自己的日常支出，左支右絀地度過這段時間。

據說這段時間，皇宮即便屋頂漏水也沒打算修。一切等撐過三年再說。三年屆滿之際，天皇再度登高望遠。這次看到的炊煙明顯比多很多。天皇龍心大悅之餘決定重行徵稅。只不過他相當留意稅金額度不能過高，並將徵得的錢糧，用於大規模治水工程，而非軍費支出。治水成功後，河內平野得以開發、增加糧產。整個國家的經濟發展出現正向循環，朝廷與人民互利雙贏。「仁民愛物」加上「樹立德政」，讓這位天皇確實無愧於諡號中「仁」、「德」二字。

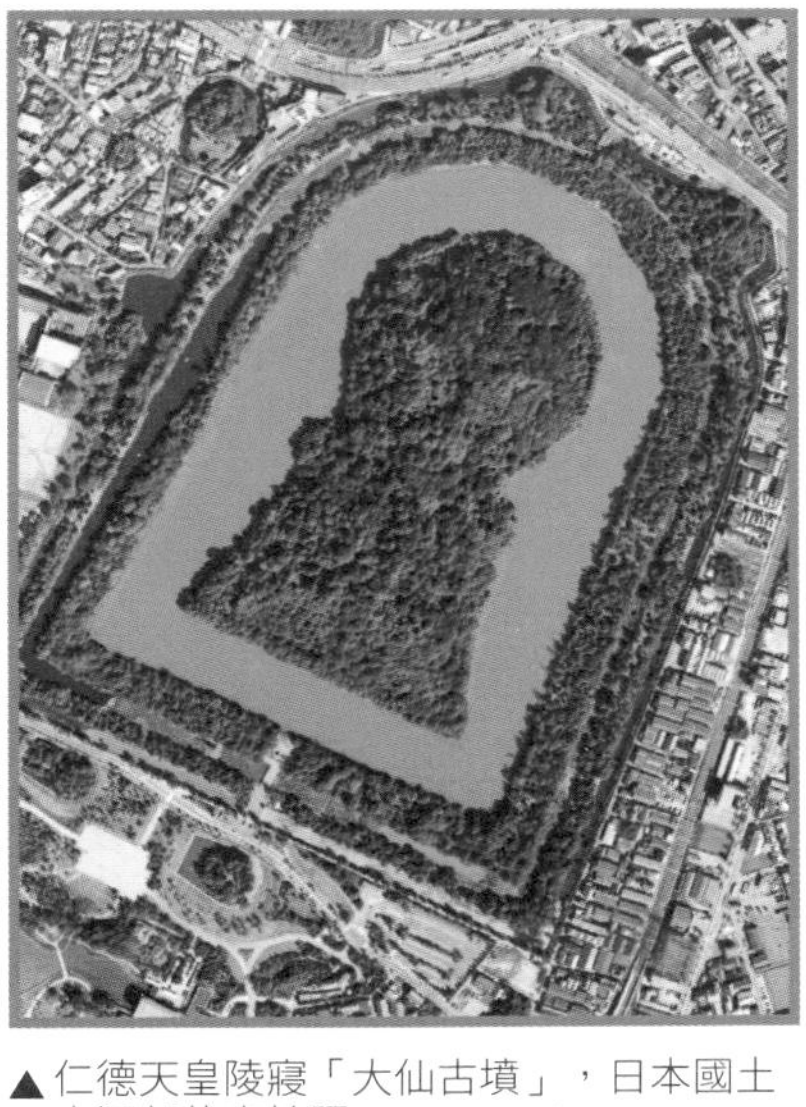

▲仁德天皇陵寢「大仙古墳」，日本國土交通部的空拍照 @ Wikipedia

仁德天皇將他的陵寢建造成世界第一大，可不能以此認定他是愛慕虛榮。現代學者認爲在仁德天皇所處的古墳時代，統治者的陵寢是一個向外國展現自身國力的舞台。難波自古就有無數來自朝鮮半島及大陸的船隻。當他們駛至大阪灣時，抬頭即可瞧見高聳天際的巨大陵寢，根本是個不折不扣的心理戰。既然陵寢非蓋不可，就讓它兼具宣揚國威的功效。仁德天皇戰略大膽又懂精打細算，如此爲國爲民的明君得到「聖帝」兩字殊榮，實至名歸。

「聖帝」兩字並不是說其於公於私都是聖潔無暇。仁德天皇除了有其腹黑與權謀的一面之外，他也是個天生的多情種，百花撩亂般的女性關係只能用嘆爲觀止來形容。聖帝的皇后出身自超級顯赫的家族，自視甚高又自尊特強，連帶著忌妒心也超重。聖帝結婚後與皇后生下四位皇子。但日子一久，多情的本性開始作怪。他原本看上一位叫「黑姬」的女性，於是調她來身邊當秘書。全天下的正妻都知道這種祕書的眞實身分是什麼。但跟全天下的正妻不一樣的是，皇后光生氣就能嚇得秘書屁滾尿流，還來不及跟老闆告別就一路逃回老家。

聖帝苦笑。表面不說，其實他感受到不小的震撼與恐懼。不過多情的本性使他無法消停太久。聖帝第二次看上的，是同父異母妹，叫「八田若郎女」。這位出身超級高貴，所以聖帝直接讓她從皇妃開使起跳。消息傳開，皇后正搭船回大阪。原本基於皇后職責，她得親自跑去和歌山摘取宮廷宴會所需的柏葉。知道老公趁她不在時忙著納妃，她笑笑沒說什麼。接著所有柏葉丟進海中後指示，直接把船開回娘家。

聖帝這次感受到的不是只有恐懼與震撼而已。他珍惜明君的形象及風評，若皇后離家出走不辦宴會，自己的面子也不知擺那兒。他三番兩次地讓使者帶著他表示歉意的和歌前往，但皇后理都不理。他甚至親自登門賠罪，但皇后寧可藉故出門避開，也不願意見老公一面。這樣僵持好幾年後，聖帝自認也算仁至義盡了，何況中宮也不可空虛過久。於是，他將皇妹立爲皇后。

古事記敘述的這一段，讓人有種在看八點檔的錯覺。也許，古事記想點出的是，理論上天皇是神的後代，是活在人間的神。但至聖帝這代開始，天皇本質上已經完全是擁有七情六慾的血肉之軀了。

單字

1. **ままならない**：連 無法如願的
2. **切《き》り詰《つ》める**：動 節約
3. **見違《みちが》える**：動 看錯、誤把某物錯認為另一物
4. **気位《きぐらい》**：名 自尊心
5. **うずく**：動 被挑起

句型

●**～に恥《は》じない**：**無愧於～**　名詞　に恥《は》じない

<例>台湾代表《たいわんだいひょう》の名《な》に恥《は》じないよう練習《れんしゅう》に励《はげ》みたいと思《おも》います。

爲了不負台灣代表之名，我會盡全力練習。

032

皇族同士《こうぞくどうし》の殺《ころ》し合《あ》い

仁徳天皇《にんとくてんのう》の崩御後《ほうぎょご》、四人《よにん》の皇子《おうじ》の長《ちょう》男《なん》が跡《あと》を継《つ》ぐことになった。第十七代《だいじゅうななだい》履中天皇《りちゅうてんのう》だ。だが、即位《そくい》を祝《いわ》う宴《うたげ》の最《さい》中《ちゅう》、皇位《こうい》を狙《ねら》っていた次男《じなん》が来襲《らいしゅう》し、御殿《ごてん》に火《ひ》を放《はな》った。履中天皇《りちゅうてんのう》は**かろうじて**[1]逃《に》げ出《だ》し、石上神宮《いそのかみじんぐう》に潜《ひそ》んでいたところ、天皇《てんのう》を守《まも》るために次弟《じてい》がやって来《き》た。恐怖《きょうふ》に怯《おび》える天皇《てんのう》は弟《おとうと》に、忠《ちゅう》誠《せい》を示《しめ》すために次兄《じけい》を討《う》ってこいと命《めい》じ、弟《おとうと》は策《さく》を**弄《ろう》し**[2]て次兄《じけい》を暗殺《あんさつ》した。肉親《にくしん》を殺《あや》めるのは立派《りっぱ》なことではないが、長兄《ちょうけい》の信用《しんよう》を得《え》ることができた。五年後《ごねんご》、履中天皇《りちゅうてんのう》が崩御《ほうぎょ》した。履中天《りちゅうてん》皇《のう》は跡継《あとつ》ぎの子《こ》がなく、次弟《じてい》を後継者《こうけいしゃ》に指名《しめい》していた。第十八代《だいじゅうはちだい》反正天皇《はんぜいてんのう》の誕生《たんじょう》だ。

反正天皇《はんぜいてんのう》は即位《そくい》から五年後《ごねんご》に崩御《ほうぎょ》した。反正天皇《はんぜいてんのう》も長兄《ちょうけい》と同様《どうよう》、跡継《あとつ》ぎの子《こ》がなかったが、幸《さいわ》い、一番下《いちばんした》の弟《おとうと》がまだ生《い》きていた。だが、宮中《きゅうちゅう》の血《ち》で血《ち》を洗《あら》う争《あらそ》いを見《み》ていたためか、弟《おとうと》は皇《こう》位継承《いけいしょう》に消極的《しょうきょくてき》だった。しかし、反正《はんぜい》天皇《てんのう》の妻《つま》である皇太后《こうたいごう》に大義《たいぎ》を説《と》かれ、皇位《こうい》を受《う》け継《つ》ぐことにした。後《のち》の第十九《だいじゅうきゅう》代允恭天皇《だいいんぎょうてんのう》だ。

大和朝廷《やまとちょうてい》の皇位《こうい》は代々《だいだい》、父《ちち》から子《こ》に受《う》け継《つ》がれ、皇位《こうい》を継承《けいしょう》できない年下《としした》の皇子《おうじ》たちも納得《なっとく》していたが、仁徳天《にんとくてん》皇《のう》の皇子《おうじ》たちの時代《じだい》から、兄《あに》から弟《おとうと》に継承《けいしょう》されるようにもなった。また、この時代《じだい》から天皇家《てんのうけ》の兄弟同士《きょうだいどうし》の殺《ころ》し合《あ》いが絶《た》えなくなったとも言《い》えるだろう。

允恭天皇《いんぎょうてんのう》は二人《ふたり》の兄《あに》とは異《こと》なり、崩御《ほうぎょ》するまでに五男四女《ごなんよんじょ》をもうけた。うち、長男《ちょうなん》が皇位継承《こういけいしょう》を約束《やくそく》されていたが、権力《けんりょく》より美女《びじょ》を好《この》む長男《ちょうなん》は、ある美女《びじょ》との恋《こい》のために朝廷中《ちょうていじゅう》から非難《ひなん》された。その美女《びじょ》とは実《じつ》の妹《いもうと》だ。許《ゆる》される恋《こい》ではなく、朝廷《ちょうてい》の者《もの》たちは次男《じなん》に期待《きたい》を寄《よ》せるようになった。長男《ちょうなん》は皇位継承《こういけいしょう》権《けん》を失《うしな》い、伊予《いよ》の湯《ゆ》へ流罪《るざい》となったが、妹《いもうと》は兄《あに》を追《お》って伊予《いよ》へやって来《き》た。この世《よ》に自分《じぶん》たちを受《う》け入《い》れてくれる場所《ばしょ》はないと悟《さと》った二人《ふたり》は、この世《よ》を嘆《なげ》き続《つづ》けるのではなく、共《とも》にあの世《よ》へ行《い》き、祝福《しゅくふく》されない禁断《きんだん》の恋《こい》を続《つづ》けることを決意《けつい》して**心中《しんじゅう》し**[3]た。

その後《ご》、次男《じなん》が皇位《こうい》を継承《けいしょう》し、第二十《だいにじゅう》代天皇《だいてんのう》（安康天皇《やすこうてんのう》）となった。ある日《ひ》のこと。一番下《いちばんした》の弟《おとうと》が、ある皇族《こうぞく》の女性《じょせい》との結婚《けっこん》を認《みと》めてほしいと頼《たの》みにやって来《き》た。その女性《じょせい》は兄弟《きょうだい》の叔母《おば》で、遠《とお》い親《しん》戚《せき》に当《あ》たるため、長兄《ちょうけい》とは違《ちが》うとして、天皇《てんのう》は熟慮《じゅくりょ》の末《すえ》に承諾《しょうだく》した。そして、承諾《しょうだく》の印《しるし》としてある宝物《たからもの》を近臣《きんしん》に持《も》たせ、結婚《けっこん》の申《もう》し入《い》れに行《い》かせたのだが、近臣《きんしん》はその宝物《たからもの》を横取《よこど》りし、さらに、叔母《おば》の兄《あに》（天皇《てんのう》と末弟《まってい》の叔父《おじ》）が申《もう》し入《い》れを断《ことわ》り、天皇《てんのう》を侮辱《ぶじょく》する言葉《ことば》を吐《は》いたと天皇《てんのう》に嘘《うそ》の報告《ほうこく》をした。

天皇《てんのう》は大《おお》いに怒《いか》り、ただちに兵《へい》を派遣《はけん》して叔父《おじ》を殺《ころ》した。双方憎《そうほうにく》み合《あ》う関係《かんけい》となり、当然《とうぜん》ながら末弟《まってい》の結婚話《けっこんばなし》は流《なが》れた。だが、天皇《てんのう》は自《みずか》らの結婚式《けっこんしき》を挙《あ》げることになった。叔父《おじ》の妻《つま》（叔母《おば》）の美貌《びぼう》を気《き》に入《い》った天皇《てんのう》は、兵士《へいし》に叔《お》父《じ》を殺《ころ》させた後《あと》、叔母《おば》を連《つ》れてこさせ、自《みずか》らの皇后《こうごう》としたのだ。ただ、その叔母《おば》には「目弱王《まよわのみこ》」という小《ちい》さな男《おとこ》の子《こ》がいて、母親《ははおや》とともに天皇《てんのう》の元《もと》に連《つ》れられてきた。目弱王《まよわのみこ》は目《め》に問題《もんだい》はなかったが、病弱《びょうじゃく》だった。本来《ほんらい》ならば敵《てき》の一族《いちぞく》の男子《だんし》を生《い》かしておくわけにはいかないが、目《ま》弱王《よわのみこ》は脅威《きょうい》になりそうになかったので、命《いのち》はとらなかった。母親《ははおや》を奪《うば》ったことに対《たい》する償《つぐな》いの意味《いみ》もあったのだろう。

その後《ご》、七歳《ななさい》になった目弱王《まよわのみこ》は、父親《ちちおや》を殺《ころ》したのが天皇《てんのう》であることを人《ひと》づてに知《し》り、天皇《てんのう》が眠《ねむ》っているところを**見《み》計《はか》らっ**[4]て天皇《てんのう》の首《くび》を刀《かたな》で打《う》ち斬《き》った。天皇暗殺《てんのうあんさつ》は大和朝廷《やまとちょうてい》の成立以来初《せいりついらいはじ》めてのことだ。**許《ゆる》されざる**[5]大罪《たいざい》だが、天皇《てんのう》の一番上《いちばんうえ》の弟《おとうと》と二番目《にばんめ》の弟《おとうと》は驚《おどろ》きもしなかった。自分《じぶん》たちが皇位《こうい》を継承《けいしょう》できると喜《よろこ》んでいたのか、長兄《ちょうけい》を不道徳《ふどうとく》と批判《ひはん》しながら自《みずか》らも似《に》たようなことをした次兄《じけい》を嫌悪《けんお》していたのかは分《わ》からないが、いずれにせよ、二人《ふたり》は何《なに》もなかったことにした。

だが、一番下《いちばんした》の弟《おとうと》は違《ちが》った。ただちに軍《ぐん》を起《お》こし、天皇《てんのう》を殺害《さつがい》した目弱王《まよわのみこ》のところへ向《む》かった。目弱王《まよわのみこ》が潜《ひそ》んでいた家臣《かしん》の家《いえ》に躊躇《ためら》いなく火《ひ》を放《はな》ち、目弱王《まよわのみこ》、家臣《かしん》もろとも数十人《すうじゅうにん》を焼《や》き殺《ころ》した。これで天皇《てんのう》の敵討《かたきう》ちは終《お》わりかと思《おも》いきや、殺気《さっき》に目《め》を**血走《ちばし》らせる**[6]末弟《まってい》は、何《なん》の行動《こうどう》もとらなかった二人《ふたり》の兄《あに》も殺《ころ》し、怠惰《たいだ》にして不忠極《ふちゅうきわ》まりない罪人《ざいにん》という悪名《あくめい》を負《お》わせた。

允恭天皇《いんぎょうてんのう》が苦労《くろう》してもうけた五人《ごにん》の皇子《おうじ》のうち、今《いま》なお生《い》きているのは末《まっ》子《し》だけとなった。気性《きしょう》が荒《あら》く、血《ち》を好《この》む残忍《ざんにん》な性質《せいしつ》を持《も》ち、決《けっ》して機嫌《きげん》を損《そこ》ねてはならない主君《しゅくん》になると朝廷《ちょうてい》の誰《だれ》もが分《わ》かっていたが、皇位《こうい》を継承《けいしょう》させるほかなかった。国家《こっか》に君主《くんしゅ》はなくてはならないからだ。

こうして、第二十一代雄略天皇《だいにじゅういちだいゆうりゃくてんのう》が即《そく》位《い》した。

皇族間的大亂鬥

仁德天皇在位時嫡出四位皇子，駕崩後由老大繼位，成第十七代的「履中天皇」。舉行登基祝宴時，覬覦皇位的老二襲來，放火燒了宮殿。天皇好不容易逃出來，跑到石上神宮[59]躲起來，直到老三前來護駕。驚恐不已的天皇於是命令老三討伐老二，以表忠心。老三領命，設計暗殺老二。雖說手弒血親不怎麼光彩，但如此卻得到了老大的信任。五年後老大駕崩，無留子嗣，故指定由老三繼位成爲第十八代的「反正天皇」。

反正天皇幹了五年，也和老大一樣沒留下子嗣就駕崩。幸好他們還有一個最小的四弟。老四大概看多了宮廷喋血事件，對繼承皇位一事不大積極。反正天皇的未亡人出面好說歹說，曉以大義，他才終於態度鬆動，願意出山接任，成爲第十九代的「允恭天皇」。

大和朝廷原本一直是「父死子繼」的繼承模式。皇子之中無法繼承皇位的弟弟們倒也十分認命。但從這家兄弟開始，「兄終弟及」的模式也成爲選項。日後天皇家手足相殘的事蹟不絕，或許這裡就是血腥的開端。

允恭天皇和兩個哥哥不同，留下五子四女後才駕崩。其中大哥原本一直是公認的皇位繼承人。不過他不愛江山愛美人。爲了美人，他受到朝廷上下的反對與攻訐。因爲這位美人，就是他的親妹妹。這是不被允許的畸戀，朝野因而寄期望於二弟。老大與皇位失之交臂，甚至還被流放至「伊予之湯」[60]。走到半途，妹妹追來了。兩人知道世間雖大，卻沒有容得下他們倆的一小塊。或許另一個世界會有吧。與其垂首喟嘆，不如攜手同行，到他界再續這段不被祝福的禁斷之戀。

大哥跟姊姊一起走了，二哥於是順水推舟地成爲第二十代的「安康天皇」。某天，最小的五弟跑來向天皇二哥說，他相中了一位皇族女孩，請皇兄做主賜婚。論輩份這位女孩算是他們的小姑姑，不過因爲是遠房親戚，不算步上大哥後塵。安康天皇估量後允許了，於是將身邊一件寶物當作信物，交給一位近臣前去提親。無奈這位近臣覬覦這個

▲允恭天皇兄妹流放殉情之地，今日之道後溫泉
@Shutterstock

寶物，居然謊稱小姑姑的哥哥（也就是他們的遠房叔叔）拒絕婚事、不僅如此還出言不遜污辱天皇。

安康天皇一聽龍顏大怒，直接派兵剿滅。親家都變仇家了，五弟的婚事自然也泡湯。不過天皇仍舊辦了一場喜事。原來叔叔的未亡人頗有姿色，看得天皇心癢癢。他要求兵士殺了叔叔後將嬸嬸帶來。結果不只嬸嬸，部下還多帶了一個拖油瓶回來。拖油瓶叫做「目弱王」，眼睛沒什麼問題，只不過年幼體弱。天皇當然知道仇家的男孩不可留的道理，但這孩子怎麼看都沒威脅，就饒他一命，算是霸佔他媽媽所做的補償吧。

目弱王長到七歲時，逐漸聽到風聲，得知天皇就是殺父仇人。於是趁某日天皇在睡覺時，一刀將其身首異處。大和朝廷創建迄今，還沒有天皇遇刺的例子，這可是破天荒的第一次。如此重罪豈能無視！沒想到天皇的三弟及四弟還眞的無動於衷。或許皇位就要落到自己頭上正樂著、或許他們看這位指責大哥亂倫自己卻不落人後的二哥早覺得噁心。總之，這兩位就眞的當作一切沒發生過。

小弟就不同了，立刻帶兵追捕犯下殺人罪的七歲男童。據報這孩子跑到一位家臣家中躲藏。小弟二話不說放火燒屋，將目弱王及其家臣一家數十口燒個精光。原本至此就算復仇完了，但他已殺紅了眼，順便將紋風不動的三哥四哥一起給宰了。殺了後還不忘給個罪名：消極怠惰，不忠至極。

當年允恭天皇好不容易生下的五個兒子中，現在也只剩下小弟還活著。儘管滿朝文武都看得出這位皇子噬血又暴躁，決不是好惹的主子，但也只能選他繼位了。還是那句老話：國不可一日無君啊。

於是，第二十一代「雄略天皇」正式登場。

59. 石上神宮位於奈良天理市。當時是由掌管軍事的豪族物部氏所控制，因此等同於大和朝廷的軍火庫。

60. 即今日的道後溫泉。位於愛媛縣松山市。

單字

1. **かろうじて**：副 終於勉勉強強地
2. **弄《ろう》する**：動 操弄
3. **心中《しんじゅう》する**：動 殉情
4. **見計《みはか》らう**：動 估算時機
5. **ざる**：古語中「ず」的連體形，否定之意
6. **血走《ちばし》らせる**：動 「血走る」，充血的使役形，在此形容殺紅了眼

句型

●～（か）と思《おも》いきや：**正覺得～**　｛普通形｝　（か）と思《おも》いきや

＊な形、名詞的狀況常常省略「だ」

＜例＞今日《きょう》はついていないと思《おも》いきや、希望《きぼう》の就職先《しゅうしょくさき》から採用《さいよう》のお知《し》らせが来《き》た。
正覺得今天諸事不順的當兒，就接到了理想公司的錄取通知。

＜例＞楽勝《らくしょう》かと思《おも》いきや、実《じつ》は過去《かこ》最強《さいきょう》の敵《てき》だ。
以爲能輕鬆得勝，沒想到其實遇上了有史以來最強勁敵。

033

雄略天皇《ゆうりゃくてんのう》から武烈《ぶれつ》天皇《てんのう》まで

雄略天皇《ゆうりゃくてんのう》は目弱王《まよわのみこ》を殺害後《さつがいご》、政敵《せいてき》の兄《あに》二人《ふたり》と従兄《いとこ》も始末《しまつ》した。従兄《いとこ》にも皇《こう》位継承権《いけいしょうけん》があったため、葬《ほうむ》らねばならなかったのだ。ただ、従兄《いとこ》を殺《ころ》す大義《たいぎ》名分《めいぶん》がなかった。そこで、雄略天皇《ゆうりゃくてんのう》は従兄《いとこ》を狩《か》りに誘《さそ》い、人目《ひとめ》のないところで始末《しまつ》することにした。悪名高《あくみょうだか》い相手《あいて》からの誘《さそ》いを疑《うたが》いもせず一人《ひとり》で狩《か》りに行《い》ったのだから、従兄《いとこ》は相当《そうとう》**間抜《まぬ》け**1だったようだ。なお、従兄《いとこ》には二人《ふたり》の小《ちい》さな息子《むすこ》がいた。父親《ちちおや》の死後《しご》、自分《じぶん》たちの身《み》も危《あぶ》ないと考《かんが》えた二人《ふたり》は、身分《みぶん》を隠《かく》して地方《ちほう》に逃《に》げていった。

即位後《そくいご》、政権運営《せいけんうんえい》に全力《ぜんりょく》を注《そそ》いだ雄《ゆう》略天皇《りゃくてんのう》は中央集権化《ちゅうおうしゅうけんか》を進《すす》め、専制君主《せんせいくんしゅ》として君臨《くんりん》した。現代《げんだい》の学者《がくしゃ》によれば、雄略天皇以前《ゆうりゃくてんのういぜん》の大和朝廷《やまとちょうてい》の王《おう》は「天皇《てんのう》」を名乗《なの》っていたが、厳密《げんみつ》には各地《かくち》の豪《ごう》

族《ぞく》による連合体《れんごうたい》の首長《しゅちょう》にすぎなかった。各地《かくち》の有力豪族《ゆうりょくごうぞく》がそれぞれの領地《りょうち》と領《りょう》民《みん》を独占支配《どくせんしはい》する体制《たいせい》で、天皇《てんのう》は豪族《ごうぞく》を直接支配《ちょくせつしはい》できず、豪族《ごうぞく》の支持《しじ》を得る必要《ひつよう》があった。また、朝廷《ちょうてい》の政治《せいじ》に口出《くちだ》しできるほど有力《ゆうりょく》な豪族《ごうぞく》もいて、ますます深《しん》刻《こく》な状況《じょうきょう》になっていた。先々代《せんせんだい》の允恭天《いんぎょうてん》皇《のう》は、中央《ちゅうおう》の大和朝廷《やまとちょうてい》と豪族《ごうぞく》が上下関《じょうげかん》係《けい》にあることを示《しめ》すため、朝廷《ちょうてい》が豪族《ごうぞく》に氏《うじ》と姓《かばね》を授与《じゅよ》する「氏姓制度《しせいせいど》」を導入《どうにゅう》したが、効果《こうか》は**芳《かんば》し**[2]くなかった。豪族《ごうぞく》の領地《りょうち》と領民《りょうみん》に手《て》を出《だ》す制度《せいど》ではなく、豪族《ごうぞく》にとっては痛《いた》くも痒《かゆ》くもなかったからだ。

幾度《いくど》となく血《ち》の雨《あめ》を降《ふ》らせ、やると決《き》めたら徹底的《てっていてき》にやる雄略天皇《ゆうりゃくてんのう》は、大局《たいきょく》的《てき》な戦略《せんりゃく》に基《もと》づいて少《すこ》しずつ豪族《ごうぞく》の権《けん》力《りょく》を弱《よわ》めていった。無論《むろん》、その過程《かてい》でも多《おお》くの血《ち》が流《なが》れた。雄略天皇《ゆうりゃくてんのう》はさらに、天皇家《てんのうけ》が支配《しはい》する土地《とち》と民《たみ》を増《ふ》やし、農業生産力《のうぎょうせいさんりょく》と軍事力《ぐんじりょく》を拡大《かくだい》することで、豪族《ごうぞく》との力《ちから》の差《さ》を広《ひろ》げていった。中央《ちゅうおう》集権国家《しゅうけんこっか》の建設《けんせつ》は後《のち》の天智天皇《てんじてんのう》、天武《てんむ》天皇《てんのう》の時代《じだい》にようやく完成《かんせい》したが、肝《かん》心《じん》の一歩《いっぽ》を踏《ふ》み出《だ》したのは雄略天皇《ゆうりゃくてんのう》だ。

その功績《こうせき》により、雄略天皇《ゆうりゃくてんのう》は歴代《れきだい》の天皇《てんのう》の中《なか》でも高《たか》い評価《ひょうか》を受《う》けた。「雄略《ゆうりゃく》」という諡号《しごう》がその評価《ひょうか》の高《たか》さを物語《ものがた》っている。

ただ、中央集権化《ちゅうおうしゅうけんか》という大事業《だいじぎょう》では多《おお》くの命《いのち》が犠牲《ぎせい》になり、皇室《こうしつ》の根幹《こんかん》を揺《ゆ》るがすほどだった。前述《ぜんじゅつ》したように、雄略天皇《ゆうりゃくてんのう》は他《ほか》の皇位継承者《こういけいしょうしゃ》を全《すべ》て殺《ころ》した。身内《みうち》で殺《ころ》し合《あ》うにしても、最後《さいご》に勝《か》ち残《のこ》った者《もの》は直系《ちょっけい》の跡継《あとつ》ぎを何人《なんにん》も生《う》まねばならない。雄略天皇《ゆうりゃくてんのう》はこの点《てん》で失《しっ》格《かく》だった。雄略天皇《ゆうりゃくてんのう》は一人《ひとり》の皇子《おうじ》しか残《のこ》さず、その皇子《おうじ》も第二十代天皇《だいにじゅうだいてんのう》（清寧天《せいねいてん》皇《のう》）に即位後《そくいご》、妻《つま》を娶《めと》る前《まえ》に逝去《せいきょ》した。

朝廷中《ちょうていじゅう》が唖然《あぜん》とした。以前《いぜん》も皇族同《こうぞくどう》士《し》の殺《ころ》し合《あ》いがあったが、少《すく》なくとも一人《ひとり》は直系《ちょっけい》の跡継《あとつ》ぎが生《い》き残《のこ》っていた。今度《こんど》は仁徳天皇《にんとくてんのう》からの直系《ちょっけい》の血筋《ちすじ》が完《かん》全《ぜん》に絶《た》えてしまったのだ。もはや打《う》つ手《て》なしかと思《おも》われた時《とき》、播磨《はりま》（兵庫県《ひょうごけん》）から朗報《ろうほう》が伝《つた》わってきた。身分《みぶん》を隠《かく》して地《ち》方《ほう》へ**逃《に》げ延《の》び**[3]ていた、雄略天皇《ゆうりゃくてんのう》の従兄《いとこ》の二人《ふたり》の息子《むすこ》が播磨《はりま》の長官《ちょうかん》に発見《はっけん》されたというのだ。大和朝廷《やまとちょうてい》の者《もの》たちは当《とう》初《しょ》、半信半疑《はんしんはんぎ》だったが、徹底的《てっていてき》に身元《みもと》を調《しら》べたところ、間違《まちが》いないことが確認《かくにん》された。国家《こっか》に君主《くんしゅ》はなくてはならない。早速《さっそく》、二人《ふたり》のいずれかを天皇《てんのう》に即位《そくい》させることになった。二人《ふたり》を発見《はっけん》することができたのは、弟《おとうと》が果《は》たした役割《やくわり》のほうが大《おお》きかったため、朝廷《ちょうてい》の群臣《ぐんしん》はまず弟《おとうと》を第二十三代天皇《だいにじゅうさんだいてんのう》（顕宗天皇《けんぞうてんのう》）に即位《そくい》させることにした。

顕宗天皇《けんぞうてんのう》は在任中《ざいにんちゅう》の八年間《はちねんかん》、子作《こづく》りに励《はげ》んだが、妻《つま》が身《み》ごもることはなく、精力《せいりょく》を使《つか》い果《は》たして亡《な》くなった。幸《さいわ》い、このとき既《すで》に朝廷《ちょうてい》では天皇《てんのう》の崩御《ほうぎょ》に**滞《とどこお》り**[4]なく対応《たいおう》できる体制《たいせい》が整《ととの》っており、ただちに顕宗天皇《けんぞうてんのう》の兄《あに》が第二十四代天《だいにじゅうよんだいてん》皇《のう》（仁賢天皇《にんけんてんのう》）に即位《そくい》した。仁賢天皇《にんけんてんのう》は多《おお》くの子供《こども》をもうけたが、皇子《おうじ》は一人《ひとり》だけだった。大和《やまと》王朝《おうちょう》は依然《いぜん》として皇《こう》位継承《いけいしょう》の危機《きき》に瀕《ひん》していたのだ。

仁賢天皇《にんけんてんのう》の崩御《ほうぎょ》後、一人息子《ひとりむすこ》の皇子《おうじ》が跡《あと》を継《つ》ぎ、第二十五代天皇《だいにじゅうごだいてんのう》（武烈天皇《ぶれつてんのう》）に即位《そくい》した。武烈天皇《ぶれつてんのう》は悪行**三昧**《あくぎょうざんまい》[5]としか言《い》いようがない天皇《てんのう》だった。国家《こっか》のために沢山《たくさん》の子供《こども》をつくるという義務《ぎむ》を忘《わす》れてしまったもようで、遊《あそ》んでばかりいた。何《なに》で遊《あそ》んでいたかというと、人《ひと》の命《いのち》だ。妊婦《にんぷ》の腹《はら》を割《さ》いて胎児《たいじ》を見《み》たり、人《ひと》の生爪《なまづめ》を抜《ぬ》いて山芋《やまいも》を掘《ほ》らせたり、他《ほか》にも多《おお》くの血腥《ちなまぐさ》いことをしたのだが、これ以上《いじょう》は詳述《しょうじゅつ》しない。詳細《しょうさい》を**出《だ》し惜《お》しみ**[6]しているわけではなく、古事記《こじき》にはそれらの悪行《あくぎょう》が記載《きさい》されていないのだ。興味《きょうみ》のある方《かた》は『日本書《にほんしょ》紀《き》』を読《よ》んでみてほしい。武烈天皇《ぶれつてんのう》の異常《いじょう》な行為《こうい》の数々《かずかず》は日本書紀《にほんしょき》にしか記《しる》されていない。

武烈天皇《ぶれつてんのう》は何年《なんねん》もの間《あいだ》、人《ひと》の命《いのち》で遊《あそ》ぶのみで、新《あら》たな命《いのち》を生《う》み出《だ》すことはせず、後嗣《こうし》を残《のこ》さずに崩御《ほうぎょ》した。仁徳《にんとく》天皇《てんのう》からの皇統《こうとう》が完全《かんぜん》に途絶《とだ》えたのだ。

從雄略到武烈

當年雄略天皇剿滅目弱王後，還順便收拾了一干政敵。受害者除了三哥四哥外，還有一個堂哥。堂哥有皇位繼承權，所以非殺不行。但沒有大義名分，不能說動就動。所以雄略天皇打算先約堂哥到森林打獵，再趁四下無人之際將他處理掉。對方惡名昭彰，堂哥居然還能不疑有他單獨赴約，眞是好傻好天眞。堂哥死後，留有兩個年紀還小的兒子。爲躲避追殺，他們只好隱名改姓流落民間。

雄略天皇登基後，將所有精力放在朝政上。他將天皇改造成專制君主，集權於大和朝廷。現代學者認爲在雄略天皇前，大和朝廷的當家美其名爲天皇，但嚴格說只算是聯合政權中的首長罷了。有力豪族掌握各自的土地及人民，獨霸一方，天皇無法直接支配豪族，只能尋求他們的支持，豪族也有能力過問朝政。這個現象越來越嚴重。上一代的允恭天皇曾建立「氏姓制度」，由朝廷賜予豪族「氏」與「姓」。這等於向豪族宣示朝廷才是中央，與你們是上下關係。但效果沒有很好，因爲沒有實質動到豪族的土地與人民，他們根本不痛不養。

雄略天皇是能喚來腥風血雨的人，要玩就玩眞的。他透過一系列的宏觀調控手段，逐步限縮豪族的權力。這過程當然又少不了流血。他還想辦法擴大天皇家所能掌握的土地和人民。利用擴張自身的兵馬錢糧，拉大皇室與豪族間的實力差距。整個集權工程或許要到天智、天武朝[61]時才算完成，但雄略天皇確實踏出了關鍵的第一步。單憑這項功績，就將他推上歷代天皇中的一個高點。這項肯定，從他的諡號「雄略」兩字就看得出。

可惜中央集權這個大工程的代價，就是血腥與屠殺。殺到動搖了皇室根基。如上所述，雄略天皇已殺光其他的皇位繼承者。網內互打可以，但前提是最後勝出者，要再生出一票直系繼承人。這點，雄略天皇就不及格了。他撒手人寰時，只留下一位皇子。皇子繼位成爲第二十二代的「清寧天皇」後，連老婆都還來不及討，便又揮揮衣袖，告別人世。

朝廷上下全傻了。之前雖也有皇族大亂鬥，但最少都還會留下一個直系繼承人。這次眞的是從仁德天皇以降的直系血脈一個

▲獵山豬的雄略天皇（安達吟光）@Wikipedia

不剩。正在一籌莫展之際，突然從播磨（兵庫縣）傳來好消息。原來當年流落民間的堂哥，所留下的那兩個兒子，被地方官找到了。大和朝廷起初半信半疑，但經過層層把關、嚴密審查，最終確認這兩個孩子確實是皇家骨血。國不可一日無君，確認了就趕緊辦登基。由於當初倆兄弟之所以能被發現，歸功於弟弟的部分較多。於是群臣決議先由弟弟繼位，成爲第二十三代的「顯宗天皇」。

61. 第三十八代天智天皇開啓的大化改新，本質上是效法中國中央集權的做法。其弟第四十代天武天皇繼續延續這個主軸。

弟弟在位八年，用盡全身精力，卻總是無法讓嬪妃懷孕，徒耗全身精氣後駕崩。還好朝廷已經習慣喪事喜事輪流辦，各種SOP極其完備。衆人馬上再讓哥哥登基，成爲第二十四代的「仁賢天皇」。這次哥哥較給力，生下不少子嗣。不過多是女兒，皇子僅一人。大和王朝的繼承危機依舊險峻，危如累卵。

仁賢天皇駕崩後，獨生子繼位，成爲第二十五代的「武烈天皇」。要說這位天皇的事跡，只能用劣跡斑斑來形容。武烈天皇好像完全忘了身負增產報國的義務，整天就是玩。玩什麼呢？玩掉人命。比方說他會剖開孕婦肚子，看看胎兒長怎樣。或是把人的指甲剝掉，命令他們徒手挖山芋。還有許多血腥的畫面，在此就不詳述。不過沒說清楚不也算虧待各位，因爲古事記裡並沒有紀載這些惡行。若有興趣，請翻閱《日本書記》。武烈天皇的變態事跡就只有日本書記裡才看得到。

玩了幾年後，只有玩掉一堆人命，自己卻沒產出任何人命。武烈天皇駕崩後，沒留下任何子嗣。仁德天皇以降的皇統，自此完全斷絕。

單字

1. **間抜《まぬ》け**：名 不靠譜
2. **芳《かん》ばしい**：形 芳香的；本文使用「芳《かん》ばしくない」意指不樂見的
3. **逃《に》げ延《の》びる**：動 逃亡
4. **滞《とどこお》り**：名 事物順利進行
5. **三昧《ざんまい》**：接 極度熱中、甚至沉溺
6. **出《だ》し惜《お》しみ**：名 吝惜

句型

●**～にしても**：**即便～**　｛普通形｝　にしても

*意同「にしろ」「にせよ」

<例>たとえ子供《こども》にしても、こんな悪質《あくしつ》ないたずらは許《ゆる》されるわけにはいかない。
即便是孩子，我們也不能容忍這樣惡劣的惡作劇。

<例>どんな仕事《しごと》をするにしても、人間関係《にんげんかんけい》は大切《たいせつ》だ。
無論從事什麼工作，人際關係都是很重要的。

034

古事記《こじき》の最終章《さいしゅうしょう》
古代史《こだいし》の序章《じょしょう》

跡継《あとつ》ぎがいない！

今度《こんど》ばかりは大和朝廷《やまとちょうてい》の誰《だれ》もが絶望《ぜつぼう》した。前回《ぜんかい》のように地方《ちほう》の長官《ちょうかん》が民間《みんかん》で暮《く》らす皇子《おうじ》を見《み》つけるという奇跡《きせき》を期待《きたい》したが、叶《かな》わなかった。武烈天皇《ぶれつてんのう》の皇女《おうじょ》は沢山《たくさん》いたが、婿《むこ》を迎《むか》えて天皇《てんのう》に据《す》えたという話《はなし》は天孫降臨《てんそんこうりん》の時代《じだい》から聞《き》いたことがない。また、女性《じょせい》を天皇《てんのう》に立《た》てるのはあまりに前衛的《ぜんえいてき》で、二十一《にじゅういっ》世紀《せいき》の皇室《こうしつ》ですら[1]恐《おそ》れ多《おお》くてできないことだ。そこで仕方《しかた》なく、皇位継承制《こういけいしょうせい》度《ど》を緩和《かんわ》し、天皇《てんのう》の血統《けっとう》につながっていれば誰《だれ》でも皇位《こうい》を継《つ》げるようにした。

そしてついに、その条件《じょうけん》に合致《がっち》する人物《じんぶつ》が越前国《えちぜんのくに》（福井県《ふくいけん》）で見《み》つかった。第十五代応神天皇《だいじゅうごだいおうじんてんのう》の五代目《ごだいめ》の子孫《しそん》だ。仁徳天皇《にんとくてんのう》の血統《けっとう》を基準《きじゅん》に考《かんが》えると、非常《ひじょう》に遠縁《とおえん》の親族《しんぞく》に当《あ》たるが、存命《ぞんめい》の皇《こう》族《ぞく》の中《なか》で天皇家《てんのうけ》に最《もっと》も近《ちか》い血縁者《けつえんしゃ》ということで**白羽《しらは》の矢《や》が立《た》っ**[2]たのだ。さっそく大和《やまと》に迎《むか》え入《い》れ、第二十六代天皇《だいにじゅうろくだいてんのう》（継体天皇《けいたいてんのう》）に即位《そくい》させた。さらに、継体天皇《けいたいてんのう》の血統上《けっとうじょう》の弱点《じゃくてん》を補《おぎな》うため、武烈天皇《ぶれつてんのう》の姉《あね》「手白香皇女《たしらかのひめみこ》」を娶《めと》らせ、新旧王朝《しんきゅうおうちょう》の融合《ゆうごう》を果《は》たした。

継体天皇《けいたいてんのう》と手白香皇女《たしらかのひめみこ》の間《あいだ》に生《う》まれた嫡子《ちゃくし》が第二十九代天皇《だいにじゅうきゅうだいてんのう》（欽明天皇《きんめいてんのう》）となった。欽明天皇《きんめいてんのう》は子沢山《こだくさん》で、うち四人《よにん》が天皇《てんのう》となった。第三十代敏達天《だいさんじゅうだいびだってん》皇《のう》、第三十一代用明天皇《だいさんじゅういちだいようめいてんのう》、第三十二代崇《だいさんじゅうにだいすい》峻天皇《しゅんてんのう》、第三十三代推古天皇《だいさんじゅうさんだいすいこてんのう》だ。越前《えちぜん》から移《うつ》り住《す》んできた継体天皇《けいたいてんのう》の一族《いちぞく》の努力《どりょく》により、皇位継承者《こういけいしょうしゃ》が増《ふ》え、大和《やまと》朝廷《ちょうてい》は後嗣断絶《こうしだんぜつ》の危機《きき》を乗《の》り切《き》ることができたのだ。

第二十六《だいにじゅうろく》〜三十三代《さんじゅうさんだい》の天皇《てんのう》を一気《いっき》に紹介《しょうかい》したのは、本誌《ほんし》が手《て》を抜《ぬ》きたいからではない。古事記《こじき》は仁賢天皇以降《にんけんてんのういこう》の天《てん》皇《のう》についてウィキペディアのように簡《かん》単《たん》な経歴《けいれき》など基本的《きほんてき》な情報《じょうほう》しか記載《きさい》していないのだ。古事記《こじき》が編纂《へんさん》された当《とう》時《じ》はこれらの天皇《てんのう》が逝去《せいきょ》して間《ま》もなかったため、多《おお》くのことを記《しる》すべきでないとされていたのかもしれない。また、そもそも古事記《こじき》は口伝《くでん》の神話《しんわ》によって天皇家《てんのうけ》の歴史《れきし》の最初《さいしょ》の部分《ぶぶん》を補《おぎな》うために編纂《へんさん》されたもので、継体天皇以降《けいたいてんのういこう》の天《てん》皇《のう》の言行《げんこう》は朝廷《ちょうてい》に仕《つか》える担当者《たんとうしゃ》が記録《きろく》していたため、古事記《こじき》の作者《さくしゃ》も余計《よけい》なことを書《か》くわけにはいかなかったのだ。

とはいえ、本誌《ほんし》では第三十三代推古天《だいさんじゅうさんだいすいこてん》皇《のう》についてさらに詳《くわ》しく紹介《しょうかい》する。日《に》本史上初《ほんしじょうはつ》の女帝《じょてい》だからだ。欽明天皇《きんめいてんのう》の娘《むすめ》で、異母兄《いぼけい》の敏達天皇《びだってんのう》に嫁《とつ》いだ。敏《び》達天皇《だってんのう》の崩御後《ほうぎょご》は弟《おとうと》の用明天皇《ようめいてんのう》と崇峻《すしゅん》天皇《てんのう》が跡《あと》を継《つ》いだため、本来《ほんらい》であれば、推古天皇《すいこてんのう》が歴史《れきし》の表舞台《おもてぶたい》に出《で》る幕《まく》はないはずだが、母親《ははおや》から「蘇我氏《そがし》」の血《ち》を受《う》け継《つ》いでいたため、表舞台《おもてぶたい》からいったんは姿《すがた》を消《け》すものの、完全《かんぜん》に退場《たいじょう》することは歴史《れきし》の神様《かみさま》が許《ゆる》さなかった。崇峻天皇《すしゅんてんのう》は大臣《だいじん》の「蘇我馬子《そがのうまこ》」に暗殺《あんさつ》され、蘇我氏《そがし》が大和朝廷《やまとちょうてい》をほぼ独占支《どくせんし》配《はい》するようになった。そのため、次《つぎ》の天皇《てんのう》の人選《じんせん》に蘇我氏《そがし》は大《おお》きな発言権《はつげんけん》を持《も》っていた。蘇我氏《そがし》にとって「政治的《せいじてき》に正《ただ》しい」後継者《こうけいしゃ》は、無論《むろん》、蘇我氏《そがし》の血《ち》をひく人物《じんぶつ》だった。ただ、蘇我氏《そがし》は独占《どくせん》的《てき》な権力《けんりょく》を持《も》つようになったばかりで、蘇我氏《そがし》の血《ち》をひく皇族《こうぞく》が沢山《たくさん》いたわけではなく、後継者候補《こうけいしゃこうほ》として推《お》すことができたのはある皇女《おうじょ》だけだった。そして、**後先《あとさき》**[3]考《かんが》えることなく、その皇女《おうじょ》に皇位《こうい》を継《つ》がせた。その皇女《おうじょ》が第三十三《だいさんじゅうさん》代推古天皇《だいすいこてんのう》だ。

もちろん、推古天皇《すいこてんのう》を単《たん》なる中継役《なかつぎやく》と**嘲《あざけ》り**[4]、皇位《こうい》は遅《おそ》かれ早《はや》かれ蘇我氏《そがし》の血《ち》をひく皇子《おうじ》に引《ひ》き継《つ》がれると考《かんが》える者《もの》もいた。だが、推古天皇《すいこてんのう》は蘇我氏《そがし》の血《ち》をひく一方《いっぽう》で、天皇家《てんのうけ》の血《ち》も受《う》け継《つ》いでいることを忘《わす》れていなかった。天皇家《てんのうけ》に未来《みらい》を残《のこ》すため、蘇我氏《そがし》が全権力《ぜんけんりょく》を掌《しょう》握《あく》しないよう見張《みは》る役割《やくわり》を担《にな》ったのだ。その後《ご》の歴史《れきし》の流《なが》れからみれば、推古天《すいこてん》皇《のう》はその役割《やくわり》を**全《まっと》う**5したことになる。推古天皇《すいこてんのう》の貢献《こうけん》は非常《ひじょう》に重要《じゅうよう》なものだった。蘇我《そが》氏全盛期《ぜんせいき》の中《なか》でも、推古天皇《すいこてんのう》は巧《たく》みな政治的手腕《せいじてきしゅわん》を発揮《はっき》し、天皇家《てんのうけ》の尊厳《そんげん》と復権《ふっけん》の希望《きぼう》を守《まも》った。

女帝《じょてい》が男《おとこ》の大臣《だいじん》たちと政務《せいむ》を行《おこな》っていると不都合《ふつごう》なこともある。そこで、「摂政《せっしょう》」の設置《せっち》が急務《きゅうむ》となった。推古《すいこ》天皇《てんのう》は摂政《せっしょう》に充《あ》てたある人物《じんぶつ》の働《はたら》きにより、歴史的《れきしてき》に高《たか》い評価《ひょうか》を受《う》けることになった。その人物《じんぶつ》とは「聖徳太子《しょうとくたいし》」だ。古事記《こじき》が推古天皇《すいこてんのう》で巻《かん》を閉《と》じている事実《じじつ》を忠実《ちゅうじつ》に表《あらわ》すため、本誌《ほんし》で聖徳《しょうとく》太子《たいし》の事績《じせき》を詳述《しょうじゅつ》できないことをご寛《かん》恕願《じょねが》いたい。なお、聖徳太子《しょうとくたいし》に対《たい》する本誌《ほんし》の評価《ひょうか》は以下《いか》の通《とお》りだ。

「日本《にほん》が未開国《みかいこく》から文明国《ぶんめいこく》へと発展《はってん》を遂《と》げる上《うえ》で最《もっと》も重要《じゅうよう》な役割《やくわり》を果《は》たしたのは聖徳太子《しょうとくたいし》である」。

古事記《こじき》の物語《ものがたり》はここで幕《まく》を閉《と》じる。この後《あと》は古代史《こだいし》が続《つづ》き、天皇家《てんのうけ》の物語《ものがたり》が**脈々《みゃくみゃく》**6と語《かた》り継《つ》がれていく。

古事記的終章
古代史的序章

沒！人！可！繼！位！

大和朝廷這次眞的絕望了。本來還寄望上次那樣的奇蹟，希望地方官聲稱找到浪跡民間的皇子。但等了好久就是沒人舉手。皇女倒是還有不少，但天孫降臨以來也沒聽說天皇可以用招贅產生的。女性天皇？這太前衛了，連很久以後的二十一世紀皇室都還沒人敢嘗試呢！朝廷只好把標準放到無限寬。只要祖譜上勾得到天皇血統的都算有資格。

終於，在越前國（福井縣）找到一位。據說這位是第十五代應神天皇的五世孫。若以仁德天皇的血統爲準，他算是遠親中的遠親。但就現存皇族而言，他又是與天皇家的血緣最親者。沒辦法，就是他了。趕緊迎接回來，讓他登基成爲第二十六代的「繼體天皇」。爲補足繼體天皇在血統上的弱點，朝廷讓他與武烈天皇的姊姊「手白香皇女」結婚，以示新舊皇統融合。

入主大和朝廷後，與手白香皇女所生的嫡子，則成爲第二十九代62的「欽明天皇」。欽明天皇是個好子孫，子嗣興隆，分別繼位爲第三十代「敏達天皇」、第三十一代「用明天皇」、第三十二代「崇峻天皇」及第三十三代「推古天皇」。經過越前搬來的這一家子的努力，大和朝廷總算渡過了絕嗣的危機，人丁逐漸興旺起來。

這裡飛快地從二十六代跳至三十三代，實非本書偸懶。古事記從仁賢天皇之後，就如同維基百科一樣，只記錄天皇的基本資料與簡單的生平。有可能是撰寫古事記的當時，這幾位天皇都才作古不久，算是當代人物。有許多事蹟不該或不宜直接寫在書上。而且古事記的編寫目的，是以口耳相傳的神話補足天皇家家史的最初部分而已。繼體天皇開始的每位天皇，其日常言行朝廷都有差專人記錄。因此古事記的作者也不好越俎代庖了。

儘管如此，本書還是想鎖定第三十三代

▲聖徳太子 @Wikipedia

的推古天皇，稍加詳述。因爲她是日本史上第一位女性天皇。推古天皇是欽明天皇的女兒，嫁給同父異母哥哥敏達天皇。敏達死後，陸續由用明及崇峻兩位弟弟繼位。至此，歷史舞台本來已經沒推古的戲份了。但她傳承了母親「蘇我氏」的血統，所以歷史之神只請她到一旁稍稍休息，不准她下台一鞠躬。

崇峻天皇後來被權臣「蘇我馬子」暗殺，蘇我氏一族幾乎獨佔大和朝廷。因此對於下一任天皇的人選，蘇我家族有很大的發言權。蘇我氏所謂的「政治正確」，當然是指具有蘇我家血統的人選了。由於蘇我氏才剛開始獨大，還來不及製造出大量具有蘇我血統的皇族，因此他們能推的人選，只有一位皇女。於是不管三七二十一，將這位皇女強推上帝位。此即第三十三代，推古天皇。

當然會有人譏笑推古天皇只是個中繼角色，皇位遲早要還給具有蘇我血統的皇子。但具有蘇我血統的她，依然沒忘記自己也留著天皇家的血。爲了許天皇家一個未來，她暗自決定要做好看守的任務，不能讓蘇我氏整碗端走。以歷史後來的發展看來，她成功了。而且她的付出很關鍵。即便身處蘇我氏的全盛期，推古天皇善用她靈活的政治手腕，成功守住天皇家的尊嚴，以及未來翻身的可能性。

女人整天跟一群男性大臣混一起終究有些不合適。因此，設一名「攝政」變得頗爲迫切。推古天皇找的人，將她推向歷史的另一個高位。因爲這個攝政就是「聖德太子」。爲了忠實呈現古事記結束於推古天皇這一事實，恕本書無法在此詳述聖德太子的事蹟。不過，本書對他有一句評語：

這個國家能從「呷粗飽」的日本昇華到「有讀冊」的日本，聖德太子是最關鍵的角色。

古事記到此告一段落。之後的，就由古代史接棒，繼續訴說著天皇家綿延不絕的故事。

62. 繼體天皇從越前帶回的兩位兒子，之後分別繼位爲第二十七代的「安閑天皇」與第二十八代的「宣化天皇」。

單字

1. **すら**：副助 甚至
2. **白羽《しらは》の矢《や》が立《た》つ**：雀屏中選
3. **後先《あとさき》**：名 未來的事
4. **嘲《あざけ》る**：動 嘲諷
5. **全《まっと》う**：動 認真完成
6. **脈々《みゃくみゃく》**：形 綿延不絕的

句型

●「～上《うえ》で」：**爲達成～的目標**（後接必要條件）

動詞｛辞書形｝／名詞の　上《うえ》で

<例>このプロジェクトを成功《せいこう》する上《うえ》で、君《きみ》が必要《ひつよう》だ。

這個計劃要成功，你是不可缺少的條件。

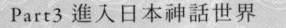

コラム

035

万世一系《ばんせいいっけい》の天皇《てんのう》？

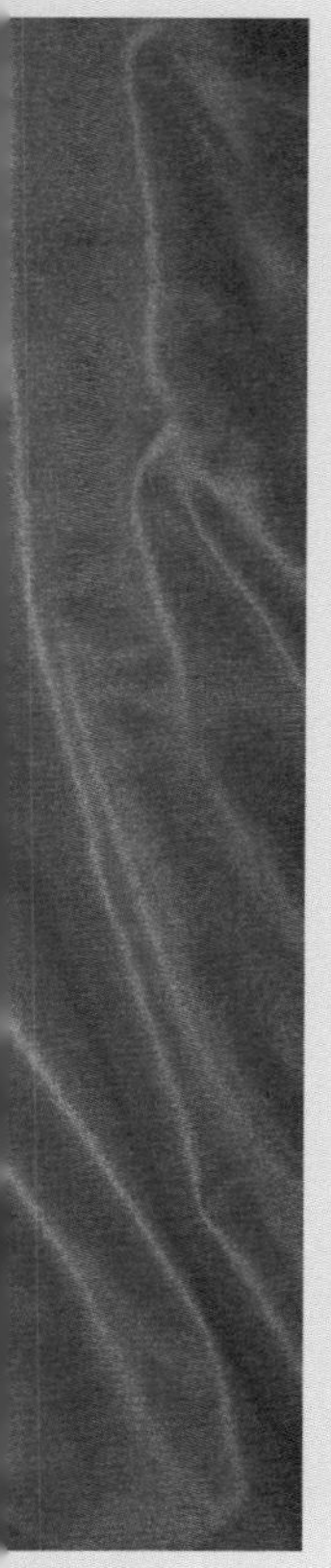

「天皇《てんのう》は本当《ほんとう》に万世一系《ばんせいいっけい》？途切《とぎ》れたことがない？」「天皇《てんのう》は本当《ほんとう》に神《かみ》の子《し》孫《そん》？人間界《にんげんかい》に生《い》きる神《かみ》なの？」——。日本語学習者《にほんごがくしゅうしゃ》に日本《にほん》の神話《しんわ》を語《かた》る時《とき》に最《もっと》も出《で》てくる質問《しつもん》だ。答《こた》えはさておき、古事記《こじき》を読《よ》めば、継体天皇《けいたいてんのう》から時代《じだい》が変《か》わったことに気《き》づく。天照大御神《あまてらすおおみかみ》から続《つづ》いていた皇統《こうとう》が途切《とぎ》れたのだ。日《に》本《ほん》の一部《いちぶ》の古代史研究者《こだいしけんきゅうしゃ》も、継体天皇《けいたいてんのう》の諡号《しごう》「継体《けいたい》」が、それまでの皇統《こうとう》の断絶《だんぜつ》の証左《しょうさ》と指摘《してき》している。

継体天皇《けいたいてんのう》は越前《えちぜん》の地方豪族《ちほうごうぞく》だったと疑《うたが》う見方《みかた》もあるが、大和朝廷《やまとちょうてい》の後継者《こうけいしゃ》として皇位《こうい》を継《つ》いだのだから、継体天《けいたいてん》皇《のう》とその子孫《しそん》は天照大御神《あまてらすおおみかみ》に帰順《きじゅん》したことを意味《いみ》し、国号《こくごう》や国旗《こっき》は変更《へんこう》しなかった（笑）。つまり、血統《けっとう》は途切《とぎ》れたが、正統性《せいとうせい》という点《てん》では紛《まぎ》れもなく万世一系《ばんせいいっけい》なのだ。そのため、政治的《せいじてき》に民主化《みんしゅか》し、社会的《しゃかいてき》に多様化《たようか》した現在《げんざい》の日本《にほん》でも、天皇《てんのう》の万世一系《ばんせいいっけい》については「判断停止《はんだんていし》」とされている。

万世一系《ばんせいいっけい》の思想《しそう》は戦前《せんぜん》の「皇国史《こうこくし》観《かん》」を支《ささ》えた。日本《にほん》の神話《しんわ》が特別《とくべつ》なのは、神話自体《しんわじたい》が天皇家《てんのうけ》の歴史《れきし》であり、正史《せいし》の一部《いちぶ》であり、大和民族《やまとみんぞく》のルーツでもあるという点《てん》だ。万世一系《ばんせいいっけい》ならば、天《てん》皇《のう》の祖先《そせん》は天地開闢《てんちかいびゃく》にまで遡《さかのぼ》り、天《てん》皇《のう》は神《かみ》の末裔《まつえい》、つまり人間界《にんげんかい》に生《い》きる神《かみ》ということになる。そして、神《かみ》が創《つく》り、神《かみ》が統治《とうち》する日本《にほん》は神《かみ》の国《くに》であり、日本《にほん》の全臣民《ぜんしんみん》が神《かみ》の国《くに》と神《かみ》の末裔《まつえい》（天《てん》皇《のう》）のために身《み》を捧《ささ》げるのは当然《とうぜん》のことと推論《すいろん》できる。

皇国史観《こうこくしかん》は戦後《せんご》に排除《はいじょ》され、歴史的《れきしてき》にも統治上《とうちじょう》も正当性《せいとうせい》を失《うしな》った。日本《にほん》の神話《しんわ》は神棚《かみだな》から降《お》ろされ、政治目的《せいじもくてき》に利用《りよう》されなくなった。ただ、人間《にんげん》が作《つく》り出《だ》した疑《うたが》うことを許《ゆる》さない神聖性《しんせいせい》は失《うしな》われた一方《いっぽう》で、神話《しんわ》の中《なか》に封《ふう》じ込《こ》められていた独特《どくとく》の魅力《みりょく》と文学的価値《ぶんがくてきかち》が解《と》き放《はな》たれることとなり、それらを咀嚼《そしゃく》することで、日本人《にほんじん》の中《なか》に潜《ひそ》む文化的《ぶんかてき》意識《いしき》を味《あじ》わうことが可能《かのう》になったのだ。

萬世一系的天皇？

「天皇當眞是萬世一系？從未中斷？」「天皇當眞是神的子孫？活在人間的神？」這大概講述日本神話時，最常被日語學習者提出的質問了。先不說是與否，讀完古事記至少都會發現，繼體天皇開始，似乎是個

新時代的起點。這也就標誌著皇統中斷，而非上溯至天照大御神了。日本有些古代史的學者，也認爲這位天皇的諡號既然是「繼體」，就已明示上一段皇統已然中斷。

儘管，繼體天皇的眞實身分被質疑爲越前的地方土豪，不過他終究是以大和朝廷繼承者的身分入繼大統。這表示，他及後代子孫服膺天照大御神這塊神主牌，沒有去更改國旗國號（笑）。就算血緣上曾中斷，但法統上仍是無懈可擊的萬世一系。也因此，卽便是政治民主社會多元的當今日本，對於天皇的萬世一系仍持存而不論的態度。

天皇的萬世一系，在戰前還支撐過「皇國史觀」。日本神話的特別之處在於神話本身卽是天皇的家史，是正史的一部分，也是整個大和民族的起點。既然萬世一系，天皇的先祖自可追溯至開天闢地的諸神，天皇也就是神的後裔，活在人間的神了。神造出了日本，日本也由神統治，那日本當然就是神國了。往下推論，全日本的所有臣民，爲了神國及神的後裔——天皇而犧牲奉獻，也是理所當然。

戰後，皇國史觀已被拋棄，不再具有歷史或統治上的正當性。日本神話也順勢走下神壇，不用再爲政治目的服務。日本神話退去了那層人爲的、不可質疑的神聖光環，卻是解放了禁錮其中的獨特魅力及文學價值，甚至得以讓吾人咀嚼出藏在日本人內心裡的文化意識。

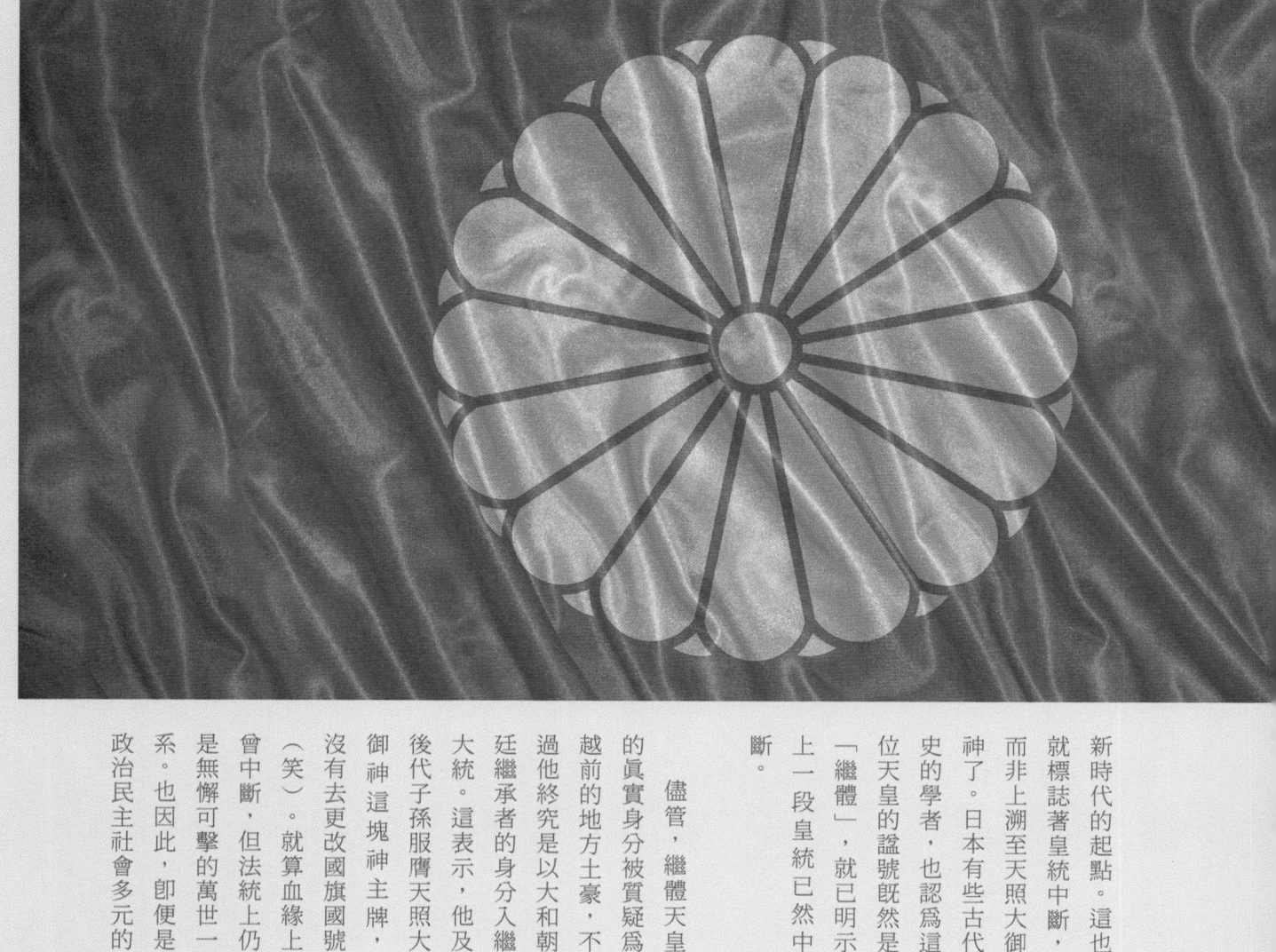

PART.

4

拜訪八百萬神明

宮崎縣青島神社
福岡縣住吉神社
島根縣出雲大社
京都府八坂神社
三重縣伊勢神宮
滋賀縣多賀大社

神社是日本固有宗教「神道」的祭祀設施。依照名稱大致可分以下幾種。「神宮」祭祀著皇室的祖神，或與天皇、皇室關係密切的神，如伊勢神宮、明治神宮。稱「大社」的，是「總本社」地位的神社、或等級較高的神社，例如伏見稻荷大社（全國稻荷神社的總本社）。「宮」則祭祀身分高的人、或皇族，例如天滿宮，祭祀著被稱爲學問之神的菅原道眞。

神社的入口稱「鳥居」，穿過鳥居後便進入了神的領域。神社裡長長的道路稱爲「參道」，沿著參道走近神社建築，一般會設有用來讓人清淨身心的「手水舍」。參拜時，可先搖晃掛在上面的鈴鐺，這個音色能淨化參拜者的心靈。搖鈴、投入香油錢，接著以「二禮二拍手一禮」的順序，行鞠躬禮及拍手，便完成了參拜。

以下將介紹六間重要的神社。參拜神社時，若能理解其後的歷史緣由、神話故事，相信更能感受到不枉此行。

青島神社《あおしまじんじゃ》

036

宮崎県青島神社《みやざきけんあおしまじんじゃ》

青島神社《あおしまじんじゃ》は宮崎県宮崎市南《みやざきけんみやざきしなん》東部《とうぶ》の青島《あおしま》にある。青島《あおしま》は古《ふる》くから聖域《せいいき》とされ、青島海岸《あおしまかいがん》とは弥生橋《やよいばし》で繋《つな》がっている。神社《じんじゃ》の創建年代《そうけんねんだい》は不詳《ふしょう》だが、平安時代《へいあんじだい》には既《すで》に崇敬《すうけい》されていたといわれる。三柱《みはしら》の祭神《さいじん》はいずれも山幸海幸神話《やまさちうみさちしんわ》に登場《とうじょう》する神《かみ》で、多《おお》くの人《ひと》が縁結《えんむす》び、安産《あんざん》、航海安全《こうかいあんぜん》の祈願《きがん》に訪《おとず》れる。

青島神社《あおしまじんじゃ》では夏《なつ》に「夏祭《なつまつ》り」、冬《ふゆ》に「裸祭《はだかまつ》り」という独特《どくとく》な祭《まつ》りが開催《かいさい》される。夏《なつ》祭《まつ》りは「海《うみ》を渡《わた》る祭《まつ》り」とも呼《よ》ばれ、旧暦六月十七《きゅうれきろくがつじゅうしち》～十八《じゅうはち》日《にち》に地元《じもと》の二十二《にじゅうに》～三歳《さんさい》の青年《せいねん》を主催者《しゅさいしゃ》として行《おこな》われる。青年《せいねん》たちが神輿《みこし》を**担《かつ》い**[1]で海《うみ》に入《はい》り、漁船《ぎょせん》に神輿《みこし》を乗《の》せて島《しま》を一周《いっしゅう》する光景《こうけい》は実《じつ》に壮観《そうかん》だ。一方《いっぽう》、成人《せいじん》の日《ひ》（一月第《いちがつだい》二月曜《にげつよう》）に行《おこな》われる裸祭《はだかまつ》りでは、全国《ぜんこく》から集《あつ》まった男女数《だんじょすう》百名《ひゃくめい》が海岸《かいがん》で身《み》を**清《きよ》め**[2]て参《さん》拝《ぱい》する。祭神《さいじん》の彦火火出見命《ひこほほでみのみこと》が海宮《わたつのみや》から**帰還《きかん》し**[3]た際《さい》に村《むら》人《びと》が服《ふく》を着《き》る暇《ひま》もなく出迎《でむか》えたという故事《こじ》に因《ちな》むと伝《つた》えられている。

青島《あおしま》は山幸彦《やまさちひこ》と豊玉姫《とよたまひめ》が愛《あい》を育《はぐ》んだ地《ち》であることから、縁結《えんむす》びのご利益《りやく》を求《もと》めて多《おお》くの人《ひと》が参拝《さんぱい》に訪《おとず》れる。ハート型《がた》の「縁結《えんむす》びおまもり」や恋《こい》みくじなど、どれも大人気《だいにんき》だ。また、島《しま》の中央《ちゅうおう》に熱帯樹林《ねったいじゅりん》に囲《かこ》まれて鎮座《ちんざ》する本宮《ほんぐう》の周辺《しゅうへん》からは弥生式土器《やよいしきどき》、獣骨《じゅうこつ》などが出土《しゅつど》しており、パワースポットとして知《し》られる。隣《となり》のビロウの木《き》には祈願《きがん》の「産霊《むすび》

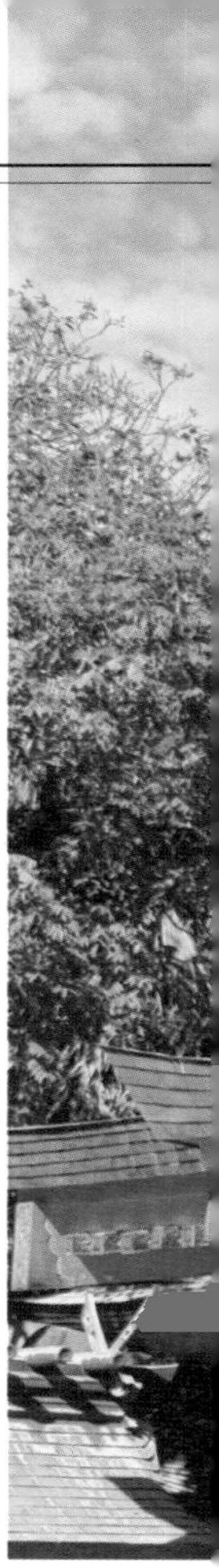

紙縒《こより》」が沢山《たくさん》結《むす》び付《つ》けられており、一番人気《いちばんにんき》は恋愛成就《れんあいじょうじゅ》のピンクの紙縒《こより》だ。参拝後《さんぱいご》にこの小《ちい》さな島《しま》を**ぐるっと**[4]一周《いっしゅう》し、日本《にほん》ではなかなか味《あじ》わえない南国《なんごく》の雰囲《ふんい》気《き》を堪能《たんのう》するといいだろう。

宮崎縣青島神社

青島神社位於宮崎縣宮崎市東南部的「青島」之上，這座島嶼自古便被尊爲聖域，現今透過「彌生橋」與青島海岸相連結。神社起源不可考，據說平安時代便已受人們尊崇。神社中的三位祭神，皆爲山幸海幸神話當中的登場神祇，許多人們來這裡祈求結緣、安產、航海安全。

青島神社夏日的「夏祭」及冬日的「裸祭」，獨具特色。「夏祭」又稱「渡海祭」，於每年舊曆六月十七、十八日舉行，由二十二、三歲的當地青年主辦。青年們抬著神轎走向海中，置放在漁船上，接著繞島一圈，場面壯觀熱鬧。冬天的「裸祭」於「成人之日」（一月的第二個星期一）舉辦，來自全國各地的數百名男女在神社前方海邊洗淨身心後，到神社參拜。從前彥火火出見命自海神國歸來時，村人們來不及穿衣服，急忙前往迎接，據說便是裸祭的起源。

由於此地是山幸彥與豐玉姬的戀愛之地，因此許多人前來祈求良緣。心形的「緣結御守」、戀愛籤等等，每樣都很受歡迎。

鎮座在島嶼中央、被熱帶樹林包圍的本宮，據說曾出土彌生式土器、獸骨等，是著名的能量景點（power spot）。本宮旁的檳榔樹上綁著許多紙繩，是一種祈願方式，稱爲「產靈紙縒」，其中又以祈求戀愛的桃紅色紙縒最受歡迎。

青島面積並不大，參拜過後，建議在島上周遊一圈，享受日本難得一見的南國風情吧。

青島神社

—地址—

宮崎縣宮崎市青島 2 丁目 13 番 1 號

—主祭神—

天津日高彥火火出見命

豐玉姬命

塩筒大神

—御守 · 御朱印授予時間—

8：00 ～ 17：00

—參拜時間—

6：00 ～日落

—交通方式—

JR 日南線青島站下車徒步約十分鐘

單字

1. **担《かつ》ぐ**：動 扛著、挑著
2. **清《きよ》める**：動 清除汙穢、洗清汙名
3. **帰還《きかん》する**：動 從遠方（特別是戰場）回到故鄉
4. **ぐるっと**：副 環繞一周

▲ 充斥著南洋風情的宮崎縣青島海岸 @Shutterstock

住吉《すみよし》神社《じんじゃ》

037

福岡県住吉神社《ふくおかけんすみよしじんじゃ》

福岡《ふくおか》の住吉神社《すみよしじんじゃ》は日本全国《にほんぜんこく》に二千社《にせんしゃ》以上《いじょう》ある「住吉神社《すみよしじんじゃ》」の本元《ほんもと》だ。航海守護神《こうかいしゅごしん》「住吉三神《すみよしさんじん》」が誕生《たんじょう》した阿波岐原《あわきはら》の古跡《こせき》とされ、住吉三神《すみよしさんじん》が祀《まつ》られている。大阪《おおさか》の住吉《すみよし》大社《たいしゃ》、下関《しものせき》の住吉神社《すみよしじんじゃ》と合《あ》わせて「日本三大住吉《にほんさんだいすみよし》」と呼《よ》ばれている。

福岡《ふくおか》の住吉神社《すみよしじんじゃ》は相撲《すもう》との縁《えん》が深《ふか》い。三韓征伐《さんかんせいばつ》を果《は》たした神功皇后《じんぐうこうごう》が、住吉大神《すみよしのおおかみ》の**ご加護《かご》**[1]により無事帰還《ぶじきかん》できたことを感謝《かんしゃ》し、相撲《すもう》と流鏑馬《やぶさめ》を**執《と》り行《おこな》っ**[2]たことに由来《ゆらい》するようだ。毎年《まいとし》、十月十二《じゅうがつじゅうに》～十四日《じゅうよっか》の「相撲会大祭《すもうかいたいさい》」では、流鏑馬《やぶさめ》や少年相撲《しょうねんずもう》が奉納《ほうのう》される。九月中頃《くがつなかごろ》には、赤《あか》ちゃんの健《すこ》やかな成長《せいちょう》と無病息災《むびょうそくさい》を願《ねが》い、赤《あか》ちゃんが相撲選手《すもうせんしゅ》に抱《だ》かれて**土俵入《どひょうい》り**[3]する「赤《あか》ちゃんの土俵入《どひょうい》り」が行《おこな》われる。また、十一月初《じゅういちがつはじ》めには、日本相撲協会《にほんすもうきょうかい》の公式行事《こうしきぎょうじ》として、番付最高位《ばんづけさいこうい》の横綱力士《よこづなりきし》が土俵入《どひょうい》りする「横綱奉納土俵《よこづなほうのうどひょう》入《い》り」が開催《かいさい》される。

現在《げんざい》の本殿《ほんでん》は、福岡藩初代《ふくおかはんしょだい》藩主《はんしゅ》の黒田長政《くろだながまさ》が一六二三年《ねん》に再建《さいけん》したもので、神社建築《じんじゃけんちく》史上最古《しじょうさいこ》の様式《ようしき》の一《ひと》つといわれる「住吉造《すみよしづくり》」で造《つく》られている。また、相撲《すもう》との結《むす》び付《つ》きが強《つよ》いことから、境内《けいだい》には博多《はかた》の人形師《にんぎょうし》が二〇一三年《ねん》に制作《せいさく》した、力強《ちからづよ》さと美《うつく》しさを兼《か》ね備《そな》えるブロンズ像《ぞう》「古代力士像《こだいりきしぞう》」が鎮座《ちんざ》する。さらに、小《ちい》さな鳥居《とりい》から岩《いわ》の中《なか》をのぞき、自分《じぶん》の姿《すがた》を鏡《かがみ》に映《うつ》して願《ねが》いをかけると叶《かな》うといわれる

「のぞき稲荷《いなり》」もある。千八百年《せんはっぴゃくねん》以上《いじょう》の歴史《れきし》を誇《ほこ》り、繁華街《はんかがい》の中《なか》に**たたずむ**4福岡《ふくおか》の住吉神社《すみよしじんじゃ》は、今日《きょう》も博多《はかた》の人々《ひとびと》を温《あたた》かく見守《みまも》っている。

福岡縣住吉神社

日本各地共有兩千多座「住吉神社」，其源頭來自於福岡的住吉神社。這裡祭拜著被稱爲航海守護神的「住吉三神」，傳說此地便是住吉神誕生之地阿波岐原。福岡住吉神社與大阪住吉大社、下關住吉神社，又被稱爲「三大住吉」。

福岡住吉神社與相撲關聯密切。傳說古時神功皇后征韓，平安歸來，爲了感謝住吉大神庇護，因此舉辦了相撲及流鏑馬。現今每年十月十二日至十四日，這裡會舉行「相撲會大祭」，內容有流鏑馬及少年相撲。九月中旬有「嬰兒登土俵」的行事，由相撲選手抱著嬰兒，進入相撲擂台「土俵」，祈求嬰兒健康成長、無病無災。十一月初，則有由相撲力士最高位「橫綱」所舉行的「登土俵」儀式，是日本相撲協會的重要行事。

現今的本殿，是在一六二三年由福岡藩初代藩主黑田長政重建的，採用古來的樣式「住吉造」，爲最古老的神社建築樣式之一。神社境內有座「古代力士像」，由於神社與相撲關聯密切，博多當地人偶師於二〇一三年製作了這尊展現力與美的雕像。此外，還有建在岩石當中的稻荷神社「窺視稻荷」，只要靠近岩石洞前的小小鳥居往內窺視，見到自己身影映照在鏡面當中，便能夠祈願。

擁有一千八百多年歷史的住吉神社，座落在繁華市中心，現今也仍守護著博多的子民們。

住吉神社

—地址—

福岡市博多區住吉 3 丁目 1-51

—主祭神—

底筒男命

中筒男命

表筒男命

—御守 · 御朱印授予時間—

9：00～17：00

—參拜時間—

6：00～21：00

—交通方式—

JR 博多站下車徒步約十分鐘

▲住吉神社境內的古代力士雕像 @Shutterstock

單字

1. **ご加護《かご》**：名 神明的加持
2. **執《と》り行《おこな》う**：動 慎重其事地舉行典禮或儀式
3. **土俵入《どひょうい》り**：名 原為相撲力士在土俵上進行的祈福儀式，近年也被用於在眾人前亮相的意思
4. **たたずむ**：動 佇足

出雲《いずも》大《たい》社《しゃ》

038

島根県出雲大社《しまねけんいずもたいしゃ》

出雲大社《いずもたいしゃ》は大国主神《おおくにぬしのかみ》が国譲《くにゆず》りの後《あと》に授《さず》かった地《ち》に鎮座《ちんざ》する。

主祭神《しゅさいじん》は大国主神《おおくにぬしのかみ》。頭巾《ずきん》をかぶり、肩《かた》に大《おお》きな袋《ふくろ》を担《かつ》ぎ、手《て》に小槌《こづち》を持《も》ち、**米俵**《こめだわら》1の上《うえ》に立《た》つ「縁結《えんむす》びの神《かみ》」として信仰《しんこう》されている。男女《だんじょ》の縁《えん》だけでなく、広《ひろ》く人《ひと》と人《ひと》、人《ひと》と物《もの》との縁《えん》をも結《むす》ぶとされる。

神社参拝時《じんじゃさんぱいじ》の**作法**《さほう》2としては「二礼一拍手一礼《にれいいちはくしゅいちれい》」が一般《いっぱん》的《てき》だが、出雲《いずも》大社《たいしゃ》では「二礼《にれい》四拍手一礼《よんはくしゅいちれい》」となる。また、出雲大社《いずもたいしゃ》の本殿《ほんでん》は日本最古《にほんさいこ》の神社建築様式《じんじゃけんちくようしき》の一《ひと》つ「大社《たいしゃ》造《づくり》」で造《つく》られている。現存《げんぞん》する高《たか》さ約二十四《やくにじゅうよん》メートルの本《ほん》殿《でん》は一七四四年《ねん》に建造《けんぞう》されたもので、太古《たいこ》の時代《じだい》にはその四倍《よんばい》の高《たか》さ九十六《きゅうじゅうろく》メートルの巨大《きょだい》な神殿《しんでん》が存在《そんざい》したそうだ。今《いま》では巨大《きょだい》な神殿《しんでん》は見《み》られないが、神楽殿《かぐらでん》に掛《か》けられた日本最大《にほんさいだい》の大《おお》しめ縄《なわ》（全長《ぜんちょう》約十三《やくじゅうさん》メートル、重量五《じゅうりょうご》・二《に》トン）は迫力満点《はくりょくまんてん》で**見応え**《みごた》3がある。

境内最大《けいだいさいだい》のパワースポットは本殿裏《ほんでんうら》にある「素鵞社《そがのやしろ》」だ。素戔嗚尊《すさのおのみこと》（須佐之男《すさのお》）が祀《まつ》られており、背後《はいご》の八雲山《やくもやま》が素《す》戔嗚尊《さのおのみこと》のご神体《しんたい》になっている。出雲大社《いずもたいしゃ》から徒歩二十分《とほにじゅっぷん》ほどのところにある「稲佐《いなさ》の浜《はま》」から取《と》ってきた砂《すな》を素鵞《そがの》社《やしろ》の社殿《しゃでん》の軒下《のきした》にある木箱《きばこ》に入《い》れ、元々木箱《もともときばこ》に入《はい》っていた砂《すな》を持《も》ち帰《かえ》るという参拝方法《さんぱいほうほう》も独特《どくとく》だ。その砂《すな》を持《も》ち歩《ある》いたり、家《いえ》の周《まわ》りに撒《ま》いたりすると幸運《こううん》を呼《よ》ぶといわれてい

る。素鵞社《そがのやしろ》に来《く》ると強《つよ》い霊気《れいき》を感《かん》じる人《ひと》もいるらしい。

時間《じかん》に余裕《よゆう》があれば、出雲《いずも》大社《たいしゃ》の隣《となり》にある「島根県立古《しまねけんりつこ》代《だい》出雲《いずも》歴史博物館《れきしはくぶつかん》」を訪《たず》ねてみるといいだろう。出雲大社《いずもたいしゃ》に対《たい》する理解《りかい》と関心《かんしん》が深《ふか》まるはずだ。

島根縣出雲大社

出雲大社位於大國主神讓渡國家後，所獲得的土地上。主祭神大國主神，頭戴頭巾、手拿小槌、肩背行囊、腳踏裝米草袋，以「結緣神」之名受人信仰。此處不僅指男女之緣，還包括了人與人、人與物之間的關係。

這裡的參拜方式與一般不同。一般神社參拜時是行「二禮二拍手一禮」，但這裡的正式作法卻是「二禮四拍手一禮」。本殿的建築樣式稱「大社造」，爲最古老的神社建築樣式之一。據說太古時代這裡曾有巨大神殿，現今所見到的本殿，是在一七四四年所營造的，高約二十四公尺，但古代的神殿據說有九十六公尺，也就是四倍之高。雖然現今已不見巨大本殿的蹤影，但在神樂殿，也可見到全日本最大的注連繩，長約十三公尺、重五點二噸，魄力十足。

而境內最大的能量景點（power spot），其實是在本殿後方的「素鵞社」。這裡祭祀的是素戔嗚尊，後方的八雲山就是素戔嗚尊的神體。參拜方式也很特別，首先必須到步行二十分鐘之處的「稻佐之濱」挖取一些沙，帶回素鵞社，放在下方的木箱當中，再從木箱裡拿一些沙，帶回去供奉。只要將這些沙帶在身上、或灑在住家四周，便能夠帶來好運。據說有些人會在此感受到很強的靈氣。

此外，若有空造訪附近的「島根縣立古代出雲歷史博物館」，對於出雲神社想必會有更深刻的理解與感受呢。

出雲大社

—地址—

島根縣出雲市大社町杵築東 195

—主祭神—

大國主神

—御守 · 御朱印授予時間—

7：00～18：00

—參拜時間—

6：00～18：00

—交通方式—

由 JR 出雲站搭乘一畑巴士

（往出雲大社・日御碕・宇龍方向）

約二十五分鐘

單字

1. **米俵《こめだわら》**：名 以稻草編成的米袋
2. **作法《さほう》**：名 起居或動作的正確法則
3. **見応《みごた》え**：名 一睹為快的價值

句型

●**～といい**：**建議去做～** 動詞｛辭書形｝ といい

*同「～ばいい」

<例>疲《つか》れたとき、好《す》きなことをやるといい。

疲倦時就做些自己喜歡的事吧。

八坂《やさか》神社《じんじゃ》

039

京都府八坂神社《きょうとふやさかじんじゃ》

京都《きょうと》の人気観光地《にんきかんこうち》にある八坂神社《やさかじんじゃ》は、観光客必見《かんこうきゃくひっけん》のスポットだ。主祭神《しゅさいじん》は素戔嗚尊《すさのおのみこと》（須佐之男《すさのお》）。日本全国《にほんぜんこく》の八坂神社《やさかじんじゃ》と素戔嗚尊を祀る神社の総本山《そうほんざん》だ。八坂神社《やさかじんじゃ》で開催《かいさい》される最大《さいだい》の祭典《さいてん》が京都三大《きょうとさんだい》祭《まつ》りの一《ひと》つ「祇園祭《ぎおんまつり》」であることから、「祇園《ぎおん》さん」の**愛称**《あいしょう》[1]で親《した》しまれている。

八坂神社《やさかじんじゃ》と山鉾町《やまぼこまち》の共催《きょうさい》で毎年七月《まいとししちがつ》に開催《かいさい》される祇園祭《ぎおんまつり》のハイライトは「山鉾巡行《やまぼこじゅんこう》」だ。「山鉾《やまぼこ》」とは神社《じんじゃ》の祭礼《さいれい》に引《ひ》かれる、台座《だいざ》の上《うえ》に様々《さまざま》な装飾《そうしょく》を**施**《ほどこ》**し**[2]た山車《だし》のこと。山鉾《やまぼこ》は祭《まつ》りの期間中《かんちゅう》に街中《まちなか》に建《た》てられ、「巡行《じゅんこう》」当日《とうじつ》に**目抜**《めぬ》**き通**《どお》**り**[3]を巡回《じゅんかい》する。ただ、祇園祭《ぎおんまつり》の最重要行事《さいじゅうようぎょうじ》は「神幸祭《しんこうさい》」と「還幸祭《かんこうさい》」の「神輿渡御《みこしとぎょ》」だ。「山鉾巡行《やまぼこじゅんこう》」の後《あと》に行《おこな》われる「神幸祭《しんこうさい》」で八坂神社《やさかじんじゃ》の三基《さんき》の神輿《みこし》が四条寺町《しじょうてらまち》の「御旅所《おたびしょ》」に運《はこ》ばれ、「還幸祭《かんこうさい》」で再《ふたた》び八坂神社《やさかじんじゃ》に戻《もど》される。

八坂神社《やさかじんじゃ》の隣《となり》には桜《さくら》の名所《めいしょ》として知《し》られる円山公園《まるやまこうえん》があり、そこを抜《ぬ》けて高台寺《こうだいじ》や清水寺《きよみずでら》へも徒歩《とほ》でアクセスできる。一番人気《いちばんにんき》の観光《かんこう》コースと言《い》えるだろう。また、八坂神社《やさかじんじゃ》は初詣《はつもうで》（正月《しょうがつ》に初《はじ》めて神社《じんじゃ》に参拝《さんぱい》すること）の場所《ばしょ》としても大人気《だいにんき》で、毎年百万人《まいとしひゃくまんにん》以上《いじょう》が訪《おとず》れる。さらに、美人《びじん》の誉《ほま》れ高《たか》き宗像三女神《むなかたさんじょしん》を祀《まつ》る境内《けいだい》の「美御前社《うつくごぜんしゃ》」の社殿前《しゃでんまえ》には「美容水《びようすい》」が湧《わ》き出《で》ており、肌《はだ》につけると美肌《びはだ》になるといわれているので、女性《じょせい》にとっ

ては**外《はず》せない**[4]スポットだろう。

春《はる》の桜《さくら》、夏《なつ》の祇園祭《ぎおんまつり》、秋《あき》の紅葉《こうよう》、冬《ふゆ》の初詣《はつもうで》。京都《きょうと》の人々《ひとびと》が四季折々《しきおりおり》を平和《へいわ》に過《す》ごせるのは、八坂神社《やさかじんじゃ》のご加護《かご》があるからだ。

京都府八坂神社

位於京都主要觀光區的八坂神社，是旅遊時必參訪的景點，主祭神爲素戔嗚尊。日本各地皆有八坂神社、及其他祭祀素戔嗚尊的神社，京都八坂神社則是這些神社的總本山。人們常暱稱其爲「祇園桑」，神社最大的祭典便是京都三大祭之一的「祇園祭」。

祇園祭於每年七月舉行，由八坂神社及街坊中的山鉾町共同主辦，其中的高潮莫過於「山鉾巡行」了。「山鉾」是指神社祭典時所拉的台車，上面擺有各種裝飾。祭典期間人們將山鉾搭建在街坊當中，到了「巡行」這天，便會抬著山鉾遊街。不過其實合稱「神輿渡御」的「神幸祭」與「還幸祭」，才是神社的主要行事。在「山鉾巡行」之後，會舉辦「神幸祭」，人們將八坂神社的三座神轎從神社迎到四条寺町上的「御旅所」，「還幸祭」時再將神轎迎回神社。

八坂神社緊鄰以櫻花著名的圓山公園，穿過公園還能一路步行至高台寺及清水寺，可說是最熱門的觀光路線。除了祇園祭以外，這裡的「初詣」（正月首次神社參拜）也很有名，每年都有上百萬人造訪。此外，八坂神社境內的「美御前社」，祭祀以美麗著名的宗像三女神，社殿前湧出的水稱「美容水」，據說對皮膚極佳，是女性們不容錯過的景點。

春櫻、秋楓，夏祇園祭、冬初詣，京都的街道就在八坂神社的守護之下，平安地度過了每年的四季。

八坂神社

—地址—
京都府京都市東山區祇園町北側 625
—主祭神—
素戔嗚尊
櫛稻田姫命
八柱御子神
—御守 · 御朱印授予時間—
9：00～18：00
—參拜時間—
自由
—交通方式—
京阪祇園四条站步行約五分鐘
阪急河原町站步行約八分鐘
JR 京都站搭乘市巴士 206 號
於「祇園」下車即達

單字

1. **愛称《あいしょう》**：名 暱稱
2. **施《ほどこ》す**：動 施加裝飾或修繕
3. **目《め》抜《ぬ》き通《どお》り**：名 人潮最多、最繁榮的街道
4. **外《はず》せない**：「外《はず》す」的可能形「外《はず》せる」的否定，不能排除或遺漏的

▲美御前社社殿前被譽爲美容水之自然湧泉 @Shutterstock

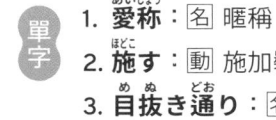

伊《い》勢《せ》神《じん》宮《ぐう》

040

三《み》重《え》県《けん》伊《い》勢《せ》神《じん》宮《ぐう》

「一生《いっしょう》に一度《いちど》はお伊勢《いせ》さん」と言われるほど江戸《えど》時代《じだい》に流行《りゅうこう》した伊勢神宮参拝《いせじんぐうさんぱい》。伊《い》勢神宮《せじんぐう》の正式名称《せいしきめいしょう》は神宮《じんぐう》で、他《ほか》の神宮《じんぐう》と区別《くべつ》するために伊《い》勢《せ》神宮《じんぐう》と呼《よ》ばれている。伊勢《いせ》神宮《じんぐう》には内宮《ないくう》と外宮《げくう》がある。約二千年《やくにせんねん》の歴史《れきし》を持《も》ち、皇室《こうしつ》の祖神《おやがみ》・天照大御神《あまてらすおおみかみ》を祀《まつ》る内《ない》宮《くう》は皇大神宮《こうたいじんぐう》とも呼《よ》ばれる。外宮《げくう》は内宮鎮座《ないくうちんざ》から約五百年《やくごひゃくねん》後《ご》、天照大御神《あまてらすおおみかみ》の食事《しょくじ》を司《つかさど》る神《かみ》として丹波国《たんばのくに》から豊受大《とようけのおお》御神《みかみ》を迎《むか》えるために建立《こんりゅう》された。内宮《ないくう》、外宮《げくう》を中心《ちゅうしん》とする百二十五《ひゃくにじゅうご》の宮社《ぐうしゃ》を総称《そうしょう》して神《じん》宮《ぐう》と呼《よ》ぶ。内宮《ないくう》から外宮《げくう》までは車《くるま》で約十五分《やくじゅうごふん》。外宮《げくう》を参拝《さんぱい》してから内宮《ないくう》を参拝《さんぱい》するのが正式《せいしき》な作法《さほう》とされる。

五十鈴川《いすずがわ》に架《か》かる宇治橋《うじばし》を渡《わた》り、長《なが》い参道《さんどう》を進《すす》むと内宮《ないくう》に到着《とうちゃく》する。その静謐《せいひつ》で荘厳《そうごん》な空間《くうかん》は「日本人《にほんじん》の心《こころ》の故《ふる》郷《さと》」といわれている。手水舎《ちょうずや》がなかった時代《じだい》には五十鈴川《いすずがわ》で身《み》を清《きよ》めてから参拝《さんぱい》していたようだ。なお、内宮《ないくう》の正宮《しょうぐう》には、一般《いっぱん》の神社《じんじゃ》にあるような賽銭箱《さいせんばこ》がない。正宮《しょうぐう》は個人《こじん》的《てき》なお祈《いの》りをするところではなく、感謝《かんしゃ》をするところだからだ。また、伊勢神宮《いせじんぐう》の正殿《せいでん》は、大社造《たいしゃづくり》、住吉造《すみよしづくり》とともに日本最古《にほんさいこ》の神社建築様式《じんじゃけんちくようしき》とされる神明造《しんめいづくり》で造《つく》られている。

内宮《ないくう》、外宮《げくう》の周辺《しゅうへん》にある、せんぐう館《かん》、神宮徴古館《じんぐうちょうこかん》、農《のう》業館《ぎょうかん》、美術館《びじゅつかん》などの文化施設《ぶんかしせつ》も訪《おとず》れる価値《かち》がある。また、内宮《ないくう》の近《ちか》くにある、伊勢神宮《いせじんぐう》へのお参《まい》り**ブーム**[1]が起《お》こっ

た江戸《えど》期《き》の町並《まちな》みを再現《さいげん》した有名《ゆうめい》な「おかげ横丁《よこちょう》」巡《めぐ》りもお忘《わす》れなく。江戸《えど》の雰囲気《ふんいき》を味《あじ》わいながら、伊勢地方《いせちほう》の名産《めいさん》グルメをまとめて**堪能《たんのう》**2できる。

三重縣伊勢神宮

江戸時代人們流行一句話——一生最少要造訪一次「伊勢桑」——指的便是「伊勢神宮」。這裡的正式名稱爲神宮，加上「伊勢」兩字是爲了與其他地方的神宮做區分。神宮分爲內宮及外宮，內宮約有兩千年歷史，主祭神爲皇室的祖神——天照大御神，因此又稱「皇大神宮」。內宮建立約五百年後，人們從丹波國迎來豐受大御神，負責天照大御神的餐食，因此建立了外宮。以內宮和外宮爲主的一百二十五間宮社，統稱爲「神宮」。

內宮距離外宮車程約十五分鐘，正式的參拜方式，是先參拜外宮，再參拜內宮。

走過架在五十鈴川上的宇治橋，通過長長的參道，就能抵達內宮。這裡幽靜而莊嚴，被稱做「日本人的心之故鄉」。從前沒有「手水舍」，人們會在五十鈴川岸潔淨身體之後，才進去參拜。內宮的正宮，與一般神社不同，沒有設置賽錢箱（香油箱），因爲這裡並非提供個人祈願的地方，是爲了讓人們來表達感謝之意的。神宮正殿的建築樣式稱爲「神明造」，與大社造、住吉造同爲最古的神社建築樣式。

內外宮周邊還有遷宮館、神宮徵古館、農業館、美術館等文化設施，值得花上許多時間參觀。此外，更別忘記逛逛內宮周邊有名的「OKAGE 橫丁」，這裡復原了從前人們參拜熱潮的街道風景，不僅能感受江戶風情，還能一網打盡伊勢地方的名產美食呢。

伊勢神宮

—地址—

內宮 三重県伊勢市宇治館町 1

外宮 三重県伊勢市豊川町 279

—主祭神—

內宮 天照大御神

外宮 豐受大御神

—御守 · 御朱印授予時間—

（因疫情有更改，待確認）

—參拜時間—

（因疫情有更改，待確認）

—交通方式—

內宮 由近鐵伊勢市站或宇治山田站搭乘巴士約二十分鐘

外宮 由近鐵伊勢市站搭乘巴士約五分鐘

單字

1. **ブーム**：名 風潮、趨勢
2. **堪能《たんのう》**：名 盡情享受

句型

●～ほど：到～的地步

動詞、い形、名詞｛普通形｝／な形＋な　ほど

＊強調程度之甚

<例>練《ね》りに練《ね》った企画《きかく》が通《とお》って、涙《なみだ》が出《で》るほど嬉《うれ》しい。
花足工夫策劃的企劃通過了，高興到流出眼淚。

▲五十鈴川 @Shutterstock

多《た》賀《が》大《たい》社《しゃ》

041

滋賀県《しがけん》多賀大社《たがたいしゃ》

滋賀県《しがけん》の多賀大社《たがたいしゃ》は伊勢神宮《いせじんぐう》の主祭神《しゅさいじん》・天照大御神《あまてらすおおみかみ》の親神《おやがみ》、伊邪那岐命《いざなぎのみこと》と伊邪那美命《いざなみのみこと》を祀《まつ》る。そのため、古《ふる》くから「お伊勢参《いせまい》らばお多賀《たが》へ参《まい》れ」といわれている。

多賀大社《たがたいしゃ》は長寿祈願《ちょうじゅきがん》の神社《じんじゃ》として信仰《しんこう》を集《あつ》める。東大寺《とうだいじ》再建《さいけん》の命《めい》を受《う》けた鎌倉時代《かまくらじだい》の僧侶《そうりょ》、重源上人《ちょうげんしょうにん》が成功祈願《せいこうきがん》のため伊勢神宮《いせじんぐう》に**参籠《さんろう》し**[1]たところ、夢《ゆめ》に現《あらわ》れた天照大御神《あまてらすおおみかみ》から「多賀神《たがのかみ》に祈願《きがん》せよ」との宣託《せんたく》があり、その後《ご》、多賀《たが》大社《たいしゃ》を参拝《さんぱい》した際《さい》に二十年《にじゅうねん》の延命《えんめい》を告《つ》げられ、再建《さいけん》を果《は》たしたといわれている。再建成功後《さいけんせいこうご》、**お礼参《れいまい》り**[2]で多賀大社《たがたいしゃ》を訪《おとず》れた上人《しょうにん》は、境内《けいだい》の石《いし》に座《すわ》って眠《ねむ》りにつき、亡《な》くなった。その石《いし》は「寿命石《じゅみょういし》」と呼《よ》ばれるようになった。

多賀大社《たがたいしゃ》はお守《まも》りもユニークだ。**しゃもじ**[3]型《がた》で、お多《た》賀杓子《がじゃくし》と呼《よ》ばれている。奈良《なら》時代《じだい》の元正天皇《げんしょうてんのう》が病《やまい》にかかった際《さい》、多賀大社《たがたいしゃ》の神主《かんぬし》がご飯《はん》を炊《た》き、木《き》のしゃもじを添《そ》えて献上《けんじょう》したところ、**たちまち**[4]平癒《へいゆ》し、そのしゃもじが「お多賀杓子《たがじゃくし》」として有名《ゆうめい》になったことに由来《ゆらい》する。多賀大社《たがたいしゃ》では絵馬《えま》もしゃもじ型《がた》だ。

本殿参拝後《ほんでんさんぱいご》は、奥書院庭園《おくしょいんていえん》を拝観《はいかん》するといい。安土桃山《あづちももやま》時代《じだい》の武将《ぶしょう》、豊臣秀吉《とよとみひでよし》が母《はは》の病気回復《びょうきかいふく》を多賀大社《たがたいしゃ》に祈願《きがん》し、平癒後《へいゆご》にお礼《れい》として奉納《ほうのう》した米一万石《こめいちまんごく》で造《つく》られたといわれている。座敷《ざしき》などから眺《なが》められる「池泉鑑賞式《ちせんかんしょうしき》」の山水庭園《さんすいていえん》で、優雅《ゆうが》な景観《けいかん》を楽《たの》し

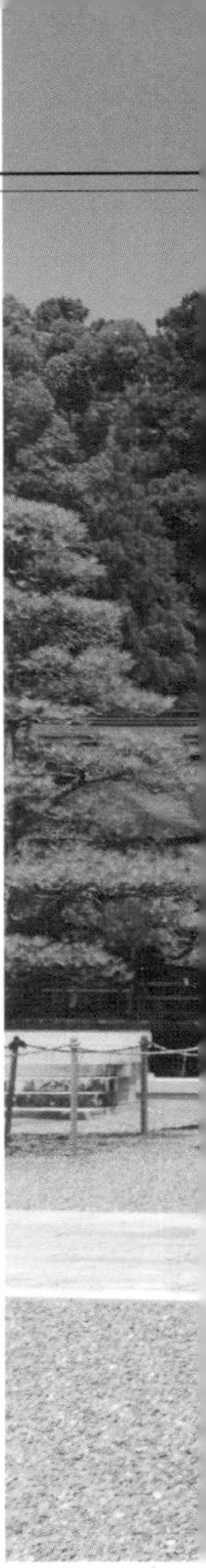

むことができる。また、奥書《おくしょ》院《いん》には狩野派《かのうは》の絵師《えし》によるものとされる豪華絢爛《ごうかけんらん》な襖絵《ふすまえ》があり、こちらも見応《みごた》え十分《じゅうぶん》だ。国《くに》の名勝《めいしょう》に指定《してい》されているこの美《うつく》しい庭園《ていえん》をお見逃《みのが》しなく。

滋賀縣多賀大社

「既然參拜了伊勢，那麼就去多賀吧！」滋賀縣多賀大社所祭祀的，是伊勢神宮主祭神天照大神的父母——伊邪那岐命與伊邪那美命，因此從前流行著這樣一句話。

許多人們來這裡祈願長壽。傳說鎌倉時代僧侶重源上人奉命重建東大寺，爲了祈求成功而到伊勢神宮齋戒祈禱。夢中天照大神顯靈，要他去參拜多賀大社，重源參拜後得到神諭，延長了二十年壽命，成功再建東大寺。重源爲了感謝神恩而再次參拜多賀大社，坐在境內的石頭上打盹，就此逝世。這塊石頭其後被稱爲「壽命石」。

多賀大社的御守也很特別，是木杓形狀的。相傳奈良時代的元正天皇曾經染病不癒，當時多賀大社的神主炊了飯、與木杓一同獻給天皇，天皇不久便痊癒了，「多賀杓子」因此得名。這裡不僅能夠求得「多賀杓子」護身符，就連繪馬也做成了杓子形狀。

參拜完後，還可觀覽這裡的「奧書院庭園」。豐臣秀吉曾因爲母親染病而來此祈願，母親痊癒後，爲了答謝，捐贈了米一萬石，因此建設了這個庭園。安土桃山時代的這座庭園，有山又有水，讓人能夠坐著眺望景色，這種庭園型態稱爲「池泉鑑賞式」。不僅庭園景色優雅，當中稱爲奧書院的這棟建築也十分有看頭，紙門上有著金碧輝煌的繪畫，推測是出自狩野派畫家之筆。被指定爲國家名勝的這座美麗庭園，不容錯過。

多賀大社

地址

滋賀縣犬上郡多賀町多賀 604

主祭神

伊邪那岐命

伊邪那美命

御守 · 御朱印授予時間

7：00～17：00

參拜時間

參拜自由

交通方式

在 JR 彥根站轉乘近江鐵道，於「多賀大社前」站下車，步行約十分鐘

單字

1. **参籠《さんろう》する**：動 為了祈願，一段時間住在寺廟或神社裡
2. **お礼参《れいまい》り**：名 還願
3. **しゃもじ**：名 盛飯或盛湯用的木製勺子
4. **たちまち**：副 立刻、忽然之間

▲殿裡高懸供奉的多賀勺子
@wikipedia／アラツク

日本神話：Nippon 所藏日語嚴選講座 /
EZ Japan 編輯部著；田中裕也譯. -- 初版. --
臺北市：日月文化，2021.6
面；　公分. -- (Nippon 所藏；14)

ISBN 978-986-248-9734 (平裝)

1. 日語　2. 讀本
803.18　　110005337

Nippon 所藏／14

日本神話：Nippon所藏日語嚴選講座

作　　者：EZ Japan編輯部、王文萱、黃毓倫、游翔皓
翻　　譯：田中裕也
主　　編：尹筱嵐
編　　輯：尹筱嵐
配　　音：今泉江利子、吉岡生信
校　　對：尹筱嵐
版型設計：謝捲子
封面設計：謝捲子
插　　畫：馮思芸
內頁排版：簡單瑛設
行銷企劃：陳品萱

發 行 人：洪祺祥
副總經理：洪偉傑
副總編輯：曹仲堯
法律顧問：建大法律事務所
財務顧問：高威會計師事務所

出　　版：日月文化出版股份有限公司
製　　作：EZ叢書館
地　　址：臺北市信義路三段151號8樓
電　　話：(02) 2708-5509
傳　　真：(02) 2708-6157
客服信箱：service@heliopolis.com.tw
網　　址：www.heliopolis.com.tw
郵撥帳號：19716071日月文化出版股份有限公司

總 經 銷：聯合發行股份有限公司
電　　話：(02) 2917-8022
傳　　真：(02) 2915-7212

印　　刷：中原造像股份有限公司
初　　版：2021年6月
初版三刷：2022年7月
定　　價：400元
I S B N：978-986-248-9734